Dernière Nuit à Montréal

Du même auteur
chez le même éditeur

The Singer's Gun

Emily St. John Mandel

Dernière Nuit à Montréal

Traduit de l'anglais (Canada)
par Gérard de Chergé

Collection dirigée
par François Guérif

Rivages/noir

Retrouvez l'ensemble des parutions
des Éditions Payot & Rivages sur

www.payot-rivages.fr

Titre original : *Last Night in Montreal*

106, boulevard Saint-Germain – 75006 Paris

Pour Kevin

PREMIÈRE PARTIE

1

Personne ne reste pour toujours. Le matin de sa disparition, Lilia se réveilla de bonne heure et demeura un moment immobile dans son lit. C'était le dernier jour d'octobre. Elle dormait nue.

Eli était déjà levé et travaillait sur sa thèse. Pendant qu'il tapait ses notes de la veille, il entendit les bruits qu'elle faisait, le froufrou de la couette, le frôlement de ses pieds nus sur le plancher, puis elle l'embrassa tout doucement sur le sommet du crâne en allant à la salle de bains — il émit un ronronnement satisfait mais ne leva pas la tête — et la douche se mit en marche de l'autre côté de la porte presque fermée. Des bouffées de vapeur et un parfum de shampoing à l'abricot s'échappèrent par l'entrebâillement. Elle resta quarante-cinq minutes sous la douche, mais cela n'avait rien d'inhabituel ; la journée était encore tout à fait ordinaire. Eli jeta un bref coup d'œil lorsqu'elle sortit de la salle de bains. Lilia, nue : corps pâle enveloppé dans une moelleuse serviette blanche, courts cheveux bruns mouillés, mèches collées sur le front. Elle sourit quand leurs regards se croisèrent.

– Bonjour, dit-il en lui rendant son sourire. Tu as bien dormi ?

Il s'était déjà remis à taper.

Au lieu de répondre, elle déposa un baiser sur ses cheveux et regagna la chambre, laissant dans son sillage une piste d'empreintes humides. Il entendit sa serviette glisser par terre et eut envie, en cet instant, d'aller lui faire l'amour ; mais il était profondément immergé dans son travail, ce matin, il *réalisait* des choses, et il ne voulait pas rompre le charme. Il entendit, à côté, l'un des tiroirs de la commode se refermer.

Lilia sortit de la chambre, entièrement vêtue de noir, comme presque toujours. Elle tenait à la main les trois fragments d'une assiette qui était tombée du lit pendant la nuit : une assiette bleu clair, toute poisseuse de jus de grenade. Il l'entendit jeter les débris dans la poubelle de la cuisine avant de revenir dans le salon d'un pas nonchalant, le frôlant au passage. Elle fit halte devant le canapé et se passa les doigts dans les cheveux pour en évaluer l'humidité ; Eli lui trouva l'air un peu absent quand il leva les yeux vers elle. Il eut l'impression par la suite qu'elle avait été absorbée dans ses réflexions, peut-être sur le point de prendre une décision. D'un autre côté, il avait repassé tant de fois dans son esprit le film de cette matinée que la pellicule était fichue : plus tard, il lui sembla possible que Lilia ait tout bonnement pensé au temps qu'il faisait ; plus tard encore, il envisagea même la possibilité qu'elle ne se soit pas vraiment arrêtée devant le canapé, qu'elle ait simplement marqué une brève pause, l'espace d'un instant que la bobine avait étiré jusqu'à en faire un moment, une scène — et, finalement, un élément majeur de l'intrigue.

Par la suite, il eut la certitude que les premières versions du film de cette dernière matinée étaient raisonnablement exactes ; mais, après trop de nuits d'insomnie passées à en décortiquer les moindres détails, la qualité de la bobine commençait à se dégrader. Avec le recul, la séquence d'événements devient un peu brumeuse, les images se télescopent et se brouillent légèrement : Lilia est à l'autre bout de la pièce, elle l'embrasse pour la troisième fois — et pourquoi ne lève-t-il pas la tête pour recevoir son baiser ? Celui-ci atterrit sur le crâne d'Eli — et puis elle met ses chaussures ; l'embrasse-t-elle avant de mettre ses chaussures ou après ? Il ne peut pas se prononcer catégoriquement dans un sens ou dans l'autre. Plus tard, il explora sa mémoire en quête de signes, au point que chaque détail finit par lui sembler lourd de menace, mais il arriva à la conclusion qu'il n'y avait rien eu d'étrange dans le comportement de Lilia ce jour-là. Ç'avait été une matinée comme les autres, délicieusement ordinaire à tous égards.

– Je vais acheter le journal, dit-elle.

La porte se referma derrière elle et il entendit le claquement de ses talons dans l'escalier.

Eli était en chasse à ce moment-là, sur la piste toute chaude d'un élément obscur, à la poursuite d'une citation qui, tel un papillon rare, se dérobait dans des paragraphes aussi touffus qu'une dense forêt tropicale. La traque exigeait apparemment une extrême concentration ; il ne put néanmoins s'empêcher de penser par la suite que, si seulement il avait levé la tête de son travail, il aurait peut-être remarqué quelque chose : une lueur dans les yeux de Lilia, un funeste présage, un billet de train dans sa main ou les mots *Je te quitte pour toujours* brodés sur le devant de sa parka. Quelque chose lui parut bel et bien un peu insolite, mais il n'en tint pas compte, tout à l'excitation de la chasse au papillon — jusqu'au moment où, plus tard, trop tard, quelque part entre les mots d'emprunt des Andes et les dialectes perdus de l'ancienne Californie, il jeta un coup d'œil distrait sur la pendule. C'était l'après-midi. Il avait faim. Cela faisait quatre heures et demie qu'elle était partie chercher le journal et ses empreintes humides sur le plancher s'étaient évaporées. Et tout à coup, il comprit ce qui l'avait troublé : pour autant qu'il pût se rappeler, c'était la première fois qu'elle ne lui avait pas proposé de lui rapporter un café de chez le traiteur.

Il se dit qu'il devait rester calme et s'aperçut, dans la foulée, qu'il avait attendu ce moment. Il se dit que Lilia s'était simplement laissé distraire par une librairie. C'était tout à fait possible. Autre explication, elle aimait bien les trains : en cet instant, elle revenait peut-être de Coney Island et se trouvait à mi-chemin de Brooklyn, prenant en photo les passagers, inconsciente de l'heure qu'il était. Sur cette pensée, il reprit sa chasse avec réticence ; une phrase particulière s'était entortillée comme un ressort et il passa une demi-heure difficile à tenter de la redresser, faisant un vaillant effort pour ne pas gamberger sur l'absence de plus en plus béante de Lilia. Pendant ce temps-là, plusieurs points théoriques qu'il essayait de clarifier s'ennuyèrent et partirent se promener ; il lui fallut un moment pour les persuader de revenir, une fois que la phrase eut été charcutée au point d'en devenir méconnaissable et que la destination finale du paragraphe eut été réglée. Mais le temps que le paragraphe arrive à la gare, il était cinq heures, Lilia était sortie acheter le journal avant midi et il semblait déraisonnable, à ce stade, de ne pas penser que quelque chose clochait horriblement.

S'avouant vaincu, il se leva et entreprit d'inspecter l'appartement. Dans la salle de bains, rien n'avait changé : le peigne de Lilia était à sa place habituelle sur la tablette en désordre, entre la cuvette des W.-C. et le lavabo. Sa brosse à dents était là où elle l'avait laissée, sur le rebord de la fenêtre, à côté d'une pince à épiler argentée. Le salon était identique à lui-même. Dans la chambre, sa serviette encore humide traînait par terre. Elle avait emporté son sac à main, comme elle le faisait toujours. Mais quand Eli jeta un coup d'œil sur le mur, sa vie se brisa net en deux morceaux.

Lilia avait une photo d'elle, prise dans son enfance, apparemment la seule photo qu'elle eût en sa possession. C'était un polaroïd décoloré, réduit à une pâleur laiteuse par le soleil et les années : une petite fille est assise sur un tabouret au comptoir d'un *diner*. Une bouteille de ketchup est en partie cachée par son bras. La serveuse, casque de boucles blondes et lèvres boudeuses, est penchée en avant sur le comptoir. Le photographe est le père de la petite ; ils se sont arrêtés dans un restaurant, quelque part au milieu du continent américain, après avoir longtemps roulé. Le visage luisant de la serveuse laisse deviner la chaleur caniculaire de l'après-midi. Lilia affirmait ne pas se rappeler dans quel État le cliché avait été pris ; en revanche, elle se rappelait très bien que c'était le jour de son douzième anniversaire. La photo était restée accrochée au-dessus du lit, unique touche personnelle de Lilia, depuis le soir où elle avait emménagé dans l'appartement. Mais quand Eli regarda, cet après-midi-là, la photo avait été enlevée, la punaise soigneusement réintroduite dans le mur.

Il s'agenouilla par terre, mais il lui fallut quelques instants pour se résoudre à soulever un coin de la couette. La valise de Lilia n'était plus sous le lit.

Plus tard, il se retrouva dans la rue, à marcher d'un pas vif, mais il ne put se rappeler comment il avait abouti là ni depuis combien de temps il avait quitté l'appartement. Ses clefs étaient dans sa poche, et il les serra douloureusement au creux de sa paume. Il respirait trop vite. Il traversait rapidement Brooklyn, bien trop tard, sillonnait désespérément le quartier en décrivant des cercles de plus en plus larges, explorant chaque librairie, chaque café, chaque bodega qui aurait pu attirer Lilia. La circulation était trop bruyante. Le soleil brillait trop fort. Les rues étaient hantées par une terrible conspiration de normalité : librairies, cafés, bodegas et boutiques de vêtements véhiculaient le simulacre d'une existence banale, comme si une jeune femme ne venait pas de quitter la scène et de dégringoler dans l'abîme de la fosse d'orchestre.

Eli était bien conscient d'avoir des heures de retard. Il prit néanmoins le métro jusqu'à la gare de Pennsylvania Station et resta un moment dans l'atrium, sous la lumière grise de la verrière, guidé par un sens de la cérémonie plutôt que par un véritable espoir : il voulait au moins lui dire au revoir, même si quatre ou cinq heures s'étaient écoulées depuis le départ de son train. Il demeura immobile au milieu d'un interminable défilé de voyageurs pressés qui tiraient des valises, retrouvaient des parents, achetaient de l'eau, des billets et des livres de poche pour le trajet, prenaient du retard. Les soldats toujours présents à Penn Station l'observaient avec indifférence, abrités sous leurs bérets, les mains négligemment posées sur le canon de leurs M16.

Ce soir-là, on frappa à sa porte et il bondit aussitôt sur ses pieds pour aller ouvrir, pensant que peut-être…

– *Trick or treat !* lança gaiement une mère qui accompagnait un groupe de gamins déguisés pour Halloween.

Elle le regarda, parut sur le point de se répéter, puis entraîna vivement ses ouailles vers un appartement plus prometteur. La scène ne dura que quelques instants (« Venez, les enfants, je ne crois pas que ce gentil monsieur ait des bonbons pour nous… »), mais elle n'en resta pas moins marquée au fer rouge dans la mémoire d'Eli. Par la suite, chaque fois que la pensée du départ de Lilia s'insinua en lui, tel un frisson, il ne put chasser l'image de cette rangée de gosses pleins d'espoir (de gauche à droite : vampire, coccinelle, vampire, fantôme), comme un mirage sur le pas de sa porte, ces gosses qui n'avaient pas plus de cinq ans, la benjamine (le vampire de gauche) léchant une sucette jaune. Il la reconnut : c'était la petite fille du troisième qui piquait parfois des colères sur le trottoir. Elle avait trois ans et demi, à peu de chose près, et elle lui adressa un sourire tout poisseux juste avant qu'il ne referme la porte.

2

La plupart des souvenirs d'enfance de Lilia avaient pour cadre des parcs, des bibliothèques municipales, des chambres de motel et une interminable succession de voitures. Mirage : elle voyait toujours de l'eau dans le désert. Sous l'effet de la chaleur, des flaques se formaient sur la route et l'horizon se fragmentait en éclats d'un blanc aveuglant. Une carte routière était pliée sur le tableau de bord, mais elle se décolorait chaque jour un peu plus sous les assauts de la lumière ; Lilia était censée faire office de navigatrice, mais des États entiers s'estompaient dans un sépia rosâtre et le tracé des routes virait au gris pâle. Les noms de certaines villes étaient illisibles le long des plis et toutes les frontières disparaissaient. La boucle de sa ceinture de sécurité était brûlante au toucher. La pendule indiquait l'heure au ralenti. Moins de deux kilomètres derrière elle, sur la route du désert, un détective suivait dans une voiture bleue cabossée.

Son père conduisait en silence, épongeant toutes les cinq minutes son visage en sueur. Ce paysage inondé de lumière et de mirages, le ciel chauffé à blanc au-dessus de l'horizon, de tous côtés, les voitures qui se reflétaient dans l'eau irréelle, loin devant eux : on se serait cru dans un rêve fiévreux. Elle découvrit plus tard que la plus grande partie de ses souvenirs d'enfance avait quelque chose d'hallucinatoire ; c'était la conséquence d'avoir voyagé trop loin et trop longtemps, d'avoir traversé le désert plusieurs fois de trop et d'avoir changé de prénom si souvent qu'elle en oubliait parfois le dernier en date. Ses souvenirs des deux premières années d'errance étaient les moins précis. Par la suite, elle ne put se rappeler pour quelle raison ils avaient commencé à rouler ainsi loin de tout, et au début son père était brossé à grands traits, avec le moins de précision possible : la main qui lui passait un gobelet en plastique rempli de chocolat chaud à la station-service d'un parking, la voix qui l'apaisait dans une chambre de motel pendant qu'il lui coupait et lui teignait les cheveux, mais surtout une silhouette assise au volant, une présence, une voix. Il connaissait les paroles de la moitié des chansons qui passaient à la radio et racontait des choses qui la faisaient toujours rire. Il lui parlait de tout et de n'importe quoi, sauf d'Avant. Il disait que ça n'était pas si important. Il disait qu'ils devaient vivre dans le présent. « Avant », c'était un raccourci désignant la période antérieure à leurs pérégrinations en voiture ; Avant, c'était la pelouse d'une maison, quelque part au nord, très loin. Plus spécifiquement, Avant, c'était sa mère.

La nuit où Lilia disparut, sa mère dormait. Elle n'entendit pas le bruit qui réveilla sa fille cette nuit-là, le crépitement des morceaux de glace lancés de l'extérieur sur la fenêtre. Lilia se souvenait de cette nuit-là comme on se souvient d'un rêve : ça commença par un bruit sec, distinct, qui l'arracha au sommeil. Elle se mit sur son séant, dans le noir, et le bruit se répéta. Elle écarta les rideaux, mais comme la vitre était embuée, elle ouvrit la fenêtre et laissa entrer la nuit. Son père était en bas, sur la pelouse : il lui adressa un grand sourire et porta un doigt à ses lèvres. Elle ramassa par terre son lapin en tricot et descendit l'escalier sur la pointe des pieds, la rampe lui arrivant à l'épaule (elle n'avait alors que sept ans). Sa mère dormait quand elle ferma la porte d'entrée derrière elle.

Quinze ans plus tard, dans un autre pays, Lilia, le front appuyé contre la vitre d'une fenêtre de l'appartement d'Eli, à Brooklyn, contemplait un paysage de toits sous la pluie qui ne figurait sur aucune carte, et elle en arriva à une conclusion assez perturbante : elle se volatilisait depuis si longtemps qu'elle ne savait plus comment rester.

3

Le problème, pensait Eli avant de rencontrer Lilia, c'était qu'il n'avait jamais souffert, sinon dans la mesure commune à tout un chacun : les trains bloqués ; les réveils qui ne sonnent pas quand ils le devraient ; le malheur d'être entouré de gens qui donnent tous l'impression d'être bien plus prolifiques et infiniment plus talentueux que vous ; les chaussettes humides en hiver ; être seul, quelle que soit la saison ; être en butte à une incompréhension chronique ; les braguettes qui se coincent au moment le plus inopportun ; être obligé de se répéter devant des filles qui ne vous ont pas entendu alors que vous cherchiez à les impressionner ; essayer sans succès d'impressionner des filles ; les filles qu'on peut séduire mais qui restent impossibles à impressionner ; les filles qu'on ne peut pas séduire ou qui se révèlent au matin avoir un petit ami, ou les deux à la fois ; les filles ; être seul ; les sacs à provisions en papier dont le fond lâche ; faire la queue pendant une demi-heure à la poste, puis se faire rembarrer parce que vous n'avez pas le bon formulaire de douane pour envoyer un cadeau d'anniversaire à votre frère perpétuellement en voyage ; faire la queue, où que ce soit ; les coups de téléphone d'une mère réprobatrice qui ne comprend pas ; la bande d'amis hyper-cultivés qui comprennent trop bien et qui, lors d'un café matinal par ailleurs parfaitement civilisé, ne peuvent résister à l'envie de disserter sur des philosophes morts depuis des lustres ou sur la physique quantique, voire les deux ; les filles ; un manque global de motivation, comme le prouve votre incapacité à terminer votre thèse, ou à abandonner la thèse en cours pour en rédiger une autre totalement différente, en allant jusqu'au bout, ou à laisser tomber héroïquement toute l'affaire pour aller travailler dans une station-service au fin fond de l'État ; marcher dans des saletés sur le trottoir ; les boutons perdus ; la pluie sous toutes ses formes ; faire la queue à l'épicerie derrière la dame qui est certaine qu'il y a un bon de réduction quelque part sur le paquet ; les filles ; et enfin, le sentiment que tout cela s'additionne pour donner une vie très superficielle et sans grande signification, surtout si on la compare à celle du frère aîné qui sauve des enfants en Afrique. Le job débilitant qu'exerçait Eli ne contribuait pas à améliorer la situation ; il était payé un salaire raisonnable pour faire le pied de grue quatre jours par semaine dans une galerie d'art déserte, environné d'œuvres qu'il trouvait incompréhensibles. À une certaine période, il s'était même estimé chanceux d'avoir trouvé un pareil emploi, où il lui suffisait d'attendre au lieu d'agir, mais depuis quelque temps, le fait de rester immobile au lieu de réaliser des choses commençait à lui paraître révélateur.

– Prenez cet artiste asiatique, par exemple, déclara Eli. Je sais prononcer son nom, mais je m'y refuse. Appelons-le Q. Donc, voilà ce que fait Q. : il se déshabille en ne gardant que ses sous-vêtements, puis il s'enduit le corps de miel et d'huile de poisson et il va s'asseoir devant les latrines d'un village chinois, en pleine campagne, de sorte qu'il se retrouve bientôt couvert de mouches, évidemment, parce qu'il reste planté à proximité des latrines, tout barbouillé de miel et de graisse, et pendant qu'il est assis là, tout couvert de mouches et tout collant, l'air impavide, il y a un photographe qui le mitraille, et c'est ça…

Conscient de parler trop fort, il but une rapide gorgée d'eau pour se calmer.

– Ce qui m'agace, reprit-il d'une voix plus posée, c'est que les photos se vendent ensuite jusqu'à dix-huit mille dollars pièce. *Dix-huit mille dollars !* Pour la photo d'un type avec des centaines de mouches agglutinées sur sa peau. Il se contente de rester assis là, en string, couvert de mouches, le regard dans le vide, et il est considéré comme un artiste. *Il est considéré comme un artiste !*

– Bon, d'accord, dit Geneviève, il est considéré comme un artiste. Et alors ? Qu'est-ce qui te gêne là-dedans ?

Elle était assise en face de lui à la table du café, le visage incrédule. Il y avait des années qu'Eli fréquentait le Third Cup Café avec Geneviève et Thomas, qu'ils discutaient d'art, de leur quartier de Brooklyn et du sens de la vie en général, mais cela faisait des mois qu'il n'avait pas abordé avec tant de feu l'un ou l'autre de ces sujets.

– C'est le mot, je suppose. (Il demeura silencieux un moment. Thomas avait posé son magazine.) Oui, c'est bien ça. Le mot *artiste* est celui que nous utilisons pour Chopin, pour Haendel, pour Van Gogh, pour Hemingway, ces hommes dont les œuvres ont exigé toute une vie de labeur, un talent exceptionnel, de la sueur et des larmes, ces hommes que leurs œuvres ont fini par rendre fous, alcooliques ou moribonds — voire les trois à la fois — et nous utilisons ce même mot, *artiste*, pour un type qui étale du miel sur son corps, qui attend que des mouches rappliquent, qui se fait prendre en photo et qui empoche dix-huit mille dollars pour sa peine. S'il était mentalement dérangé et qu'il faisait la même chose, on l'enfermerait à l'asile. Mais parce qu'il publie un communiqué expliquant que le fait de rester assis là couvert de mouches est un acte de… de subversion contre le… je ne sais pas... une sorte de protestation politique contre le communisme chinois ou le capitalisme occidental ou ce que vous voudrez, on le qualifie d'*artiste*. Et ils sont tous comme ça, du premier au dernier, les soi-disant artistes de cette prétendue galerie d'art que je suis payé pour surveiller. Il y a aussi le type qui danse tout nu autour du trépied de son appareil photo, réglé sur retardateur, et c'est censé représenter, je ne sais pas, son héritage africain ou sa *joie de vif*[1], et…

– *Joie de vivre*, rectifia Geneviève.

– Peu importe. (Il se servit d'une serviette tachée de café pour essuyer son front en sueur.) À l'arrivée, c'est juste un type nu et flou.

– Peut-être que tu ne *saisis* pas le message, hasarda Geneviève.

– Seigneur…, commença Thomas.

Mais Eli l'interrompit net :

– Si, elle a raison. Je ne saisis pas. Je travaille dans une galerie d'art, je suis censé vendre ces merdes, qui sont à mes yeux des œuvres d'imposteurs, je *vends* pour de bon ces merdes, ce qui fait clairement de *moi* un escroc, et je ne saisis pas. Selon moi, ça ne vaut pas tripette. Je ne crois pas qu'on puisse appeler ça de l'art.

– Alors, *qu'est*-ce que l'art ? demanda Geneviève. Allons au fond de la question. Il est onze heures du matin ; on peut avoir résolu le problème d'ici le déjeuner.

– Attends, dit Eli, je ne prétends pas le savoir. Je ne prétends pas être meilleur que les autres. Je pense simplement qu'il ne suffit pas de se déshabiller devant un appareil photo. Je pense qu'il faut avoir du talent, pas seulement une idée conceptuelle astucieuse. Je pense qu'il faut véritablement *créer* quelque chose. Si ces gens-là sont des artistes, ce n'est pas parce qu'ils réalisent ou conçoivent

1. En français dans le texte.

une œuvre, mais parce qu'ils font de grandes déclarations comme quoi ils *sont* des artistes, et c'est là que commence mon problème. Je ne prétends pas avoir la réponse, là.

Geneviève en resta coite : elle n'aimait se disputer qu'avec des gens prêts à affirmer qu'ils *avaient* la réponse, pour le pur plaisir de les contredire. Dépitée, elle se leva et alla chercher un autre café au bar.

– Et c'est ça qui te turlupine, depuis quelque temps ? s'enquit Thomas pendant qu'elle était partie. Tu as l'air un peu ailleurs.

– Je ne sais pas. Les artistes de la galerie ne sont pas seuls en cause. J'ai reçu une lettre de mon frère, l'autre jour.

– Zed ?

– Je n'en ai pas d'autre.

– Je ne l'ai pas vu depuis une éternité. Où est-il en ce moment ?

– Quelque part en Afrique. Il travaille dans un orphelinat. Avant ça, il construisait une école dans un village péruvien. Entre les deux, il a fait Israël en stop. Et ce qu'il y a, avec ces lettres, c'est qu'elles viennent de ces endroits incroyables, et tu sais pourquoi ?

– Parce qu'il les a postées de là-bas. Tu te sens bien ?

– Non, écoute, ce que je veux dire, c'est *ça* : si ces lettres viennent de ces endroits incroyables, c'est parce qu'un jour, il y a des années, il a décidé de voyager. Alors il voyage. Il ne parle pas de voyager, ne fait pas de grandes théories sur les voyages. Il achète simplement un billet et il part. Ce qui me turlupine, ces temps-ci, ce n'est pas la galerie, c'est l'inaction. (Eli regardait Geneviève revenir vers la table avec son café.) Toutes ces théories que nous échafaudons… Tout le monde parle d'être un artiste, tout le monde théorise sur son art, mais personne ne *fait* vraiment quelque chose. Personne ne franchit le pas.

– Quel pas ? s'enquit Geneviève en l'observant par-dessus le bord de son mug.

– Ils ne *font* jamais rien. *Nous* ne faisons jamais rien. Je parle aussi pour moi, là. J'ai toujours cru que, ma thèse terminée, je serais écrivain et j'écrirais des trucs révolutionnaires dans mon domaine, mais soyons honnête, je ne terminerai jamais ma thèse. Ça fait six ans que je travaille dessus et quatre ans et demi que j'en suis toujours au tiers. Tout ce que je sais faire, c'est parler d'écriture, théoriser sur l'écriture, mais je suis incapable de sauter le pas, incapable d'*écrire*. Et pourtant, je me qualifie encore d'écrivain. Comment vous appelez ça, bon Dieu, si ce n'est pas une imposture ?

– Et nous autres ? demanda Geneviève d'une voix dangereusement calme.

Elle n'avait peint aucune toile depuis un moment.

Comprenant qu'il allait poser le pied sur une mine terrestre, Eli battit en retraite.

– Désolé, je m'égare. Ne faites pas attention à moi. (Il prit une longue inspiration.) Écoutez, je ne cite pas de noms, là, je ne prétends pas *savoir* quoi que ce soit, mais il est difficile de ne pas remarquer qu'aucun de nous n'est véritablement… Excusez-moi, je ne sais pas ce que j'ai aujourd'hui. Oubliez ce que j'ai dit.

– C'est cool, dit Thomas avec circonspection.

D'un ton désagréable, Geneviève s'enquit :

– Si ça fait tellement longtemps que tu en es au tiers de ta thèse, pourquoi est-ce que ça te tracasse *maintenant* ?

– C'est mon anniversaire jeudi prochain. J'aurai vingt-sept ans, et j'en ai pris conscience d'un seul coup : *vingt-sept ans* ! Ça fait six ou sept ans que je suis un universitaire prometteur — ou tout ce qu'on voudra de prometteur, en fait — et je crois qu'aujourd'hui mon école m'a complètement oublié. Je me suis toujours demandé ce qui se passerait si je ne remettais pas ma thèse dans les délais, et puis quand c'est arrivé… Le dernier délai est passé depuis plus d'un an et personne ne m'a contacté. Personne. Pas la moindre réaction. C'est comme si j'avais été rayé des registres de l'école, ou comme si je n'existais pas. Alors quand je pense à Zed, qui, lui, *réalise* des choses, je ne… Bon, écoutez, je n'ai pas envie de parler de tout ça. Je crois que je vais aller acheter le journal.

– Tu peux l'avoir ici.

– Et puis m'asseoir un moment dans le parc, enchaîna-t-il sans relever l'interruption, et puis rentrer chez moi et ne pas écrire. Ciao !

Thomas agita la main. Eli entendit distinctement Geneviève murmurer *Mais enfin, qu'est-ce qu'il a, bon sang ?* alors qu'il sortait dans le soleil éclatant de Bedford Avenue, mais il ignora la remarque. Il hésita un moment sur le trottoir et décida finalement de ne pas aller au parc. À pas lents, il traversa en diagonale le carrefour désert et s'engagea sous l'auvent bleu du Café Matisse. Il y avait là une fille qui lisait des livres et dont il avait envie de faire la connaissance.

Le délai de remise de sa thèse passa comme un poteau indicateur défilant au ralenti par la fenêtre d'une voiture, dernier poteau avant le début d'une étendue désertique sans voie carrossable. Pendant plusieurs semaines d'angoisse après la date entourée sur le calendrier — plusieurs mois d'angoisse, en réalité —, il ressentit une crispation au creux de l'estomac chaque fois que le téléphone sonnait. Il lui fallut quelque temps pour comprendre que personne ne l'appellerait. Et ce n'était certainement pas lui qui prendrait l'initiative. Il cessa de faire semblant d'être sur le point de terminer son travail et s'immergea le plus complètement possible dans la recherche.

Eli ne se sentait jamais particulièrement calme, pas plus qu'il n'avait l'impression d'avancer — si peu que ce fût — dans la bonne direction. Néanmoins, il trouvait que la recherche en soi n'était pas dépourvue de mérite : il était devenu une sorte d'expert dans l'étude de l'absence. Plus précisément, un expert en langues mortes — ou, sinon mortes, du moins en phase terminale. Il étudiait les petites langues en voie d'extinction : les plus anciens dialectes d'Australie, de Californie, de Chine, de Laponie, d'obscures contrées de l'Arizona et du Québec, qui disparaissaient exactement pour les raisons qu'on pouvait supposer : la colonisation, la prolifération des internats et de la petite vérole, la dispersion sur de grandes distances des locuteurs natifs, etc. Il s'était habitué à voir les yeux des filles devenir vitreux lorsqu'il abordait le sujet ; le fait que Lilia, attablée en face de lui au Café Matisse, l'observe d'un air grave en paraissant trouver tout cela réellement passionnant, constituait une surprise aussi merveilleuse qu'ébouriffante.

La majorité des langues, lui annonça-t-il solennellement, sont appelées à disparaître. Voyant qu'elle semblait toujours aussi intéressée, Eli dégaina ses statistiques favorites, comme il l'eût fait d'une Rolex : sur les six mille langues actuellement parlées sur terre, quatre-vingt-dix pour cent sont en danger et la moitié n'existeront plus d'ici à la fin du siècle prochain. Quelques rares optimistes nourrissent l'espoir d'en sauver une poignée ; la plupart se contentent d'espérer qu'on pourra garder la trace d'une fraction de ce qui aura été perdu. Son travail, lui expliqua-t-il, était en partie une reconstitution, en partie une thèse, en partie un requiem. Elle écoutait en silence, apparemment captivée, en posant des questions intelligentes juste au moment où il se disait que son intérêt ne pouvait en aucun cas être sincère. Elle lui dit d'un ton badin qu'elle était habituée à des escamotages beaucoup plus localisés : individus, chambres de motel, voitures. Elle n'avait pas l'habitude des disparitions à plus grande échelle. Imaginez, lui dit-il, qu'on perde la moitié des mots utilisés sur terre. Mais ce qu'il essayait d'imaginer, en réalité, à cet instant, c'était l'effet que ça ferait de l'embrasser dans le cou. Elle hocha la tête sans le quitter des yeux.

Trois mille langues, vouées à l'extinction. Il était devenu obsédé par l'intraduisible : son idée, et le sujet de sa thèse (ou de ce qui avait été une thèse, des années auparavant, avant qu'elle n'implose subitement, du jour au lendemain, et ne se révèle impossible à terminer), était que tout langage sur terre comporte au moins un concept crucial qui ne peut être traduit. Pas simplement un mot mais une notion, comme le *déjà vu* français : d'une clarté cristalline dans sa langue d'origine, impossible à rendre dans une langue étrangère, sinon par de longs paragraphes filandreux. En yupik, une langue parlée par les Inuits sur la côte de la mer de Bering, il existe l'expression *Ellam Yua* : une sorte de dette spirituelle au monde naturel, ou une manière d'évoluer dans ce monde avec une certaine générosité, une certaine grâce, ou encore une façon de vivre qui tient compte de l'âme d'un autre être humain, ou de l'âme d'un rocher ou d'un morceau de bois flotté ; expression parfois traduite par *âme*, ou par *Dieu*, mais qui ne signifie ni l'un ni l'autre. Dans une langue maya, le k'iche, il existe le *Nawal* : l'essence spirituelle d'un être, mais séparée du « moi » ; le double de quelqu'un, pas exactement un alter ego ou un simple avatar mais un esprit protecteur qu'on ne peut invoquer.

Et si vous acceptez cette prémisse, dit-il à Lilia, le fait que tout langage comporte une notion qui n'existe dans aucun autre, un idiotisme qui pèse bien davantage que la somme de ses mots, alors la perte prend un poids considérable. Ce n'est pas tant une question de perdre trois mille façons d'exprimer tous les mots. Il n'y a *pas* trois mille façons d'exprimer tous les mots. Les locuteurs du yupik, qui vivent au fin fond de l'Arctique, n'ont aucune raison de désigner un tigre ; de même, les locuteurs des dialectes de la jungle n'ont pas besoin de décrire une aurore boréale. Ce n'est même pas tant une question de mots. La conviction personnelle d'Eli, la prémisse de sa thèse, était celle-ci : ce ne sont pas simplement des langues que nous perdons peu à peu, entre chien et loup, pas simplement trois mille exemplaires de chaque mot, mais trois mille manières d'exister sur cette terre.

– Excusez-moi, conclut-il. Vous devez me trouver bien pédant.

– Ne vous en faites pas, dit-elle. C'est intéressant.

Elle l'écoutait depuis un très long moment. Ils s'étaient rencontrés en début d'après-midi, et maintenant la nuit était presque tombée. Cela faisait des semaines qu'il l'avait remarquée, paisiblement attablée au Café Matisse, lorsqu'il passait devant la vitrine ou qu'il entrait prendre un café. Elle y venait souvent, et quand ils s'y trouvaient tous les deux en même temps, il aimait à s'asseoir le plus près possible d'elle. Ce jour-là, après avoir laissé Thomas et Geneviève au Third Cup, de l'autre côté du carrefour, il n'avait pas trouvé de table libre en poussant la porte du café — merci, mon Dieu ! — et, dans un grand déploiement de courage aveugle, il s'était dirigé vers la table de Lilia, faufilé sur le siège opposé, puis s'était présenté. Par quelque petit miracle, au lieu de lui dire de la laisser tranquille et d'attendre qu'une table se libère, elle lui avait souri et annoncé qu'elle s'appelait Lilia. Cela remontait déjà à six ou sept heures. Le café était silencieux, à présent, et la serveuse de jour avait quitté son service. La serveuse de nuit, accoudée au bar, contemplait la rue où il ne se passait rien.

– Mais… et vous ? demanda-t-il. Vous savez que j'aime les langues mortes, mais vous, qu'est-ce que vous aimez ?

– Les langues vivantes, répondit Lilia. Lire, prendre des photos, d'autres choses encore. Vous travaillez dans le quartier ?

– Oui, à quelques blocs d'ici. Je reste planté dans une galerie d'art à fixer le mur quatre jours par semaine. Et vous ?

– Le mur ? Pas les tableaux ?

– Il n'y a guère de tableaux là-bas — en fait, il n'y en a pas *du tout* — mais je n'ai pas envie de parler de mon job. Je ne l'aime pas beaucoup, pour être parfaitement honnête. Et vous, comment gagnez-vous votre vie ?

– Je fais la plonge. Vous aimez voyager ? J'ai traversé le Nouveau-Mexique, récemment. Vous y êtes déjà allé ?

– Plusieurs fois, dit-il. Et l'intéressant, c'est que nous parlons depuis des heures et que je ne sais pratiquement rien sur vous. D'où venez-vous ?

Elle sourit.

– Ma réponse va vous sembler très étrange, mais j'ai vécu dans tellement d'endroits différents que je ne sais plus très bien.

– Je vois. Dans ce cas, depuis combien de temps vivez-vous à New York ?

– Environ six semaines.

– Et où étiez-vous, juste avant ?

– Vous me demandez où j'habitais quand j'ai embarqué dans un train pour New York ?

– Exactement, oui. Vous êtes bien arrivée de quelque part.

– De Chicago, dit-elle.

Il sentit qu'il tenait enfin le bon bout.

– Vous avez vécu longtemps là-bas ?

– Pas vraiment, non. Quelques mois.

– Et avant ?

– Saint Louis.

– Et encore avant ?

– Minneapolis. Saint Paul. Indianapolis. Denver. D'autres villes du Midwest, La Nouvelle-Orléans,

Savannah, Miami. Quelques villes de Californie. Portland.

– Y a-t-il un endroit où vous n'ayez *pas* vécu ?

– Parfois, je me dis que non.

– Vous êtes une grande voyageuse.

– Oui. J'essaie maintenant d'être aussi franche que possible sur le sujet.

Il ne savait pas trop ce qu'elle entendait par là mais il ne releva pas la remarque.

– Vous aimez les langues vivantes, avez-vous dit.

– J'aime traduire des textes.

– Qu'est-ce que vous traduisez ?

– Des choses sur lesquelles je tombe, au hasard. Des articles de journaux. Des livres. C'est une activité que j'aime bien.

Quatre langues et demie sans compter l'anglais, lui dit-elle quand il réclama de plus amples détails : español, italiano, deutsch, français. Son russe, admit-elle, était au mieux hésitant. Son poignet était tiède sous les doigts d'Eli.

– Je vous envie, dit-il. À part l'anglais, je ne parle aucune langue vivante. Qu'est-ce que vous aimez d'autre ?

– La mythologie grecque. Et cette reproduction de Matisse qui est accrochée au-dessus du bar. C'est pour elle que je viens ici, en fait.

Lilia indiqua le mur opposé et il se tordit le cou pour regarder. *La Chute d'Icare*, 1947 : l'une des dernières œuvres de Matisse, exécutée à l'époque où il avait délaissé la peinture pour les papiers collés et où il se rapprochait de plus en plus du terminus, incapable de marcher, son corps l'abandonnant peu à peu. Icare est une silhouette noire dégringolant sur fond bleu, les bras encore écartés en souvenir des ailes, avec autour de lui des étoiles brillantes qui éclaboussent de jaune l'air d'un bleu profond. Il est sans ailes, déjà tout proche de la surface de l'eau : Matisse devait mourir sept ans plus tard. Icare tombe comme une pierre dans la mer Égée, et il a une tache rouge sur la poitrine, symbole figurant les tout derniers battements de son cœur.

– J'aime la mythologie, moi aussi. À quel moment vous êtes-vous intéressée aux légendes grecques ?

– Deux jours après mes seize ans.

– Voilà qui est très précis. On vous avait offert un livre pour votre anniversaire ?

– Non, quelqu'un que je connaissais m'avait parlé de cette histoire, alors je l'ai lue dès que j'ai pu. Je ne connais pas vraiment Matisse, mais j'aime bien cette reproduction. J'aime bien l'aventure d'Icare. Je trouve que c'est la plus triste de toutes les légendes grecques.

Elle battit des paupières et demanda, d'une voix subitement lasse :

– Quelle heure est-il ?

– Tard. Environ huit heures, probablement. Je peux vous raccompagner chez vous ?

Elle habitait une chambre meublée dont la fenêtre donnait sur un puits d'aération, un mur de briques qui se dressait à un mètre de la vitre. La nuit tombait à une heure et demie de l'après-midi. Les fois où il venait la voir dans cette chambre, il avait l'impression de pénétrer dans une grotte, ou d'entrer dans une autre dimension. Elle dormait sur un matelas à même le sol. Une valise, ouverte contre le mur, contenait un fatras de vêtements et une enveloppe en papier kraft toute froissée. Elle avait soigneusement punaisé au mur une photo polaroïd de son enfance : Lilia dans un *diner*, à l'âge de douze ans, en été, dans un État du Sud profond, penchée par-dessus le comptoir avec la serveuse.

Lilia : elle avait les doigts tachés d'encre et les plus beaux yeux du monde. Elle portait une chaîne en argent autour du cou mais refusait de dire d'où elle lui venait. Elle était obsédée par la topographie du langage : elle explorait les territoires obscurs des cartes alphabétiques, écartait les voilages ondoyants qui séparaient *window, fenêtre, finestra, fenster* et regardait au-dehors avec curiosité, elle écrivait de longues listes de mots et rapportait à la maison des livres en cinq langues. Elle menait une vie d'étude, secrète et passionnée. Elle était à nulle autre pareille ; Eli, avant de la rencontrer, avait voué sa vie à ne pas rester seul, il s'était entouré de gens depuis aussi longtemps qu'il pût se rappeler, mais il n'avait jamais connu quelqu'un qui ressemblât, de près ou de loin, à Lilia.

Elle avait un esprit comparable à un couteau à cran d'arrêt. Parfois, elle restait debout toute la nuit. Elle travaillait quatre ou cinq soirs par semaine à faire la plonge dans un vaste restaurant thaï, près du fleuve, là où les lumières de Manhattan se reflétaient la nuit dans l'eau sombre. Elle revenait du restaurant à minuit, auréolée d'une odeur de vapeur et de liquide vaisselle, d'huile d'arachide et de graillon, le visage luisant d'épuisement et les yeux trop brillants. Elle lisait jusqu'au matin, se débattant avec l'alphabet cyrillique, remuant les lèvres avec application, puis se glissait dans le lit, à l'aube, au côté d'Eli.

Ses cheveux bruns étaient coupés de manière irrégulière, ce qu'il trouvait secrètement excitant ; quand ils devenaient trop longs, elle se les coupait elle-même, à la va-vite, pas nécessairement devant un miroir. Le résultat laissait à désirer, mais Lilia était suffisamment jolie pour le supporter. Elle avait des cicatrices sur les bras, visibles uniquement sous certains éclairages, un réseau de lignes pâles, compliquées, qui semblaient suggérer un accident ancien et beaucoup d'éclats de verre ; elle n'en parlait jamais et il ne put jamais se résoudre à l'interroger. Elle avait sur le nez quatre ou cinq taches de rousseur inégalement espacées, comme Lolita. Elle donnait l'impression de receler d'énormes secrets. Depuis l'âge de seize ou dix-sept ans, croyait-il savoir, elle voyageait seule de ville en ville. De temps à autre, elle faisait allusion à son père, qui vivait au Nouveau-Mexique, et elle bavardait parfois au téléphone avec lui ; son père avait une petite amie, et le couple avait deux enfants en bas âge, mais Eli n'aurait su dire si la famille comptait d'autres membres. L'existence d'une mère, par exemple, était loin d'être claire. Quand il lui posa la question, elle répondit qu'elle n'avait pas connu sa mère et puis elle se tut.

Elle vint s'installer chez Eli au mitan de leur relation : trois mois après qu'il l'eut raccompagnée chez elle, à l'issue de leur conversation au Café Matisse, et trois mois avant qu'elle ne disparaisse. La cohabitation réservait certaines surprises. Elle avait un mode de vie bien particulier, qu'il trouvait à la fois fantasque et ritualisé, qui l'amenait fréquemment à s'interroger sur la santé mentale de Lilia : il éprouvait un léger malaise quand, assis près de la baignoire, par exemple, en train de papoter avec elle, il la regardait se raser les jambes, puis changer les lames et recommencer. Elle s'arrêtait à l'occasion pour boire une gorgée d'eau dans un grand verre posé sur le bord de la baignoire, à côté de quatre ou cinq flacons de shampooing qu'elle utilisait à tour de rôle. Elle pouvait disparaître pendant des heures avec son appareil photo, surtout par temps d'orage ; son service au restaurant prenait fin à minuit, mais les nuits d'orage, elle rentrait à trois ou quatre heures du matin, trempée jusqu'aux os, les cheveux collés sur le front. Dans ces moments-là, il aurait pu la soupçonner de le tromper si l'état de ses habits n'avait pas prouvé, à l'évidence, qu'elle avait passé la nuit dehors. Elle se dépouillait de ses vêtements à tordre, une couche après l'autre, heureuse, frissonnante, la peau toute froide au toucher, et puis elle passait une bonne heure sous une douche brûlante et dormait au moins jusqu'à midi. Elle ne donnait aucune explication à ces escapades, sinon qu'elle aimait marcher sous la pluie et que son appareil photo était étanche. Quoique dévoré par la curiosité, il ne lui demanda jamais où elle allait. Il s'efforçait de ne pas lui réclamer trop de détails, que ce fût sur ses cicatrices, sur sa famille ou autre chose ; elle était sortie de nulle part et semblait n'avoir aucun passé. Eli craignait toujours, même au début, quand tout allait bien, que la logique ténue de la présence de Lilia dans sa vie ne s'effondre s'il y regardait de trop près. Il ne voulait rien savoir.

– Ce que je voudrais, déclara-t-elle posément, la troisième nuit qu'ils passèrent ensemble, c'est arrêter de bouger et rester quelque temps au même endroit. Je commence à penser que j'ai trop voyagé.

Et pour Eli — jeune homme frustré, sans but, faisant un travail qu'il n'aimait pas particulièrement, thésard manqué, incapable de décider s'il était un écrivain, un génie latent ou un vulgaire imposteur universitaire —, l'idée même de *trop voyager* était incroyablement exotique. Il attira Lilia contre lui, la sauta encore une fois et s'imagina restant éternellement auprès d'elle. Mais c'était seulement la troisième nuit qu'elle passait avec lui.

Elle se laissait facilement distraire. Elle avait une fascination de photographe pour la qualité de la lumière : un CD à l'envers qui reflétait des arcs-en-ciel sur le plafond de la chambre, un verre de vin rouge qui captait la lueur d'une bougie, l'Empire State Building qui transperçait de blanc le ciel nocturne. Elle adorait les détails, et aussi le monde, et elle se perdait inévitablement dans les deux. Des couchers de soleil d'une violente beauté pouvaient la faire fondre en larmes. La vue d'une luciole la réduisait quasiment à l'impuissance. Elle était sublimement anormale, très fréquemment dérangeante, mais aux yeux d'Eli elle était son psaume : ce que vous offre une amante à demeure, en fin de compte, c'est la révélation inouïe que vous n'êtes pas seul. Elle se glissait avec une extrême facilité dans les replis de sa vie. Les rares affaires qu'elle possédait se fondaient dans l'appartement d'Eli.

Par la suite, il eut toujours l'impression qu'il l'aimait — en partie, du moins — parce qu'elle faisait de lui un imposteur. Il dissertait sur les voyages, mais elle avait voyagé. Il dissertait sur la photographie, mais elle prenait des photos. Il dissertait sur les langues, mais elle les traduisait. Il sentait que, si elle avait été scénariste, elle aurait écrit des scénarios au lieu de faire comme Thomas, qui, lui, parlait de scénarios, ébauchait des esquisses de scénarios et analysait des scénarios. Si elle avait été danseuse, il sentait qu'elle aurait dansé. Ce qu'il préférait, c'était les moments où ils allaient au café et qu'aucun des amis d'Eli n'était là, si bien qu'ils pouvaient s'asseoir tous les deux et lire le journal dans un silence bienheureux. Ou encore les après-midi où, assis à son bureau, il mesurait des phrases, écrites puis supprimées en égales proportions, ou faisait des recherches pendant que Lilia, dans le fauteuil voisin, étudiait des textes russes en formant silencieusement les mots avec ses lèvres. Et la vie s'installa ainsi dans un état proche de la perfection, jusqu'au jour où il trouva les listes.

Primo : une liste de noms, dix pages, commençant et se terminant par *Lilia*. La plupart des noms avaient des flèches qui s'étiraient jusque dans les marges, où des noms de lieux étaient notés en petits caractères : Mississippi, Kansas du Sud, Floride centrale, Detroit. Secundo : une liste de mots, écrits dans un certain nombre de langues, qui auraient pu signifier n'importe quoi. Il reconnut le mot « papillon » en espagnol et le mot « nuit » en allemand — *mariposa*, *nacht* — mais les autres lui demeurèrent incompréhensibles. Comme pour la liste de noms, le papier paraissait vieux et l'écriture évoluait d'une page à l'autre ; au début, les deux listes étaient rédigées en grosses lettres capitales maladroites, enfantines, qui devenaient plus petites et plus affirmées au fil des lignes. Tertio : une liste de mots et de phrases. Cette troisième liste était plus longue et d'un genre différent ; on ne percevait aucune évolution dans l'écriture, et toutes les langues représentées étaient mortes ou en voie de disparition. Il était bien placé pour le savoir, parce qu'il reconnut des phrases entières tirées de ses propres carnets. Ces pages-là n'étaient pas froissées et avaient l'aspect du neuf. Il parcourut cette dernière liste maintes et maintes fois, sans parvenir à discerner un schéma d'ensemble dans les phrases qu'elle avait recopiées. Il y avait des mots provenant des cinq continents. La valise de Lilia contenait également six ou sept livres et la carte professionnelle défraîchie d'un détective privé de Montréal. Mais ce qui intéressait Eli, c'étaient les listes.

– Je collectionnais juste les mots, expliqua-t-elle. Ce n'était pas du plagiat, j'aimais simplement l'aspect qu'ils avaient. Je voulais les conserver sur la page. Comme des fleurs séchées dans un herbier.

Il trouva cela parfaitement compréhensible. Il aimait les modèles, lui aussi. Mais tout le reste, mon amour, les autres pages…

– Je fais des listes, dit-elle, énonçant l'évidence. Je l'ai toujours fait.

Il lui avait apporté les papiers, au bord de la panique — *Lilia, qu'est-ce que c'est, dis-moi ce que ça signifie* — mais elle refusa de se laisser démonter. Il arpentait nerveusement l'appartement pendant qu'elle l'observait avec calme, assise dans le fauteuil. Elle se montra intéressée de savoir pourquoi, en premier lieu, il avait fouillé dans sa valise.

Il força sa voix à ne pas trembler :

– Je suis curieux quand il s'agit de noms.

Ce soir-là, au lit, elle entreprit de lui raconter une histoire, une longue histoire où il était question de déserts, de faux noms et de fuite en voiture, de téléphones publics dans des motels et d'une Ford Valiant bleue dans les montagnes. Elle parlait d'un ton mesuré, ses mains décrivant des arabesques sur la peau d'Eli. Il écouta, d'abord incrédule, puis ébranlé et forcé de croire, mais il n'était pas absorbé par les mots au point de ne pas remarquer qu'elle traçait des ailes sur ses omoplates.

4

Dans la langue dakota, il existe un mot d'un genre spécifique, intraduisible, qui exprime la solitude particulière des mères dont les enfants sont absents. Eli confia ce mot à Lilia, un soir où ils étaient au lit ensemble, et elle ne put s'empêcher, en l'entendant, de penser à sa mère.

Un jour, au cours d'une interview, la mère de Lilia avait déclaré qu'elle aurait voulu pouvoir oublier sa fille. (L'interview a été diffusée dans l'émission *Affaires Non Résolues*. Bien qu'elle ait été enregistrée, Lilia ne peut pas se résoudre à la regarder une deuxième fois.) C'était une affirmation cruelle, mais d'un réalisme touchant. Sa fille avait disparu : c'est le genre de tragédie qui marque à jamais une personne, de manière aussi indélébile que l'amputation d'un membre.

La nuit où sa fille disparut, novembre tirait à sa fin et la pelouse était tapissée d'une épaisse couche de neige. Juste avant que Lilia ne quitte la maison pour la dernière fois, un bruit l'arracha au sommeil, à moins qu'elle ne fût déjà réveillée. Quand le bruit se reproduisit, elle sortit du lit et s'approcha de la fenêtre, le plancher froid sous ses pieds.

Lorsqu'elle leva le châssis, l'air du dehors était délicieusement froid et la pelouse enneigée scintillait au clair de lune ; tout au bout de la pelouse, la forêt se dressait comme un mur. L'haleine de Lilia était pâle dans l'air glacial. Son père se tenait dans la neige, au pied de la fenêtre ; il lui fit un signe de la main, sourit et mit un doigt sur ses lèvres. *Chut...* Elle se détourna, son lapin serré contre sa poitrine (il était bleu et ses yeux étonnés étaient des boutons ronds qui luisaient sombrement dans la pénombre), elle traversa la pièce et sortit dans le couloir silencieux. Une latte du plancher nu émit un léger craquement quand elle passa devant la chambre de son demi-frère. Il était couché, immobile, mais ne dormait pas ; il écouta les pas hésitants de Lilia décroître dans l'escalier. Elle sauta la neuvième marche, qui grinçait parfois, et franchit sur la pointe des pieds le palier éclairé par la lune, la rampe lui arrivant à l'épaule. En bas, elle traversa le salon envahi d'ombres, puis la cuisine silencieuse. Elle déverrouilla la porte d'entrée et s'élança pieds nus dans la neige.

Son père se porta à sa rencontre et, d'un mouvement ample, la souleva dans ses bras ; elle lâcha son lapin lorsque ses pieds décollèrent du sol. *Ma Lily*, répétait-il, *Lilia, ma colombe...* Il ne l'avait pas vue depuis presque un an et demi, mais il se rappelait comment la tenir pour qu'elle ne tombe pas. Tout en murmurant son prénom, il l'emmena rapidement avec lui ; Lilia claquait des dents de froid, ses bras bandés étreignaient le cou de son père et son cœur battait à coups précipités. Elle ferma les yeux contre l'épaule paternelle. Il la transporta à travers la pelouse et pénétra dans la forêt, où tout était obscur, silencieux, en attente ; l'air y était un peu plus chaud et les branches avaient empêché la neige de recouvrir le sol. Ici, seule l'allée était enneigée, pâle ruban sinuant entre les arbres. Le frère de Lilia, qui les observait de la fenêtre du palier, eut l'impression que la forêt se refermait sur eux comme un portail.

Loin de la maison, au-delà du mur que formait la forêt, une voiture démarra sur la route. La mère de Lilia remua nerveusement dans son sommeil tandis que le bruit de moteur s'éloignait. Son frère se détourna de la fenêtre et retourna sc coucher.

Telle fut sa fuite. Tous les journaux en parlèrent.

5

Ce matin-là, Eli la laissa dormir et se rendit seul au café où il l'avait rencontrée. Il commanda un expresso, acheta un journal et alla s'asseoir dans le coin, essayant de s'immerger dans le brouhaha de voix et le cliquetis des tasses. Il passa quelques minutes à regarder fixement la date indiquée sur son journal avant de parcourir les titres, espérant que le fait de lire la date du jour en caractères d'imprimerie le remettrait d'aplomb. Il relut plusieurs fois la première page mais ne put se concentrer suffisamment pour ouvrir la première section. Il se reporta à la rubrique « Arts et Loisirs » : certaines comédies musicales faisaient un tabac à Broadway et semblaient bien parties pour rester éternellement à l'affiche, d'autres faisaient un four et ne tarderaient pas à disparaître, certains films étaient brillants et d'autres non — et rien de tout cela ne semblait avoir la moindre importance. Il replia le journal et contempla un moment la reproduction d'Icare, sur le mur d'en face, essayant de la déchiffrer par association d'idées, mais Icare persistait à dégringoler dans le bleu impénétrable. Eli sortit son carnet de sa sacoche, puis l'y remit. Il abandonna son café et regagna l'appartement.

Lilia ne s'y trouvait pas, et il passa une journée torturante à se demander où elle était passée. Elle revint dans la soirée et se montra vague, comme toujours, sur son emploi du temps. Elle était allée dans une librairie, déclara-t-elle, puis dans un parc, puis dans un autre parc, puis elle avait marché au hasard, et auparavant elle avait rencontré Geneviève dans la rue. Lilia n'aimait pas beaucoup Geneviève et subodorait que c'était réciproque ; mais quand Geneviève s'enthousiasmait pour quelque chose, elle ne pouvait s'empêcher d'en discuter avec la première personne qui lui tombait sous la main, aussi avait-elle entraîné Lilia dans le café le plus proche.

– C'était presque du sadisme, dit-elle. Nous y sommes restées tellement longtemps que j'ai dû consommer sans arrêt. Elle a parlé de la théorie des cordes — le temps de prendre deux cafés et un scone — et je ne sais toujours pas en quoi consiste cette fameuse théorie.

– Elle a trait aux cordes, dit-il d'un ton las. Je crois qu'elles vibrent, quelque chose comme ça.

Il s'assit sur le canapé et attira Lilia contre lui, à la fois soulagé, en paix et impatient — en proportions égales —, pendant qu'elle l'interrogeait sur la nature de ces vibrations. Il n'en savait pas davantage, il avait juste dans l'idée qu'elles vibraient. Métaphoriquement, alors ? S'agissait-il de cordes métaphoriques ? Il n'en était pas sûr.

Peut-être. Il ne connaissait pas grand-chose à la physique. En fait, il ne connaissait *rien* à la… elle n'aimait *même pas* les scones, l'interrompit-elle. Mais les petits gâteaux étaient là et elle n'avait pas eu le courage de boire un troisième café. Cependant, malgré Geneviève, elle avait passé un bon après-midi ; elle avait trouvé une édition russe de *Délires*. Il n'en avait jamais entendu parler. Elle lui répéta le titre en russe, prenant un plaisir manifeste à le prononcer avec un accent — supposa-t-il — impeccable, et elle se leva pour lui montrer le livre. En couverture, les caractères cyrilliques le narguèrent, indéchiffrables, au-dessus de la photographie en noir et blanc, d'un flou artistique, d'une jeune fille en chemise de nuit marchant peut-être sur des charbons ardents, ou peut-être sur les flots. C'était de la Grande Littérature Russe, lui dit-elle. N'ayant aucune connaissance de cette langue, Eli n'était pas en mesure de contester ce jugement.

– Il est tard, dit-il enfin.

Il l'avait enlacée sur le canapé pendant qu'elle feuilletait, soudain silencieuse, les premières pages du volume. Il dormait à moitié, rêvait presque, sentant contre lui la chaleur de Lilia ; il respirait le parfum de son tout dernier shampooing, mélange de cannelle et de violettes.

Plus tard, il alluma une bougie dans la chambre et elle s'allongea près de lui, absorbée dans la contemplation du plafond. Dormir était hors de question. Il attendit et, au bout d'un moment, elle se remit à parler. Trajectoire de villes, de lieux, de noms. Il se demanda si elle disait la vérité. Il n'avait aucune raison de soupçonner le contraire. Elle parlait d'une voix quasiment inexpressive. *Je voyais des mirages dans le désert. Des flaques d'eau sur la route. On roulait dans une petite voiture grise*... Elle se tourna sur le flanc, face à lui, et posa une main en coupe sur la hanche d'Eli. Longue caresse sur la face externe de sa cuisse. *Il n'y avait pas d'ombre. Je crois que le sable était presque blanc. On roulait depuis très longtemps et il y avait une autre voiture derrière nous*... Elle laissa sa phrase en suspens, interrompit le mouvement de sa main. Il l'étreignit et lui toucha les cheveux, l'embrassa tout doucement sur le front. *Lilia, Lilia, ce n'est rien, chut*... mais elle n'était pas émue, seulement absente, et il sentit qu'elle lui échappait. Elle sourit à la lumière de la bougie, mais ses yeux étaient vagues. *Nous avons dû traverser un millier de villes, cette année-là, et puis un soir nous sommes arrivés à Cincinnati*...

Eli émergea d'un sommeil agité, d'une sorte d'engourdissement torpide, peuplé de voitures et de déserts. Elle respirait à côté de lui, aux premières lueurs du jour, un bras étendu sur les draps enchevêtrés. Ses lèvres étaient légèrement entrouvertes et il voyait bouger ses yeux derrière les paupières. Il se demanda à quoi elle rêvait et fut transpercé d'une infinie tristesse. Il se leva sans la réveiller et retourna au bar. Là-bas, le café était fort, mais le journal se déroba de nouveau à son attention ; quand il s'en alla, il était encore hébété et seulement à moitié réveillé. Comment une simple histoire pouvait-elle tout faire chavirer aussi subitement, aussi manifestement ? Il sentait les fondations s'écrouler sous eux.

Il trouva Geneviève et Thomas au Third Cup Café et bavarda un moment avec eux, essayant de se perdre dans des discussions compliquées, puis il alla prendre son service à la galerie, où il passa quatre heures d'une extrême vacuité. Lorsqu'il rentra chez lui, en fin d'après-midi, Lilia était dans la salle de bains. D'après les lames de rasoir posées sur le bord de la baignoire, elle avait fini depuis longtemps de se raser les jambes ; elle était maintenant assise, jambes croisées, dans trente centimètres d'eau, occupée à s'épiler les poils pubiens avec une pince. Cette activité requérait apparemment toute son attention ; elle lui accorda à peine un coup d'œil quand il entra dans la pièce. Eli l'avait déjà vue s'adonner à cet exercice, et ça ne manquait jamais de le perturber. Il l'observa quelques instants sans mot dire, puis s'assit sur le couvercle des W.-C.

– Ce n'est pas possible que tu trouves ça agréable, commenta-t-il.

Elle sourit.

– Rien que de te voir faire, enchaîna-t-il, j'en ai des frissons. Tu vas bien ?

– Mais oui, dit-elle d'un ton badin. Je vais très bien, merci.

– Ça… ça ne…

Il fit un geste vers elle, mais Lilia ne le regardait pas.

– Quoi ?

– Ça, euh, ça ne fait pas mal ?

– Ah ! dit-elle. Non, pas vraiment.

– C'est un peu… obsessionnel, tu ne penses pas ?

Elle s'abstint de répondre.

Il posa les coudes sur ses genoux, les mains jointes devant lui, le regard fixé entre ses poignets sur le carrelage blanc.

– J'étais à la galerie, tout à l'heure. Personne n'est venu ; je n'ai fait que rester là pendant quatre heures à contempler les murs.

Elle l'observait.

– Et je pensais à ton histoire. Et je ne pouvais pas m'empêcher de… Enfin, je pensais à ton histoire, et je mentirais si je disais que ça ne me fait pas un peu peur.

Elle garda le silence. Son visage ne trahissait rien. Les petits mouvements de sa main continuèrent, créant des ondulations qui déformaient la pince argentée. L'eau était d'un vert translucide.

– Plus qu'un peu, même. Le fait que tu aies été enlevée est déjà inhabituel en soi, mais c'est surtout… c'est surtout que tu donnes toujours l'impression de partir. Dans toutes tes histoires, tu es sur le départ.

Peu à peu, il devint clair qu'elle ne lui répondrait pas.

– En rentrant, je t'ai acheté une grenade.

Il se pencha vivement pour l'embrasser sur le front avant de se rasseoir sur le couvercle des toilettes, la sueur de Lilia sur ses lèvres.

– Merci, dit-elle. C'est gentil.

Il l'observa un moment en silence.

– Pourquoi tu les aimes tant ?

– Quoi donc ?

– Les grenades.

– Ah !

Suivit une longue pause, durant laquelle elle devint méthodiquement moins poilue. Il observait le point où l'eau touchait la peau de Lilia. Elle avait les membres légèrement bronzés, mais le reste de son corps était plus pâle de plusieurs tons. Ventre blanc, eau verte, pince argentée dans sa main qui bougeait sous la surface, distordue par les ondulations, rythme méditatif de ses mouvements. Elle ne semblait pas tout à fait humaine : pâle créature au corps rasé, mi-sirène mi-jeune fille. *Mon amour aquatique.* L'eau, comme d'habitude, était beaucoup trop chaude ; une perle de sueur laissait un sillage entre ses seins. Sa peau semblait glissante.

– Je ne sais pas, répondit-elle. Je les ai toujours aimées.

– Es-tu toujours aussi évasive ?

Mais elle ne voulait pas se laisser entraîner dans une dispute ; elle cessa de s'épiler, prit le verre d'eau sur le rebord de la baignoire, en but une gorgée, l'appliqua un instant sur son front avant de le reposer précisément à sa place et de reprendre sa pince — le tout sans regarder Eli.

Il ne pouvait pas éviter la question plus longtemps. Le regard toujours rivé au sol, il dit d'une voix aussi ferme que possible :

– J'ai besoin de savoir si tu vas me quitter.

Elle s'arrêta alors et posa la pince à côté du verre à moitié vide. Elle joignit les mains sous l'eau et les observa un long moment.

– C'est possible, dit-elle enfin.

Lentement, il se leva et sortit de la pièce. L'appartement lui parut étranger. Il marcha de long en large, plusieurs fois, se passa nerveusement une main sur les yeux et resta planté devant une fenêtre, bras croisés. Il s'assit à son bureau quelques minutes, se releva, ouvrit quelques livres qu'il referma aussitôt, puis se décida finalement à ouvrir la fenêtre donnant sur l'escalier d'incendie. Quelqu'un avait laissé un livre sur le rebord. Il balança *Délires* dans les airs, de toutes ses forces, et prit conscience de ce qu'il faisait à l'instant même où le livre s'envolait de sa main ; il essaya de le rattraper, trop tard. Jurant tout bas, il enjamba la fenêtre et passa quelque temps à le chercher du haut de la plate-forme, penché pardessus la rampe de l'escalier, mais il ne put le voir dans la rue en contrebas. Il resta assis sur le palier encore un moment, espérant qu'un piéton le ramasse et pousse une exclamation assez forte pour qu'il l'entende, auquel cas il pourrait agir de manière efficace. Des gens marchaient sur le trottoir, seuls ou par petits groupes, roulaient vers le Williamsburg Bridge ou en sens inverse, circulaient à bicyclette et bavardaient ; des rires s'élevaient jusqu'à lui. Dans le ciel, un avion passa sans bruit. En bas, personne ne faisait mine de ramasser un livre. Eli ne regagna le salon qu'au moment où le soleil commençait à disparaître derrière les toits. Une brise fraîche soufflait du fleuve.

L'appartement était silencieux. Il trouva Lilia assise dans la baignoire, jambes croisées, le regard fixé sur ses mains, dans l'eau maintenant refroidie. Elle frissonnait, et il eut l'impression qu'elle n'avait pas bougé depuis son départ.

– J'ai jeté ton livre par la fenêtre, dit-il. Je m'excuse.

Elle murmura quelque chose d'inaudible.

– Je n'avais pas l'intention de faire ça, reprit-il. Je suis désolé, je ne sais pas ce qui m'a pris. Je ne veux pas que tu partes.

– Je sais, dit-elle dans un souffle. Ne crois pas que j'en aie envie, Eli, c'est juste que j'ai toujours…

– Tu as toujours quoi ?

– Essaie d'imaginer ce que c'est... Je ne sais pas comment rester.

– Viens là.

Il la hissa hors de la baignoire, lui jeta une serviette sur les épaules et l'attira à lui. Il sentait les battements de son cœur contre sa poitrine. Elle laissa aller sa tête sur l'épaule d'Eli, et l'eau froide de ses cheveux lui humecta la peau à travers sa chemise. Il la prit par le poignet et elle se laissa entraîner dans la chambre ; il ne sentait pas son pouls sous ses doigts. Elle s'allongea doucement sur le lit, toujours sans le regarder, et il vit alors que son visage était baigné de larmes. Elle ramena la couette sur sa tête et lui tourna le dos, recroquevillée sur elle-même.

Eli la laissa là. Dans la cuisine, il trouva la grenade qu'il lui avait achetée et la coupa rapidement en quartiers qu'il disposa sur une assiette bleu pâle. Il pensait que le contraste entre le bleu et les tons de la grenade pourrait plaire à Lilia. Un détail, même insignifiant, peut empêcher un navire de couler. Il emporta l'assiette dans la chambre et la posa sur la table de chevet pour chercher à tâtons la torche électrique sous le lit. Il ôta ses chaussures, sa ceinture, son jean, les laissa en tas par terre, coinça la torche entre ses dents et se glissa sous la couette, tel un homme pénétrant dans une grotte. Il récupéra alors l'assiette bleue et se tourna vers Lilia, dont le visage était éclairé dans la pénombre.

– Ne me quitte pas, murmura-t-il. Reste, je t'achèterai des grenades. Je ne jetterai plus jamais tes livres par la fenêtre, je te le promets.

Elle eut un pâle sourire noyé de larmes.

– Là, dit-il, tiens-moi la torche.

Elle se redressa pour la prendre, la couette formant une tente entre leurs têtes. Il s'assit en tailleur, l'assiette sur ses genoux, et ouvrit la grenade, dont le jus dégoulina sur ses mains et ruina les draps. Il entreprit de donner la becquée à Lilia, des graines perlées, deux ou trois à la fois, et elle cessa de pleurer bien avant que ses lèvres ne soient maculées de rouge.

6

Lilia quitta la maison de sa mère peu après minuit. Son demi-frère Simon fut le premier à descendre le lendemain matin ; il s'éveilla, frissonnant, juste avant l'aube. Une bise froide remplissait la maison ; la porte d'entrée, mal fermée, s'était rouverte après le départ de la fillette, et en plus une fenêtre de la cuisine était cassée. Un verre d'eau était congelé sur la table de chevet de Simon.

Il sortit du lit et drapa la couette sur ses épaules à la manière d'une cape. Elle traîna pesamment derrière lui dans l'escalier, ramassant la poussière. Le linoléum qui recouvrait le sol de la cuisine était comme de la glace sous ses pieds nus ; ses orteils s'engourdirent presque aussitôt. La porte de la cuisine était grand ouverte et un amas de neige s'était formé sur le seuil. À cette heure matinale, l'air extérieur était saturé de cette lumière grisâtre qui baigne les paysages nordiques juste avant le lever du soleil, quand tout semble fatigué et quelque peu irréel. Debout sur le pas de la porte, la couette serrée autour des épaules, Simon contempla la pelouse ; bien que la scène fût exactement telle qu'il s'était attendu à la voir, il s'aperçut en cet instant qu'il avait besoin de sa mère, et aussi qu'il était incapable de parler. Il tendit la main vers la sonnette et appuya sans discontinuer.

Elle arriva presque instantanément, puis remonta aussitôt l'escalier en courant. Il resta sur le seuil à écouter le martèlement de ses pas dans le couloir, à l'étage, l'exclamation étouffée qu'elle poussa en trouvant la chambre de Lilia vide, le bruit de ses pas qui redescendaient l'escalier. Un instant plus tard, elle était au téléphone, mais il fallut quelques minutes au dispatcheur du poste de police pour comprendre ce qu'elle disait. Elle appela ensuite le second de ses ex-maris, hurlant des obscénités dans son répondeur jusqu'à ce que l'appareil la coupe. Elle raccrocha, tremblante, et regarda fixement son fils. Elle était livide. Il croisa son regard et détourna vivement les yeux. Il nota avec un intérêt fugace qu'il pouvait voir son haleine à l'intérieur de la maison.

– Elle a laissé tomber son lapin, dit-il, incrédule. Et il y a encore du verre dans la neige.

Le carreau de la cuisine avait été cassé la veille au soir et des débris de verre brillaient sur la pelouse enneigée. Elle fixa un moment la fenêtre fracassée.

– Aide-moi, murmura-t-elle. Mets tes chaussures. Apporte-moi le balai.

Il enfila ses boots par-dessus son pantalon de pyjama, laissa glisser la couette sur le sol de la cuisine, puis ils se mirent ensemble au travail dans un silence fiévreux, balayant et ramassant à la pelle les morceaux de verre épars dans la neige, qu'ils entassèrent dans une boîte à chaussures trouvée dans le placard du hall. Lorsqu'ils eurent terminé, les manches du pyjama de Simon étaient raides d'humidité au niveau des poignets. Sur le pas de la porte, sa mère se tourna brusquement vers lui — il tressaillit et se protégea instinctivement le visage —, mais elle se borna à lui mettre dans les bras la boîte remplie de neige et d'éclats de verre. Le carton était trempé.

– Cache ça, dit-elle d'un ton qu'il avait appris à ne pas discuter, et apporte-moi une balle.

– Quelle balle ?

Il était trop hébété pour pleurer.

– La première que tu trouveras, Simon. Attends…

Elle alla ouvrir le placard et en sortit trois bouteilles de whisky, dont l'une était quasiment vide. Elle les posa avec précaution au-dessus des débris de verre en disant :

– Vite, vite !

Il emporta la boîte dans le bûcher et la fourra sous un fauteuil moisi posé à l'envers. Un vieux ballon de basket à moitié dégonflé traînait par terre. Quand il le rapporta à sa mère, elle était occupée à scotcher un morceau de carton sur la fenêtre, perchée sur la chaise de cuisine qui, la veille encore, était celle de Lilia. Elle pleurait, parlait toute seule, s'activait rapidement. Il monta dans sa chambre et s'habilla calmement, avec un sentiment d'extrême solennité ; il mit le pantalon qu'il portait seulement pour les grandes occasions, un pull qui sentait la poussière, et ses chaussures du dimanche. Il se coiffa sans qu'on le lui dise, bien qu'il fût encore trop petit pour voir sa tête tout entière dans le miroir. Peu de temps après, la police arriva ; la cuisine fut remplie d'uniformes bleus qui laissèrent dans la maison une piste de neige sale avant de se déployer pour photographier la pelouse. Pas celle qui était sous la fenêtre aveugle, laquelle avait manifestement été brisée la veille ou l'avant-veille ; Simon, expliqua la mère en larmes, entre deux sanglots hystériques, avait lancé un ballon à travers. Le ballon était là, à moitié enfoui sous la neige. Elle leur dit qu'elle avait depuis longtemps débarrassé les débris de verre, que quelqu'un allait venir remplacer le carreau. Ils acquiescèrent, nullement intéressés. Ils photographiaient un endroit plus éloigné, du côté de l'allée, légèrement sur la droite. C'est la photo parfaite : les empreintes d'un enfant pieds nus, parfaitement distinctes dans la neige, qui sortent de la maison et rejoignent au bout de quelques pas les empreintes d'un homme chaussé d'après-skis. C'est là que gît le lapin bleu en tricot, blanchi par le givre, et on voit une traînée dans la neige à l'endroit où la fillette a été soulevée du sol. Les empreintes d'après-skis font demi-tour ici pour se diriger vers la forêt et finissent par coïncider, à une certaine distance de là, hors du cadre de la photo, avec les marques de pneus au bord de la route.

Le lapin connut une brève renommée sur le plan local : deux journaux régionaux publièrent des photos de lui, ses yeux ronds tournés vers le ciel. Ce fut Simon qui le récupéra, cet après-midi-là, une fois que les photographes eurent terminé leur travail. Il le déposa dans la baignoire et resta un moment assis sur le bord à observer la petite flaque d'eau bleutée qui se formait tout autour, après quoi il le mit dans le sèche-linge. Assis sur une caisse de lait retournée, il regarda par le hublot le lapin tournoyer dans tous les sens. Lorsque Simon le sortit de la machine, le lapin était tout chaud mais encore humide, alors il le remit dans le sèche-linge et le regarda encore tourbillonner jusqu'au moment où, la vue brouillée, il dut détourner les yeux. Sa mère pleurait à gros sanglots dans la cuisine, parlant de Lilia et du père de la fillette, expliquant qu'elle avait toujours su qu'il ferait une chose de ce genre et que c'était pour cette raison, au départ, qu'elle avait obtenu l'ordonnance restrictive du tribunal. Il y avait des agents de police partout, et certains d'entre eux voulurent parler à Simon. Il répondit aux questions d'une voix polie, monocorde, proférant essentiellement des mensonges ; quand ils en eurent fini avec lui, il emporta le lapin dans sa chambre et le posa sur une serviette pliée, dans le coin du lit. Le lapin n'était pas encore complètement sec, mais Simon n'avait pas envie de rester plus longtemps en bas.

Sa mère monta le voir dans la soirée, lorsque presque tout le monde fut parti. Il y avait une assistante sociale dans la cuisine, un technicien de la police qui branchait quelque chose sur le téléphone et, à proximité de la route, une voiture avec deux policiers dedans. Elle s'assit au bord du lit, les yeux larmoyants, et observa son fils. Il ne voulut pas croiser son regard.

– Merci de m'avoir aidée à enlever les débris de verre, dit-elle.

Dans une chambre de motel, à cinq cents kilomètres au sud, le père de Lilia lui coupait les cheveux. Au tout début, elle avait eu les bras couverts de pansements de gaze, pour des raisons qui, presque immédiatement, lui échappèrent. Assise sur une chaise, dans la salle de bains, elle regardait les boucles brunes lui frôler le visage et atterrir sur ses pansements, sur ses jambes, par terre, pendant que son père s'affairait autour d'elle avec les ciseaux.

– Tiens-toi bien tranquille, dit-il avec douceur, quoiqu'elle n'eût pas bougé.

Elle ne répondit pas, mais l'odeur d'eau oxygénée lui fit froncer le nez. Ça faisait beaucoup plus mal qu'elle ne l'avait imaginé. Elle grimaça, essayant d'ignorer l'odeur et le picotement, tandis que son père, tout près d'elle, déroulait un monologue apaisant, ininterrompu :

– Est-ce que je t'ai raconté, ma colombe, l'époque où je travaillais comme magicien à Las Vegas ? C'était dans l'un des plus gros casinos, qui s'appelait La Carnivale, et…

Et elle ne disait rien, mais il n'attendait pas de réponse. Elle ne se rappelait jamais pourquoi ils étaient partis en premier lieu ; elle se rappelait en revanche que, pendant leur première année de voyage, elle ne parlait pas beaucoup. Elle était sans amarres, ses souvenirs s'érodaient au soleil et elle était intimidée par l'étrangeté de cette nouvelle vie trépidante. Son père roulait vers le sud.

Il parlait à Lilia, que celle-ci lui réponde ou non, et ce fut sa voix qui, peu à peu, l'apprivoisa. Il pouvait parler aussi bien des différentes sortes de pierres, des « peintures noires » de Goya ou du magnifique escalier du *Philosophe en méditation*, de Rembrandt, ou encore de génétique : la signature spécifique des gènes persistants, qui se reproduisent indéfiniment au fil des générations. Quand elle sombrait dans le silence et l'abattement, ce qui arrivait souvent au début, il aimait la sauver avec des faits. Sais-tu que mon compositeur préféré est devenu sourd au sommet de sa gloire ? Est-ce que je t'ai déjà parlé des lunes de Jupiter ? Il y en a une, en particulier, qui est recouverte de glace... Elle ne le connaissait pas bien, au tout début, mais elle était profondément apaisée par le son de sa voix. Et ce soir-là, vingt heures après l'avoir soulevée dans ses bras sur la pelouse enneigée, il lui parlait du pont japonais dans le jardin de Monet, expliquant comment ce pont se transformait au fil de la carrière du peintre, passant du figuratif à une forme imprécise, presque abstraite.

– Penses-y, dit-il. Un objet qui change, un peu comme un souvenir. (Il frotta avec une serviette la tête brûlante de Lilia.) *Et voilà !* Prépare-toi, ma colombe, tu vas avoir une surprise…

Et il la hissa à la hauteur du miroir de la salle de bains.

L'effet était saisissant. Elle se souvenait de cet instant comme de la première fois où elle se regarda dans un miroir sans se reconnaître. Une enfant inconnue aux cheveux blonds, courts et ébouriffés, lui renvoya son regard, et soudain, inexplicablement, elle se sentit en sécurité. Non seulement en sécurité mais remplie de joie ; c'était la première fois qu'un véritable bonheur inondait sa poitrine, comme si une digue se rompait.

– Ça te plaît ?

Elle sourit.

– Je suis content que tu aimes, dit-il. Maintenant, il te faut juste un nouveau prénom.

Son premier faux prénom fut Gabriel, choisi parce que ses cheveux courts la faisaient ressembler à un garçon ; en outre, son père estimait qu'un peu d'ambiguïté ne pouvait pas faire de mal. Cependant, ce prénom ne lui semblait pas usurpé ; elle ne pouvait s'empêcher de considérer que Gabriel était tout aussi réel que Lilia, tout aussi réel que l'impressionnant cortège de fantômes qui suivit : après Gabriel, elle fut Anna, puis Michelle, Laura, Melissa, puis Ruth quand arriva le printemps. Avec le recul, son enfance n'était que faux noms et souvenirs perdus ; plus le temps passait, plus il lui était difficile de faire la différence entre ce qui était réel et ce qui ne l'était pas. Ses bras présentaient des cicatrices pour lesquelles elle n'avait aucune explication.

7

– De quoi parlait-il, ce livre ? demanda Eli d'une voix assoupie. C'était quoi, ces fameux délires ?

Ils étaient allongés côte à côte sous les draps tachés de jus de grenade, l'assiette bleue cassée en morceaux quelque part au pied du lit, et il venait de s'excuser une fois de plus d'avoir jeté par la fenêtre le livre de Lilia. Maintenant que celui-ci avait disparu, Eli s'intéressait à son contenu.

– Des souvenirs, répondit-elle d'un ton languide. Cette façon qu'ils ont de devenir tout brumeux quand on les regarde trop longtemps.

Au bout d'un moment, il la pressa de lui donner de plus amples détails, mais elle s'était endormie. Elle respirait tout doucement contre son bras.

Ce n'était jamais très facile d'atteindre Lilia ; ça revenait un peu à aimer une personne qui était rarement dans la même pièce. Mais il aurait été difficile d'imaginer, au sens purement abstrait du terme, une fille plus parfaite ; il avait pu se rendre compte, peu après qu'elle se fut installée dans son appartement, qu'elle n'était pas moins intéressée que lui par le domaine qu'il étudiait. Lui, il vivait tranquillement auprès de son travail, il n'imaginait pas d'en être séparé, il voulait le connaître le mieux possible, il y pensait par intermittence à n'importe quelle heure donnée de la journée. Mais Lilia, elle, était emballée par le sujet, elle dansait avec lui, elle avait une aventure avec lui. Elle comprenait la poésie de la multiplicité, de l'aliénation, des concepts inconciliables de la géographie : dans l'une des langues mayas, il existe neuf mots différents pour désigner la couleur bleue. (Cela, il le savait depuis des années, mais ce fut grâce à elle qu'il se demanda à quoi pouvaient ressembler ces intraduisibles nuances de bleu.) En wintu, un dialecte amérindien, il n'y a pas de mots pour dire *droite* et *gauche* : les locuteurs les différencient en disant « côté fleuve » ou « côté montagne », souvenir d'une époque où il allait de soi que vous passeriez toute votre vie dans le paysage où vous étiez né, que vous y élèveriez vos enfants et que vous y mourriez, tout comme vos parents et vos arrière-grands-parents. Un dialecte qui se désintégrerait si d'aventure vous voyagiez au-delà de la rivière ou des montagnes, ou encore au bord de la mer ; les frontières franchies, vous n'auriez plus de points de repère, plus de mots pour décrire le paysage dans lequel vous évoluiez : imaginez le coût inouï que cela représenterait de quitter son foyer. Prenez encore le guugu yimithirr australien, une langue de positionnement férocement radicale, dans laquelle il n'existe aucun moyen de dire à quelqu'un, par exemple, que Lilia est à votre gauche ; il vous faudrait dire : « Lilia est à l'ouest de moi. » Dans cette langue, il n'y a pas de mots variables, uniquement le nord, le sud, l'est et l'ouest. En admettant que vous n'ayez jamais connu d'autre langue que celle-là, vous serait-il possible de penser en termes relatifs, en termes de variables, de non-direction, de choses changeantes et un peu délirantes, de mirages, de nuances de gris ? Lilia s'immergeait en profondeur dans les livres d'Eli et remontait à la surface avec des questions, et il lui lisait parfois ses notes à haute voix : *« Je rêve en chamicuro »*, déclara à un journaliste du *New York Times* la dernière femme parlant couramment cette langue, dans son village de huttes aux toits de chaume de l'Amazonie péruvienne, au cours de l'ultime année du vingtième siècle, *« mais je ne peux raconter mes rêves à personne. Il y a des choses qu'on ne peut pas exprimer en espagnol. On est bien seule quand on est la dernière. »*

Il leva la tête de son carnet et vit que Lilia avait les larmes aux yeux. Si les rêves de la dernière locutrice de chamicuro ne survivent pas au passage dans une autre langue, alors quelles autres notions ont-elles été perdues ? Quelles autres notions, exprimables dans cette langue, ne peuvent-elles pas être exprimées dans une autre ? Une langue disparaît, en moyenne, tous les dix jours. Les derniers locuteurs meurent, les mots glissent dans l'oubli, les linguistes se battent pour en préserver les restes. Toute langue, en fin de compte, se réduit à un dernier locuteur. Ultime locuteur d'une langue jadis partagée par des milliers ou des millions de gens, et aujourd'hui isolé dans un océan d'espagnol, de mandarin ou d'anglais. Aimé par beaucoup, peut-être, mais néanmoins profondément seul ; parlant couramment — à contrecœur — la langue de ses petits-enfants mais incapable de raconter ses rêves à quiconque. Combien de locutions perdues peut-on mettre dans une simple enveloppe humaine ? Leurs derniers mots contiennent des civilisations entières.

Dans le langage de la tribu des Hopi, il n'y a pas de différenciation entre le passé simple, le présent et le futur. Les divisions n'existent pas.

– Quel est l'effet sur la notion de temps ? demanda-t-il un soir, à moitié ivre de vin rouge.

Ils avaient depuis longtemps refermé leurs livres pour la soirée. Il faisait courir ses doigts sur la clavicule de Lilia, caressant du pouce le petit creux situé juste sous sa gorge. On était déjà en octobre. Dans une semaine, elle serait partie.

– Non, dit-elle doucement, quel est l'effet sur le libre arbitre ?

Tout occupé à l'embrasser dans le cou, il ne comprit pas sur le moment ce qu'elle voulait dire. Mais il ne put trouver le sommeil cette nuit-là, et quand la compréhension se cristallisa enfin, des heures plus tard, cela suffit à le faire bondir du lit. Il resta longtemps assis dans le salon obscur, bien éveillé, à l'écouter respirer dans la pièce voisine.

Quel est l'effet sur le libre arbitre ? *Tu as disparu. Tu disparais. Tu disparaîtras.* S'il y a une langue dans laquelle toutes ces phrases sont équivalentes, qui sommes-nous pour affirmer qu'elles sont différentes ?

Le soir de la disparition de Lilia, Eli resta assis à son bureau pendant des heures, essayant d'abord de lire, puis fixant son écran d'ordinateur sans le voir, puis regardant simplement ses mains. *Je me rends.* Soit elle n'entendit pas cette pensée, soit elle l'entendit mais ne revint pas pour autant. Il colla avec du scotch une serviette blanche devant la fenêtre de la chambre, la seule qui donnait sur la rue. Il aurait fait n'importe quoi. C'était ce qu'il avait trouvé de plus proche d'un drapeau. Lorsque les enfants d'Halloween furent partis, il retourna à son bureau et les heures s'écoulèrent furtivement. Cinq heures du matin : froide lumière grise. Le temps que la nuit s'achève, l'appartement s'apparentait à une illusion. *Elle était ici il y a un moment, dans le lit, sous la douche, sa serviette est encore humide par terre dans la chambre, rien de tout ça ne peut être réel.* Il s'endormit à l'aube, la tête sur les bras, écoutant les pas de Lilia, et la nuit suivante il dormit à nouveau dans cette position. Ce n'est qu'au bout de deux jours qu'il put enfin se résoudre à regarder le lit ; la couette froissée conservait la forme du corps de Lilia.

Le lendemain de son départ, il acheta une carte du continent. Il se souvenait de tous les lieux qu'elle avait cités au fil de son histoire et il entoura en rouge les villes qu'elle avait traversées, cherchant une logique interne, cherchant la prochaine ville sur le parcours. S'il existait un moyen de la retrouver, il la retrouverait. Il avait dans l'idée que, s'il regardait la carte suffisamment longtemps, il parviendrait peut-être à deviner où elle était allée.

8

Quelques heures avant d'enlever sa fille, alors qu'il roulait vers la maison de son ex-épouse, le père de Lilia s'était arrêté dans une station-service ouverte toute la nuit pour acheter une carte routière. À l'âge de sept ans, Lilia suivait du bout des doigts les contours imprimés des montagnes Rocheuses et admirait les motifs que dessinaient les routes à travers le continent américain. À l'âge de huit ans, elle apprit à lire la carte et, à neuf ans, elle devint la navigatrice. Quand son père lui expliqua la signification des symboles (nord, frontière, route, ville), elle lui demanda d'où ils étaient partis, mais il répondit en secouant la tête : « Ce n'est pas important, petite, tu dois vivre dans le présent. » Savoir lire une carte lui procurait un immense plaisir ; chaque petite ville, dans son esprit, recelait la promesse d'une autre vie. Pendant que son père conduisait, elle aimait fermer les yeux et poser son doigt au hasard sur la carte, puis rouvrir les paupières et déplacer son doigt jusqu'au nom de la ville la plus proche, en imaginant l'avenir qu'elle pourrait avoir là-bas :

– On devrait aller à Lafoy, acheter une maison, prendre un abonnement à la bibliothèque, avoir un chat et un chien, ouvrir un restaurant…

– Quel genre de restaurant ?

– Le genre où on sert des glaces.

– Mais à ce moment-là, il nous faudrait rester à Lafoy. Nous aurions une maison.

– Je ne veux pas m'arrêter.

C'était vrai, et cela faisait maintenant plus d'un an qu'elle écrivait des messages en ce sens dans des bibles de motel. Lilia considérait les bibles de motel comme une sorte de tableau d'affichage où on pouvait laisser des petits mots à l'intention des voyageurs qui venaient ensuite. À l'âge de neuf ans, Lilia vivait en permanence avec son père, en duo, généralement dans la même chambre de motel ou dans la même voiture, et les messages dans les bibles étaient pour ainsi dire son seul secret. Elle les griffonnait furtivement pendant que son père était sous la douche, prenant plaisir à l'idée qu'il n'approuverait pas. Le lambeau d'intimité que lui procurait le fait d'avoir un secret était ce qui se rapprochait le plus du fait d'avoir une chambre à elle.

– Dans ce cas, petite, il vaut mieux changer de plan.

– On n'a qu'à *passer* à Lafoy, aller à la bibliothèque, descendre dans un motel, aller manger une glace au restaurant et puis repartir.

– Je préfère de beaucoup ce plan-là, dit son père.

Leur vie était plus facile en été, lorsqu'il y avait dans les parcs d'autres enfants avec qui jouer et qu'ils n'avaient pas besoin d'inventer des explications pour justifier que Lilia ne soit pas à l'école. Ils campaient pendant des mois d'affilée quand il faisait assez chaud ; une semaine dans un camping, une semaine dans un autre. Elle aimait camper, même s'il lui fallait plus longtemps pour s'endormir dans ces conditions. Quelquefois, il se mettait à pleuvoir sur le toit de la tente, ce qui rendait la nuit mystérieuse, peuplée de sons cachés. Dans les campings, elle entendait des pas, ou parfois le grondement lointain d'un train ; dans le silence, elle pouvait entendre passer les trains de nuit qui transportaient des marchandises entre la Grande Prairie et les mers. Son père et elle faisaient des randonnées dans les parcs nationaux et allaient à des concerts en plein air dans les petites villes. Son père adorait presque tous les genres de musique ; il recherchait les concerts, les festivals d'été, et parcourait des kilomètres pour y assister. Lors des représentations en plein air, ils s'asseyaient ensemble dans l'herbe, avec des bouteilles de limonade ; quand la musique commençait, il fermait les yeux et paraissait alors très lointain.

En hiver, c'était plus dur. Pendant l'année scolaire, ils essayaient de rester dans les États du Sud parce que le père de Lilia détestait le froid et que Lilia aimait le désert et les palmiers, mais les explications étaient plus compliquées à fournir.

Parfois, quand elle en avait assez de mentir et de raconter qu'elle suivait l'école à domicile, elle restait dans la chambre de motel jusqu'à trois heures de l'après-midi, à lire les livres que son père lui rapportait d'une librairie ou à travailler sur les problèmes de mathématiques qu'il concoctait pour elle ; en fin d'après-midi, ils allaient au cinéma, ou dans un centre commercial déguster une glace, ou dans un musée s'il y en avait un, ou dans un parc si la température était clémente. Son père voulut absolument qu'elle apprenne à nager et, à cette fin, ils restèrent presque cinq mois dans une petite ville proche d'Albuquerque, le temps qu'elle suive une formation complète de natation à la piscine locale. Ça faisait un drôle d'effet de séjourner si longtemps au même endroit ; lorsqu'elle fut suffisamment entraînée pour s'élancer du plongeoir le plus haut et pour exécuter plusieurs longueurs de bassin, elle était devenue ombrageuse, mal dans sa peau, et ne dormait pas bien la nuit. Le lendemain de sa première compétition de natation par équipes, quand son père lui proposa de quitter la ville, Lilia fut heureuse de remonter en voiture et de reprendre la route.

Son père n'aimait pas s'arrêter longtemps quelque part, même après la première année frénétique, celle où le risque de capture semblait le plus imminent. Il s'y connaissait en voyages interminables et voulait faire partager à Lilia tout ce qu'il savait. Il était né en Colombie, où ses parents américains étaient diplomates, il avait commencé ses études secondaires à Bangkok et les avait terminées en Australie avant de s'installer aux États-Unis. Il avait passé les années suivantes à glaner de multiples diplômes délivrés par un échantillon aléatoire d'universités, ayant trop la bougeotte pour fixer son choix sur l'une ou l'autre. Il avait ensuite travaillé quelques mois comme professeur de langues, jusqu'au jour où une malencontreuse aventure avec une étudiante qui paraissait beaucoup plus que ses dix-sept ans avait mis un terme abrupt à sa carrière universitaire. Après ça, il avait travaillé comme employé aux écritures, apprenant tout seul le soir à faire du traitement de texte, puis avait purgé une peine de six mois dans une prison à sécurité minimale pour avoir mis au point un système de contrefaçon compliqué qu'il n'était guère enclin à expliquer en détail, sinon pour observer que la combine n'avait manifestement pas très bien marché, puis il avait été pendant quelque temps barman dans un hôtel de Las Vegas, avait épousé la mère de Lilia et en avait divorcé quand la fillette n'avait pas encore trois ans. C'était, disait-il, une femme impossible. Il ne voulut pas expliquer précisément à Lilia en quoi sa mère était impossible, mais il lui montra une petite cicatrice qu'il avait sous la pommette gauche, datant de l'époque où son ex-femme lui avait balancé un téléphone à la tête. Au cours des quatre années écoulées entre l'incident du téléphone et la nuit où il était apparu sous la fenêtre de la chambre de Lilia, il avait amassé une petite fortune à la Bourse.

Au début, son père roulait, roulait sans répit parce qu'il était nécessaire de fuir rapidement ; néanmoins, par la suite, Lilia eut le sentiment qu'ils auraient sans doute pu s'arrêter beaucoup plus tôt. Cesser leur interminable errance au bout d'un délai suffisamment long, s'installer dans une petite ville quand elle avait dix ou onze ans, loin de l'endroit d'où ils étaient partis. Changer son prénom une dernière fois, l'inscrire dans une école grâce à un certificat de naissance falsifié, s'installer dans une vie tranquille, quasiment ordinaire. (Et Lilia pouvait presque, par moments, imaginer cette nouvelle vie, comme une scène se déroulant de l'autre côté d'un voile de gaze, vision floue mais discernable : les premières années paisibles d'école primaire et d'oubli, les baisers échangés avec des garçons dans des voitures garées sur des belvédères, une véranda avec des fleurs plantées dans le dos de cygnes en plastique, son père reconverti un beau jour dans le rôle du grand-père un tantinet excentrique mais bienveillant, fumant sa pipe sur les marches du perron et prêtant sa tondeuse à gazon aux voisins — et, dans l'intervalle, le cataclysme initial est devenu si lointain qu'elle n'est même plus sûre qu'il ne s'agissait pas d'un rêve. *Ma mère est morte à ma naissance*, déclare-t-elle à son futur mari compatissant, par une tranquille soirée d'août, en y croyant suffisamment elle-même pour que ça n'ait plus l'air d'un mensonge, tandis qu'un avion à réaction passe dans le ciel, laissant dans son sillage une longue traînée aux couleurs du soleil couchant.)

Mais ils ne s'arrêtèrent pas. Il avait peur, lui avoua-t-il bien plus tard, que s'ils faisaient halte trop longtemps quelque part, surtout les premiers mois, elle ne se mette à gamberger sur certaines choses : son éducation de plus en plus étrange, les éléments manquants de sa famille, les événements qui avaient pu ou non se passer juste avant que son père ne l'emmène. Certaines semaines étaient consacrées essentiellement à avaler les kilomètres, à chanter de conserve avec son père dans une voiture qui parcourait une infinité de routes, à se lier d'amitié avec des serveuses dans des cafés de petites villes, à conjuguer des verbes italiens dans des chambres de motel, de la Californie au Vermont, puis des verbes espagnols pendant le trajet de retour vers l'ouest. Son père regrettait de ne pas pouvoir l'envoyer à l'école, lui disait-il, mais à titre de compensation il voulait lui enseigner toutes les langues qu'il connaissait. La boîte à gants renfermait une image pieuse tout abîmée comportant une prière adressée à sainte Brigitte d'Irlande, la patronne des fugitifs ; le père de Lilia n'était pas croyant, mais il disait que l'image ne pouvait pas faire de mal.

C'était une vie instable, presque catastrophique, où rien n'était jamais certain ; pourtant, paradoxalement, Lilia était très calme. Rien ne pouvait l'alarmer. Elle ignorait profondément la peur, même quand ils frôlaient le désastre : ainsi, le soir où elle s'échappa du motel de Cincinnati, la police cognant à la porte de la chambre pendant qu'elle se faufilait par la fenêtre de la salle de bains et sautait dans l'herbe humide avant de traverser une haie obscure pour rejoindre à toutes jambes son père qui attendait, frénétique, sur le parking d'une station-service, à un demi-bloc de là, elle demeura calme tout le restant de la nuit. Quand son père lui demanda si elle avait la frousse, elle répondit qu'elle était trop vieille pour avoir peur. Elle savait ce que c'était que de vieillir : elle avait presque dix ans et demi. Et s'il est vrai que sa voix était tendue quand elle demanda si la police était encore à leurs trousses, il est tout aussi vrai que, moins de deux heures plus tard, elle dormait. Cette nuit-là, son père, désemparé et affolé, roula à vive allure, essayant d'éviter les excès de vitesse, guettant dans son rétroviseur les lumières d'un gyrophare, surveillant sa fille du coin de l'œil, saisi d'une culpabilité sans objet, s'efforçant tout à la fois de veiller sur elle et de la laisser vivre. Plusieurs heures après avoir quitté Cincinnati, il dit quelque chose à Lilia qui ne répondit pas ; à la lueur des phares des voitures qu'ils croisaient, il vit qu'elle s'était endormie.

Il régla la radio sur une station de musique classique, volume au plus bas, Chopin et Mendelssohn en guise de berceuse, et il roula toute la nuit en fredonnant doucement au rythme de la musique.

9

Fin novembre, Eli reçut une carte postale de Montréal. Sans adresse d'expéditeur. Elle représentait une rangée de jolies maisons en pierre grise avec des bacs à fleurs et des escaliers métalliques qui descendaient en spirale du premier étage jusqu'à la rue, et en bas de la carte *Montréal* était imprimé en italiques ombrées. Au verso était griffonné un message singulier, d'une écriture qui n'était manifestement pas celle de Lilia : *Elle est ici. Venez au Club Electrolite, rue Sainte-Catherine, et hissez un drapeau blanc sur la piste de danse. Je vous verrai. Ne tardez pas. Michaela.*

Si la vie sur cette terre avait jamais eu un sens pour Eli, ce fut terminé en cet instant. Lilia l'avait privé de ses amarres, son départ lui avait donné envie de disparaître, etc. — mais si le monde ne tournait déjà pas rond au moment où il avait rencontré la jeune fille, et moins encore après qu'elle fut partie, la carte postale acheva de le faire sortir de son axe. La journée à la galerie passa comme un rêve. Il emporta la carte postale et la carte routière à son café habituel, où Thomas campait depuis deux semaines pour tenter de draguer une nouvelle serveuse. Thomas examina la carte postale, émit un petit sifflement et secoua la tête.

– Qu'est-ce que tu ferais à ma place ? demanda Eli, qui se sentait complètement déboussolé.

– Je déchirerais cette carte et je me chercherais une autre fille. Ou alors, si tu n'y arrives pas, oublie au moins celle-là.

– Et si elle a besoin d'aide ?

– Et si elle n'en a pas besoin ? Ce n'est pas une demande de rançon, c'est juste un message tordu au dos d'une carte postale hideuse. Et si c'était une espèce de plaisanterie malsaine, un stratagème de sa part pour te récupérer ?

– Il faut que je la rejoigne.

– Non, il faut que tu passes à autre chose. Qui est donc cette fille pour disparaître comme ça ? Écoute, ces choses-là arrivent. La vie continue. Tu avais une petite amie qui a disparu, voilà tout.

– Facile à dire pour…

– Tu crois peut-être que je n'ai jamais été plaqué ? le coupa Thomas. On ne peut pas leur courir après. Quand elles s'en vont comme ça, c'est qu'elles sont fêlées, et quand elles sont fêlées, on ne peut pas les sauver. On ne peut pas. On doit simplement les laisser partir.

D'une main, il imita le mouvement d'un avion effectuant un décollage vers la gauche. Eli suivit des yeux le mouvement avant de reporter son regard sur la carte.

– On doit recoller les morceaux de sa vie, enchaîna Thomas, et continuer sa route comme si on ne les avait jamais connues. On doit les laisser libres de faire ce qu'elles pensent qu'elles n'auraient jamais pu faire si on était resté dans leurs pattes. C'est comme ça.

– Thomas, ce n'est pas son écriture. Laissons de côté le fait qu'elle m'a quitté, j'ai ici une carte postale qu'on m'a envoyée d'une ville étrangère et qui parle de Lilia.

– Elle t'a plaqué, et tu veux la *retrouver* ?

– Je veux juste m'assurer qu'elle va bien. Je sais qu'elle m'a plaqué, mais… je ne crois pas qu'elle ait quelqu'un d'autre.

– Elle risque d'être *avec* quelqu'un d'autre, y as-tu réfléchi ? Un autre gars pourrait… Eli, attends, excuse-moi…

Eli se leva et prit sa parka sur le dossier de sa chaise, la carte routière dans son autre main. Thomas voulut le retenir par le bras, mais il se déroba. Il traversa le café douillet, la carte froissée dans son poing, poursuivi par les appels de Thomas, et se retrouva dehors ; la nuit tombait et il faisait bien trop froid. Il fut pris du désir pressant de quitter Williamsburg, de quitter carrément Brooklyn, et il se surprit à marcher d'un pas vif vers la bouche de métro. Une fille jouait de la guitare sur le quai, assise sur un siège pliant. Elle chantait, presque pour elle-même, des ballades qui parlaient d'amour et de téléphones publics, mais bientôt le vacarme de la rame engloutit sa voix. Parmi la foule qui se déversa par les portes du train, il y avait une vieille dame qui tirait par la main un petit garçon ; celui-ci avait un harmonica sur lequel il jouait une note prolongée, chevrotante, sur un ton mineur. Eli monta dans le wagon, s'affala sur un banc en plastique et leva les yeux vers une publicité trop éclairée vantant des soins pour la peau (« Le Dr Z. reçoit *personnellement* chaque patiente ! »). Il la regarda tout au long du trajet bringuebalant sous le fleuve, puis il sortit à l'air libre, dans les sons et les lumières de Manhattan. Il marcha sans but sur la Première Avenue, face au vent.

Il s'arrêta à un feu rouge, quelque part au cœur de Chinatown, et attendit que le sens de la circulation change. Une bouteille fracassée gisait dans le caniveau. Il la contempla un moment, hypnotisé par l'éclat du verre brisé. Une camionnette, qui s'attardait une seconde de trop au carrefour, fut assaillie par une claironnante cacophonie de klaxons. Le bruit lui fit monter les larmes aux yeux. Il resta au coin de la rue pendant que les piétons se pressaient autour de lui, tels des fantômes, et que le feu passait du vert au rouge, puis à l'orange, puis de nouveau au vert, le flot de voitures continuant à passer devant lui sans entrave. Il baissa les yeux et, sur la chaussée, des bris de verre étincelèrent comme du cristal, comme de la glace, petits points de lumière brouillés par les larmes. Au bout d'un long moment, avec effort, il se remit en marche.

– Parle-moi de Montréal, dit-il à Geneviève.

Thomas et Geneviève avaient eu une discussion, un peu plus tôt, mais la discussion avait dégénéré dans la passion et les noms d'oiseaux. Tous deux étaient maintenant empourprés, vexés, et lisaient sans desserrer les dents des sections différentes du même journal. De temps à autre, Geneviève prenait des notes dans un carnet à spirale défraîchi. Elle avait une écriture en pattes de mouche, comme un médecin griffonnant une ordonnance, ce qui donnait de longues lignes de hiéroglyphes indéchiffrables, et Eli l'avait regardée faire. C'était la première fois qu'il ouvrait la bouche depuis une heure.

– Je me demandais si tu avais perdu ta langue, marmonna-t-elle. Pourquoi Montréal ?

Mais une lueur s'était allumée dans ses yeux. Elle adorait parler de Montréal, où elle avait passé son enfance. Ses parents l'avaient emmenée avec eux à Brooklyn quand elle avait neuf ans, mais elle se considérait encore comme une sorte d'expatriée et prenait un énorme plaisir à prononcer son prénom « à la française ».

– Ça m'intéresse, dit Eli. J'envisage d'aller là-bas.

Thomas lui lança un regard excédé :

– Ne fais pas ça.

– Pourquoi pas ? s'enquit Geneviève, qui n'était pas au courant de la carte postale.

– Parce qu'il y fait un froid de gueux, répondit Thomas sans quitter des yeux le visage d'Eli. C'est tout ce qu'on a besoin de savoir sur cette ville. Tu serais dingue d'aller là-bas en cette saison.

– Ça m'étonnerait que *toi*, tu y aies mis les pieds. (Elle était toujours prête à bondir sur une occasion de se disputer avec quelqu'un, surtout avec Thomas.) Oui, tu devrais y aller, reprit-elle en s'adressant à Eli. C'est une ville dont la langue est probablement condamnée. Les Québécois parlent le français avec un accent franchement bizarre, tellement ancien que les vrais Français n'y comprennent rien. C'est une espèce de forteresse prise d'assaut par une marée montante d'anglais. Pour toi, ce sera en quelque sorte un sujet d'étude.

– Qu'est-ce que tu entends par forteresse ?

– Imagine un pays situé à proximité de la mer, et imagine que la mer monte. Imagine une forteresse qui se dressait autrefois sur la plage, mais qui est aujourd'hui à moitié submergée, et l'eau qui ne cesse de monter malgré tous les efforts des habitants pour freiner son avancée. Tôt ou tard, sans doute d'ici un siècle, elle passera par-dessus les murailles et engloutira les habitants, mais en attendant ils colmatent les brèches, font comme si de rien n'était et votent des lois pour lutter contre la marée montante. Je dis que le français, c'est la forteresse, et l'anglais c'est la mer.

– Je ne pige pas, maugréa Thomas sans lever les yeux de son journal. Elle est stupide, cette métaphore.

– Moi, je crois comprendre, dit vivement Eli pour tenter d'éviter une nouvelle dispute.

Mais Geneviève avait ignoré l'intervention de Thomas :

– Tu as passé toute ta carrière universitaire à réfléchir aux langues moribondes. À réfléchir aux langues condamnées, à faire du romantisme sans vergogne sur les langues condamnées, à draguer les filles en leur parlant des langues condamnées, à imaginer ce que pourrait être la vie dans le contexte d'une langue condamnée. Tu n'aimerais pas voir ce que ça représente, dans la réalité, de *vivre* dans une ville dont la langue est condamnée ?

– Si, j'aimerais bien. Même si je ne suis pas sûr que le mot *carrière* soit exactement celui qui convienne à ma situation. Le froid est vraiment terrible ?

– Polaire, dit-elle, mais ça en vaut la peine. Il n'y a pas d'endroit comparable sur terre. J'essaie d'y retourner tous les ans. C'est une ville géniale.

Après un silence, elle ajouta :

– Enfin… à condition de parler français.

– Qu'est-ce que c'est censé vouloir dire, ça ? demanda Thomas. (Il avait encore les joues rouges et refusait toujours de la regarder.) Eli, on ne peut pas leur courir après. Nous en avons déjà discuté.

– Courir après qui ? De quoi parlez-vous ? Ce que ça veut dire, expliqua-t-elle pour le bénéfice de Thomas, c'est que certaines lois sont en vigueur pour protéger la langue française. Comme je l'ai dit, c'est une forteresse. Quant à savoir si l'ampleur de ces lois est justifiée, c'est sujet à controverse ; quoi qu'il en soit, les Anglais sont plus conventionnels, tandis que les Français…

Cela déclencha aussitôt une dispute sur le thème des stéréotypes culturels ; Geneviève et Thomas remarquèrent à peine le départ d'Eli. Dans la rue, celui-ci connut un moment pénible : l'absence de Lilia le frappa au plexus, avec une telle violence qu'il dut s'asseoir quelques minutes sur un banc du parc, le temps d'avoir retrouvé suffisamment de forces pour se lever et rentrer chez lui. Il passa l'après-midi à fixer le plafond de sa chambre.

Une enveloppe arriva le lendemain matin. Elle portait le cachet de Montréal et la reine Elizabeth II arborait un demi-sourire sur le timbre bleu ciel. L'enveloppe contenait une page arrachée à une bible, avec quelques lignes griffonnées au stylo à bille bleu, d'une écriture enfantine, maladroite, en travers du Psaume 22 : *Arrêtez de me chercher. Je n'ai pas disparu ; je ne veux pas qu'on me retrouve. Je désire rester volatilisée. Je ne veux pas rentrer à la maison. Lilia.* La page, fine et un peu jaunie, tremblait dans ses mains. Il n'y avait rien d'autre dans l'enveloppe, mais un numéro de téléphone était griffonné à l'intérieur du rabat, assorti du message *Appelez-moi quand vous arriverez à Montréal*. Il reconnut l'écriture et l'adresse de l'expéditeur, Michaela, c/o Club Electrolite, au tant de la rue Sainte-Catherine. Il contemplait encore l'enveloppe lorsque le téléphone sonna.

– Bonjour, Eli, dit sa mère.

Il se laissa tomber dans le fauteuil du bureau, ferma les yeux et appuya son front sur la paume de sa main gauche. De la droite, il agrippa l'appareil, les jointures blêmes.

– Salut.

– Tu as une voix bizarre. Tout va bien ?

Il lui répondit qu'il était un peu fatigué, ce qui donna le signal de la tirade maternelle. Eli se rendait-il compte qu'il ne l'avait pas appelée depuis *deux mois* ? Elle parlait sérieusement. *Deux* mois ! Elle habitait dans l'Upper West *Side*, sapristi, pas en *Sibérie*, il pourrait *quand même* venir la voir de temps en temps, ou au moins *téléphoner*, mais enfin *bon*. Elle voulait simplement savoir comment il allait. Où en était sa thèse ? Comment se passait la vie à Brooklyn ? Elle était allée faire quelques courses, tout à l'heure, et en sortant de chez Zabar's elle avait failli se faire renverser par un taxi. Sur un passage clouté, à un feu rouge ! Les chauffeurs de taxi de Manhattan étaient des dangers publics. Elle envisageait d'écrire au maire. Mais à part ça, la fille de son amie Sylvia venait d'accoucher. Est-ce qu'il se rappelait la fille de Sylvia ? Une rousse aux yeux bleus ? Oui, tout le monde était aux anges. Du point de vue âge, elle se situait juste entre Zed et Eli. Et le maudit robinet de la salle de bains recommençait à fuir, mais elle ne se plaignait pas. Parce que la vie est trop courte pour se plaindre de choses sans importance, surtout quand on a frôlé la mort à cause d'un taxi en sortant de chez Zabar's, *c'est la vie*[1], etc.

Sa voix était audible en pointillé, comme un signal radio peu fiable, fluctuant. Le monologue

1. En français dans le texte.

finit par s'interromprc et le silence s'installa au bout du fil. Eli ne dit rien.

Sa mère se remit à parler d'un seul coup, à un débit rapide et nerveux. Elle se faisait du *souci* pour lui, perdu comme ça dans les boroughs[1]. Elle ne voulait pas qu'il finisse comme Zed. Eli fit passer le téléphone dans sa main gauche et prit la page déchirée dans la droite, en la retournant pour lire le reste du psaume. *Je suis comme l'eau qui s'écoule et tous mes os se disloquent ; mon cœur est pareil à la cire, il fond au milieu de mes viscères.* Quand il tint la page devant la fenêtre, l'écriture enfantine de Lilia forma une ombre inversée de l'autre côté de la feuille. Sa mère voulut savoir s'il avait eu récemment des nouvelles de Zed ; aux dernières informations, il faisait route vers l'Éthiopie, mais elle était incapable de se rappeler ce qu'il fabriquait là-bas. Elle ne désapprouvait pas *entièrement* le frère d'Eli, attention, même si elle regrettait qu'il ne soit pas allé à l'université ; elle était contente de le voir parcourir le monde (à ce propos, Eli avait-il envisagé de voyager ? Peut-être qu'un mois ou deux à l'étranger lui feraient du bien, lui permettraient de se recentrer un peu), mais elle se faisait du souci pour Zed. Oui, vraiment. Elle craignait que Zed ne devienne trop radical, trop mystique (le mot juste n'était-il pas plutôt *spirituel* ? Elle ne savait pas exactement la diffé-

1. New York se compose de cinq « boroughs » (districts) : Manhattan, Bronx, Queens, Brooklyn et Staten Island. *(N.d.T.)*

rence entre les deux), à force d'errer comme ça dans des pays bibliques en parlant de *Dieu* à tout-va. Donnait-il l'impression d'être déséquilibré ? Avait-il donné signe de vie ces derniers temps ?

Eli retourna de nouveau la page. Le début du psaume était en partie occulté par l'écriture de Lilia, mais il parvint néanmoins à déchiffrer : ... *le jour, j'appelle et tu ne réponds pas ; la nuit, point de silence pour moi.*

– Non, dit-il, je n'ai pas eu de nouvelles de Zed depuis un moment, mais je ne pense pas que tu aies lieu de t'inquiéter pour lui. Il ne parle pas uniquement de Dieu, il parle au moins autant du bouddhisme et du taoïsme. Son problème…

Il écouta l'interruption de sa mère, puis la coupa à son tour :

– Non, ce n'est pas un extrémiste, tu te trompes du tout au tout. J'allais dire que le problème de Zed, c'est qu'il souffre d'un sens pathologique de la démocratie. Il est même trop démocrate pour choisir une religion spécifique qui risquerait de le rendre extrémiste et radical. Il est probablement athée.

Cette dernière assertion provoqua une pause assez longue, durant laquelle il imagina sa mère faisant passer son téléphone d'une oreille à l'autre et rédigeant mentalement un nouveau testament.

– Eli, mon chou, dis-moi ce qui ne va pas.

– Je pense juste que nous ne sommes pas bien placés pour juger sa vie.

Le silence se prolongea et commença à noircir sur les bords. Non, lui dit-elle, elle parlait sérieusement. Elle voulait savoir ce qui n'allait pas, et sans échappatoire cette fois.

– Ma petite amie a disparu. (Il écouta un moment sa mère et finit par l'interrompre.) Oui, *Lilia*, la fille avec qui je vivais… tu crois peut-être que j'en aurais plusieurs ? Elle ne m'a pas simplement quitté. Je dis bien qu'elle a disparu.

Sa mère lui fit part de son opinion : les filles ne disparaissent pas comme ça, sauf quand elles vont se faire…

– Celle-là, si.

Dans ce cas, elle *est* allée se faire…

– Non, dit-il, elle n'était *pas* enceinte, bon Dieu !

Son fils, jugeait-elle, méritait mieux que cela. Et qu'entendait-il par *disparu*, exactement ?

– Elle est montée dans un train et…

– Donc, elle est *partie*.

– Oui, mais ce n'était pas…

– Alors comment sais-tu qu'elle a pris le train ?

– Parce qu'elle disait qu'elle en avait marre de voyager en car.

Elle se faisait du souci pour lui. Ça faisait combien de temps qu'il travaillait sur sa thèse, là-bas, dans les boroughs ? (Elle prononçait le mot *boroughs* d'une manière qui évoquait des images de contrées reculées, à la réputation sulfureuse : Ouzbékistan, Corée du Nord, Côte d'Ivoire.) Combien de pages faisait sa thèse ? À ce stade, elle devait être aussi longue que *Guerre et Paix*. Était-elle seulement terminée ? N'aurait-il pas dû la rendre depuis au moins un an ? Ce n'était pas son genre de porter des jugements, Dieu sait, et encore moins de *critiquer*, mais Eli devait quand même prendre en considération le point de vue de sa mère sur cette question. Elle trouvait un peu bizarre qu'il veuille perdre son temps à courir après des filles qui refusent de s'engager, qui partent en train sans prévenir, alors qu'il travaillait sur cette thèse depuis des années et qu'il avait déjà laissé passer au moins une date de remise. Quel était donc ce sujet sur lequel il avait tant de mal à écrire, exactement ? Lui qui avait toujours été si doué pour l'écriture, qui avait toujours eu une telle passion pour ses chères langues mortes... Elle savait ce qu'était la panne d'inspiration, bien sûr — enfin, elle *croyait* le savoir —, mais comment se faisait-il que ça soit si dur ? Bref, elle se tracassait pour lui, et c'était tout. Elle le trouvait un peu absent, parfois, quand elle l'appelait. Peut-être lui manquait-il un but dans la vie. Elle ne voulait surtout pas qu'il finisse comme Zed, à vagabonder sans racines dans de dangereux pays lointains. Elle ne comprenait toujours pas pourquoi il ne pouvait pas simplement terminer sa thèse et passer sa maîtrise. Elle se demandait quelquefois s'il savait ce qu'il voulait. Elle craignait, par moments, qu'il ne le sache pas.

Il lisait le onzième verset du psaume : *Ne sois pas loin ; proche est l'angoisse, pour moi, point de secours !*

Sa mère dissertait sur les responsabilités inhérentes à l'âge adulte. Elle estimait qu'on devait s'impliquer dans le monde, manifester sa volonté de faire quelque chose de sa vie, surtout quand on avait bénéficié d'une éducation universitaire passablement longue — et financée grâce aux deniers maternels. Ce qui ne représentait pas une petite dépense. Elle ne la *regrettait* pas, bien sûr, pas du tout, et elle ne disait certainement pas ça pour le *culpabiliser* ; elle était juste un peu soucieuse, elle ne voulait pas qu'il termine comme son frère, et elle se demandait s'il avait pleinement conscience de la…

– Je sais ce que je veux, dit-il posément.

Et soudain, comme par miracle, le brouillard se dissipa. La décision était prise. Écoutant à peine sa mère, il laissa le téléphone glisser un peu de son oreille et attrapa de sa main libre la carte routière. Montréal était à moins de cinq centimètres au nord.

Elle voulut savoir ce qu'il entendait par là, mais il avait déjà raccroché. Il prit son portefeuille sur la desserte, y glissa la page de la bible pliée en quatre, saisit sa parka dans la penderie, fourra sa brosse à dents dans une poche et la carte dans l'autre. Le téléphone se remit à sonner au bout de quelques minutes, mais il avait déjà franchi le seuil.

DEUXIÈME PARTIE

10

Dans un club de jazz de Montréal faiblement éclairé, quelques années avant qu'Eli ne vienne en ville, un policier était assis seul au bar. Il avait rendez-vous avec un vieil ami, lequel était en retard, et en l'attendant il examinait son chapeau mou à la lumière parcimonieuse mais chaude. Sa femme le lui avait offert pour son anniversaire, un mois plus tôt ; le feutre, d'un ton brun chocolat irréprochable, avait un aspect neuf des plus plaisants. Il le fit lentement tourner entre ses doigts, l'admirant sous tous les angles, puis le posa sur le brillant comptoir en bois foncé et commanda une pinte de Guinness qui mit un moment à arriver.

Il était entraîné à déchiffrer les combinaisons malveillantes. Son travail, pour l'essentiel, était l'étude des intersections : le croisement où un traumatisme d'enfance recoupe une soif de violence, où des tempéraments bien particuliers se trouvent confrontés à des messages écrits au rouge à lèvres sur des miroirs, à des paires de bas déchirées dans les rues désertes de la zone industrielle, près du métro Pie-IX, aux banquettes arrière de voitures d'occasion et aux angles du clair de lune sur le béton taché de sang. Il possédait une intuition brillante, parfois surnaturelle, qu'il maniait comme un scalpel, et dans la police de Montréal il n'avait pas son égal. D'ordinaire, il avait plutôt affaire à des violeurs ou à des meurtriers ; il ne s'était jamais occupé d'enfants disparus jusqu'à ce fameux après-midi, dans un club de jazz presque désert du centre-ville, où son ami se pointa avec trois quarts d'heure de retard, lui offrit une seconde bière pour se faire pardonner et tira une bible de son porte-documents.

– Christopher, déclara cet ami, j'ai besoin de ton aide.

Christopher jeta un coup d'œil sur la bible, puis regarda Peter :

– Ne me dis pas que tu as découvert Dieu.

– Non, c'est une pièce à conviction. (Peter se pencha un peu en avant.) Écoute, as-tu déjà songé à venir travailler pour moi ?

– Cette idée ne m'a jamais effleuré.

– Pourtant, ça te plairait. On a une plus grande liberté d'action. C'est moins… administratif, disons, faute de terme plus adéquat. Je ne suis pas partisan de la paperasserie. De toute façon, hein, tu n'es pas obligé de te décider tout de suite, je voudrais simplement que tu jettes un coup d'œil là-dessus. Tu sais, cet enlèvement d'une fillette par son père, cette affaire qui m'a été confiée il y a quelque temps et dont je t'avais parlé ?

Peter ouvrit la bible sur le bar. Une certaine page était marquée par un post-it jaune.

Une écriture enfantine, malhabile, à l'encre bleue, descendait en pente douce sur la page, recouvrant le début du Psaume 22 : *Arrêtez de me chercher. Je n'ai pas disparu ; je ne veux pas qu'on me retrouve. Je désire rester volatilisée. Je ne veux pas rentrer à la maison. Lilia.*

– Seigneur Dieu, dit le policier en prenant la bible des mains de Peter. Je pourrais la retrouver en dix minutes avec un indice pareil. Quel âge a-t-elle, tu m'as dit ?

– Onze ans et demi. Ça fait un peu plus de quatre ans qu'elle a disparu.

– Même âge que ma fille. Disparu d'où ?

– Un bled paumé, au sud d'ici. Sa mère a une maison près de Saint-Jean, non loin de la frontière américaine. Comme son père est américain, la gamine a la double nationalité, et ils avaient probablement franchi la frontière avant même que la mère n'ait signalé la disparition. Quoi qu'il en soit, la petite est introuvable depuis des années et la police a été inefficace. Il y a un an, quelqu'un les a reconnus sur une affiche et ils ont failli se faire prendre à Cincinnati, mais plus rien après ça. Il n'y a pas l'ombre d'une piste. À l'heure qu'il est, elle pourrait être n'importe où.

– Ce message est récent ?

– Pas particulièrement. Un représentant de commerce porté sur la religion l'a découvert il y a trois ans dans sa chambre de motel, à Toledo.

– Il y a trois ans… Elle avait donc huit ans quand elle l'a écrit.

Il regardait toujours le message en secouant la tête. Une image lui traversa l'esprit : une petite fille aux cheveux blonds coupés court, assise en tailleur sur le lit d'une chambre de motel, écrivant avec application dans une bible. Il battit des paupières.

– Maxi, dit Peter. Elle n'en avait peut-être encore que sept. Ce représentant de commerce a trouvé le message par hasard il y a trois ans, c'est tout ce qu'on sait. Écoute, j'aurais bien besoin de ton aide sur cette affaire. Elle n'est pas insoluble, mais la petite peut être n'importe où ce soir, absolument n'importe où, je suis à court de pistes et j'ai passé un mois difficile. Comme tu le sais, Anya m'a quitté. Prends un congé exceptionnel et viens collaborer avec moi sur l'enquête. C'est mieux payé que dans la police.

– Bon sang, je n'étais pas au courant pour Anya. Je suis désolé.

– Ma foi… elle a fini par mettre sa menace à exécution. Ça fait donc si longtemps qu'on ne s'est pas vus ?

– Ça doit faire un moment, dit Christopher.

– Réfléchis à ma proposition. Si quelqu'un peut retrouver cette gamine…

– J'y réfléchirai. Je peux t'emprunter ça ?

– Bien sûr.

Il quitta le bar peu après. C'était le mois d'août à Montréal, et la journée étouffante s'était muée en une soirée idéale ; une brise fraîche soufflait du fleuve et la rue Saint-Denis était éclairée, les cafés en plein air répandaient dans la rue leurs lumières et leurs voix, les réverbères brillaient à travers le feuillage des arbres, en bordure du trottoir, et il y avait des gens partout : couples qui se promenaient au crépuscule ; filles aux cheveux multicolores, en jupe courte et rangers ; jeunes hommes barbichus, coiffés de bérets, qui fumaient des cigarettes en marchant d'un pas pressé ; hippies aux mouvements lents et à l'expression bienveillante, portant des foulards noués sur leurs dreadlocks ; clients qui dînaient à des petites tables rondes installées sur le trottoir, chacun observant furtivement son voisin.

Amoureux de la ville, Christopher descendit à pas lents la longue pente menant à la rue Sainte-Catherine, la bible dans sa sacoche. C'était un livre léger, fabriqué en série sur du papier fin pour être volé dans une chambre de motel américaine, mais il en sentait néanmoins le poids. Il avait passé son enfance à voyager, lui aussi, et il éprouvait une certaine empathie avec Lilia sur ce plan-là, mais il lui sembla par la suite qu'il avait surtout été séduit par son langage. *Je désire rester volatilisée.* Il comprenait exactement ce qu'elle voulait dire. Il rentra chez lui à pied du club de jazz, parce que ça représentait deux heures de marche et qu'il voulait être seul, retourner la phrase dans tous les sens comme une pierre polie dans sa poche. Tout en marchant, il se dit qu'il essayait de prendre une décision, mais il s'aperçut, longtemps avant d'être arrivé à destination, que sa décision était déjà prise.

Sa femme écoutait la radio dans la cuisine, le journal déployé sur la table ; elle leva la tête en souriant quand il passa la tête par la porte, mais ne trouva rien à dire. Il lui rendit son sourire et alla dans la salle à manger, alluma le plafonnier, ouvrit la bible sur la table pour relire le message. Il se sentait rien moins que serein. *Je ne veux pas qu'on me retrouve.* Plus tard, il monta se coucher mais ne put trouver le sommeil ; il se leva une fois pour aller voir sa fille, endormie sous une couette ornée d'une farandole de moutons. Ensuite, il lut longuement dans son lit, un vieil exemplaire de *Bulfinch's Mythology*[1] qu'il avait acheté à un marchand ambulant ; en même temps, il écoutait sa femme arpenter nerveusement la maison, allumer et éteindre la radio dans la cuisine. Quelque chose le turlupinait ; il posa son livre sur la table de chevet et reprit la bible. L'écriture enfantine occultait une partie du Psaume 22. Il lut une fois le texte à haute voix, puis récita de mémoire les deux premiers versets en regardant le plafond en plâtre : *« Mon Dieu, mon Dieu, pourquoi m'as-tu abandonné, insoucieux de me sauver, malgré les mots que je rugis ? Mon Dieu, le jour j'appelle et tu ne réponds pas, la nuit, point de silence pour moi. »*

1. Recueil des trois volumes écrits par Thomas Bulfinch (1796-1867) : *Histoires de dieux et de héros* (1855), *Les Légendes du roi Arthur* (1858) et *Romans du Moyen Âge* (1863). Cet ouvrage est encore aujourd'hui très populaire aux États-Unis. *(N.d.T.)*

Sa femme poussa le volume de la radio, dans un coin reculé de la maison, comme si elle espérait couvrir le son de sa voix, mais il s'aperçut qu'elle ne pouvait certainement pas l'avoir entendu. La radio, à cette distance, était abstraite, mélange de friture et de voix inaudibles. Il jeta un coup d'œil sur le réveil : quatre heures moins le quart du matin.

– Si tu ne veux pas être secourue, dit tout haut Christopher en s'adressant au plafond, pourquoi avoir choisi le Psaume 22 ?

11

Pour le douzième anniversaire de Lilia, son père lui offrit un livre de photographies : la collection des images les plus mémorables du vingtième siècle, présentée par le magazine *Life*. Femmes en pantalon à pattes d'éléphant et grosses lunettes rondes ; banderoles anti-guerre surmontant une marée de visages sur le Washington Mall ; voitures remplies de familles, dans les années 1930, avançant lentement sur une route poussiéreuse. Mais il y avait une image particulière qu'elle regardait tout le temps : le cratère formé par l'essai atomique Trinity dans le désert du Nouveau-Mexique, l'ultime année de la Seconde Guerre. (« Ce n'est pas loin d'ici », lui dit son père en jetant un bref coup d'œil par-dessus l'épaule de Lilia avant de reporter son regard sur la route. « Non, on ne peut pas visiter le site. Il est encore radioactif. »)

Le cratère montrait les effets provoqués par une chaleur infernale : le centre était du noir le plus pur, le plus brillant qui se puisse concevoir, et sur le pourtour de cette noirceur éclatante il y avait un anneau luisant. C'était l'endroit où la chaleur inimaginable de l'explosion avait transformé le sable en verre, et cette surface vitrifiée reflétait le ciel. La même force peut raser des villes entières ou créer des miroirs dans le désert. Elle se fit la réflexion que ça pourrait ressembler à ça de se faire prendre : l'éclair chauffé à blanc de la capture, puis sa vie désintégrée, miroir radioactif dans un champ de ruines, sa vie secrète déchiquetée et éparpillée aux quatre vents. Les larmes lui montèrent aux yeux.

– Lilia, Lilia… Arrêtons-nous pour aujourd'hui. Regarde, il y a un restaurant, on va te trouver quelque chose à manger…

– Pourquoi il n'y a pas de photos de moi ? demanda-t-elle plus tard, en buvant une gorgée de thé glacé dans le calme d'un *diner* climatisé.

– Que veux-tu dire ?

– La plupart des gens ont bien des photos, non ? Des photos d'eux quand ils étaient enfants ?

Il la regarda un moment, puis se leva de table. Quand elle tourna la tête, il était accoudé au bar et parlait à la serveuse. Il dit à la jeune femme quelque chose qui la fit rire et, d'un geste, invita Lilia à s'approcher.

– On a de la chance, Katie. Ils ont un appareil photo ici.

– Alors, Katie, qu'est-ce que tu fais à voyager le jour de ton anniversaire ? demanda la serveuse.

Elle avait un halo de boucles blondes et portait un rouge à lèvres écarlate. Elle adressa un clin d'œil à Lilia et tendit l'appareil photo à son père, qui recula en faisant signe à Lilia de monter sur un tabouret.

– Nous allons rendre visite à mes cousins, répondit Lilia.

La serveuse, sans y être invitée, se pencha sur le comptoir pour figurer sur la photo. *Clic !*

– Merci mille fois, dit le père de Lilia.

Il donna le polaroïd à sa fille, qui regarda son visage émerger lentement du blanc laiteux.

Onze ans plus tard, à Brooklyn, agenouillée sur le lit d'Eli, elle punaisait la photo sur le mur de la chambre.

12

Parfois, tard le soir, Christopher aimait lire du Shakespeare pendant qu'il attendait que sa femme vienne se coucher ou que le sommeil le gagne, suivant ce qui se présentait en premier. C'est ainsi que, par une nuit comme les autres, à trois heures du matin, il se surprit à lire et à relire un vers de *Roméo et Juliette* : *Elle est encore étrangère au monde*. Son rendez-vous avec Peter au club de jazz remontait à seulement deux ou trois jours, et ce vers eut pour lui une résonance singulière. Vers cette époque, il y avait une certaine chanson qui passait beaucoup à la radio ; il en aimait particulièrement les paroles — comme quoi on est toujours un étranger dans sa propre ville natale — et il se mit à chanter ce vers, quelquefois, dans les moments de tranquillité. Sa voix ne lui était pas familière. Il n'avait jamais chanté de sa vie, sauf tout bas, pendant les goûters d'anniversaire, mais ces temps-ci il ne se reconnaissait plus tout à fait.

Christopher avait alors quarante-cinq ans et se sentait plus vieux ; mais ce matin-là, tandis qu'il se rendait en voiture à son travail, il ne s'était pas senti aussi jeune depuis des années. La bible contenant le message de l'enfant disparue était dans sa sacoche, sur le siège du passager. Il n'avait pas beaucoup dormi — récemment, sa femme avait pris l'habitude de se coucher juste avant l'aube et tenait des propos incohérents dans son sommeil —, mais il n'était pas fatigué. Et il fut soulagé d'un énorme poids quand sa demande de congé exceptionnel fut acceptée en début d'après-midi. Une semaine plus tard, il traînait la caisse contenant le dossier de Lilia dans un poussiéreux bureau en angle, à l'agence de Peter, et commençait à s'installer.

« Un changement, c'est aussi bien que des vacances », avait déclaré son supérieur, d'un ton un peu trop entendu avec le recul, lorsque son congé sans solde lui avait été accordé. Christopher en vint à soupçonner qu'il était devenu un étranger depuis plus longtemps qu'il ne le croyait, et peut-être aussi qu'il baissait un peu d'une manière générale. Il avait conscience d'être trop las ces derniers temps, de s'étioler, d'être moins autonome qu'autrefois et d'avoir des cheveux qui grisonnaient au-dessus des oreilles. Assis dans son nouveau bureau, cet après-midi-là, il se fit la réflexion que ce changement était exactement ce qu'il lui fallait. Il mit la dernière photo de classe de Michaela dans un tiroir, passa quelques minutes à arranger pensivement ses carnets et ses stylos, sortit de la caisse le premier dossier et entreprit de s'immerger dans l'affaire. Comme s'il s'enfonçait dans un lac.

Il y avait des photos tirées d'une bande de vidéosurveillance, dans le hall d'un motel de Cincinnati, la veille du jour où elle avait failli se faire prendre, deux ou trois ans après qu'elle eut écrit son message dans la bible. Christopher examina les clichés avec grand intérêt. Lilia y apparaissait comme une enfant menue, aux cheveux blonds coupés court, saisie à l'instant où elle levait les yeux vers l'objectif de la caméra. Toute la scène était un peu floue et indistincte à cause de l'agrandissement, et l'expression de son visage pixélisé était indéchiffrable. L'homme debout derrière elle aurait pu être n'importe qui : tête baissée, il fouillait dans son portefeuille. Notes écrites par Peter dans la marge inférieure : *Paraît à l'aise, mais ne regarde à aucun moment les caméras.* Christopher se remit à feuilleter les chemises en carton et entreprit de tout lire depuis le début. Ça commençait par une déclaration d'enlèvement enregistrée à la mi-novembre, quelques années auparavant : dans une zone rurale, entre la ville de Saint-Jean et la frontière américaine, une fillette de sept ans avait disparu en pleine nuit. Ses empreintes de pas étaient visibles dans la neige, près de la porte de la maison ; elle était sortie en courant sur la pelouse, pieds nus, et là quelqu'un l'avait soulevée dans ses bras et emportée. Des empreintes d'après-skis, pointure d'homme, conduisaient à des traces de pneus relevées au bord de la route.

Le soleil qui pénétrait en biais par la fenêtre chauffait l'occiput de Christopher. Il ferma les yeux une seconde. L'angle de la lumière avait changé ; il avait faim ; il lisait depuis des heures. L'enquête initiale lui semblait avoir été bâclée ; il avait lu la transcription d'un entretien avec la mère de la petite, laquelle lui avait paru curieusement détachée, même si on pouvait naturellement concevoir qu'elle eût encore été sous le choc à ce moment-là. Il décida qu'il serait sans doute nécessaire de l'interroger à nouveau tôt ou tard. Et peut-être aussi le demi-frère de Lilia. Il écrivit au crayon le prénom « Simon » dans un calepin ; il se sentait plus déterminé qu'il ne l'avait été depuis un bout de temps.

Christopher se leva, s'étira et sortit dans la rue. L'air était brûlant, immobile, et les touristes déambulaient en parlant anglais dans un océan de français. À un coin de rue, deux jeunes filles jouaient du violoncelle, et quand il regagna son bureau avec un sandwich et un café, il s'arrêta pour les écouter quelques minutes en buvant son café à petites gorgées, sentant que tout irait bien. Il se promit de parler à sa fille dans la soirée ; cela faisait longtemps qu'il n'avait pas eu de vraie conversation avec elle. Il lui poserait des questions sur l'école, lui proposerait peut-être même de l'aider à faire ses devoirs. Il dirait à sa femme qu'elle avait de beaux cheveux. De retour dans son bureau, il étendit les jambes et se pencha en arrière sur sa chaise, le café aussitôt oublié sur une pile de vieilles notes. Il avait lu le dossier d'un bout à l'autre. Il y avait une carte du continent américain sur laquelle Peter avait encerclé de rouge quatre ou cinq endroits où les fugitifs auraient été aperçus, en y ajoutant des annotations. Il y avait une page d'informations sur les contacts : la mère de Lilia, l'un de ses professeurs, le policier qui s'était occupé de l'enquête au Québec.

– Tu ne peux pas, dit Peter lorsque Christopher vint le trouver plus tard. C'est dans le contrat.

– C'est dans le contrat que je ne peux pas parler au frère de Lilia ? Tu es sérieux ?

– Oui. La mère a été catégorique.

Renversé en arrière dans son fauteuil, les pieds sur son bureau, Peter feuilletait une liasse de photos en noir et blanc ; les vingt clichés avaient été pris en l'espace de quelques secondes et montraient un homme et une femme entrant dans un motel.

– Je vois.

– Oh ! n'en tire pas de conclusions hâtives, dit Peter. Elle a fait valoir que son fils avait suffisamment souffert comme ça ; il avait déjà été interrogé à trois reprises par différents policiers, le lendemain de la disparition de sa sœur, et j'ai dû accepter de ne pas chercher à entrer en contact avec lui si je devais m'occuper de l'affaire. Elle le protège, c'est tout.

– Tu es certain de ne pas pouvoir la faire changer d'avis ?

– Certain. Tu n'as pas rencontré cette femme.

– Bien.

Il retourna dans son bureau et ferma la porte derrière lui. Il examina de nouveau la bible, puis la mit de côté pour consulter la carte. Il étudia les routes qui rayonnaient à partir de Cincinnati et laissa vagabonder son esprit, cherchant une logique interne dans les cercles, les notations et les lignes d'autoroutes inter-États, attendant que son fidèle instinct lui indique quelle direction ils avaient prise. Il ferma les yeux. Suivre la trajectoire, les villes cerclées de rouge, une voiture roulant rapidement à la surface d'une carte routière. Sa main écrivait un prénom dans la marge de son carnet. *Lilia. Lilia. Lilia. Lilia.* Sa concentration était absolue.

À quinze cents kilomètres de là, dans un autre pays, mais seulement séparée de Christopher par le voile le plus fin, une voiture roulait rapidement à travers le désert du Nouveau-Mexique. Un paysage composé de sable et de lumière, et la carte routière pliée sur le tableau de bord commençait à pâlir au soleil.

13

Le père de Lilia avait acheté un crayon rouge spécialement destiné à tracer des lignes sinueuses sur les cartes routières ; ainsi, dans les chambres de motel qu'ils occupaient successivement, ils planifiaient leur itinéraire. Ils pouvaient aller pratiquement n'importe où. Chaque direction était une possibilité. Ils jouaient à pile ou face quand ils n'arrivaient pas d'emblée à se mettre d'accord — si c'est pile, on va à Santa Barbara ; si c'est face, on se dirige vers le nord —, sauf s'il y avait un festival de musique ou un concert auquel son père voulait assister, auquel cas il avait un droit de veto. Durant le passé impeccable qui avait précédé le présent en miettes, durant le long intermède trépidant où elle n'avait pas encore commencé à laisser des amoureux derrière elle, durant la période pré-Eli, la vie s'était parfois révélée aussi simple qu'un coup de dés.

– Une chose à laquelle tu devrais réfléchir, lui dit son père lorsqu'elle eut seize ans, c'est que tu auras peut-être envie un jour de ne plus voyager.

Elle le connaissait suffisamment pour saisir son message : *Je me fais du souci pour toi, je voudrais que tu t'arrêtes,* mais elle ne le pouvait pas : à seize ans, elle partit seule pour San Diego pendant que son père s'inquiétait pour elle dans la petite ville où il s'était établi, dans le désert du Nouveau-Mexique, et à dix-sept ans, puis à dix-huit, elle n'était toujours pas revenue, sauf pour de brèves visites, et elle vécut encore dans dix ou quinze villes différentes, grandes ou petites, durant les deux années pleines de confusion qui séparaient ses dix-huitième et vingtième anniversaires.

Elle ne demandait jamais d'argent à son père, même s'il lui en envoyait parfois de son propre chef. On pouvait toujours arriver à s'en sortir, d'une ville à l'autre : il y avait toujours une chambre à louer, toujours un job quelconque — faire la plonge, travailler dans un entrepôt ou passer le balai dans un salon de coiffure —, il y avait toujours de quoi s'en sortir et, tôt ou tard, de quoi reprendre la route. Ce qu'elle aspirait à atteindre, c'était une sorte de délirante perfection. Ce que voulait Lilia, c'était voyager, mais pas seulement cela : elle voulait être une citoyenne de partout, insouciante et capable de s'envoler instantanément. Il y avait des contraintes compliquées : cartes, valises, cars qui roulaient lentement dans la nuit sur les autoroutes inter-États, annonces confuses de départs et de retards, impossibles à comprendre dans des gares routières ou de chemin de fer dotées d'une acoustique d'aquarium, horloges trop haut placées sur les murs des salles d'attente.

À San Diego, il n'y eut personne ; elle arriva, jeune et seule, exubérante, et y resta trois mois à travailler dans une baraque de doughnuts, puis elle entreprit de remonter la côte. Parvenue à la pointe du littoral américain (traverser la frontière semblait peu judicieux), elle fit demi-tour et parcourut le chemin en sens inverse. Elle avait alors dix-sept ans, et des gens avaient commencé à s'attacher à elle dans presque toutes les villes où elle s'arrêtait. À San Francisco, il y eut Edwin, qui montait et descendait les collines avec elle, sous la pluie, et la tenait par la main dans le parc. À Sacramento, il y eut Arthur, qui préparait des pâtes délicieuses et voulait devenir cuisinier professionnel. À Santa Paula, il y eut Gene, puis Santos qui habitait à Pinto Beach. À Los Angeles, il y eut Trent, suivi d'un autre Edwin qui était plus intéressant que le premier mais pas aussi gentil. Lors de son second passage à San Diego, il y eut Gareth, après quoi elle se dirigea vers l'intérieur des terres, vers le milieu du continent et une ribambelle de Michael et de Dave pas vraiment inoubliables. Dans ses souvenirs d'une douzaine d'autres villes, il y a des fantômes sans prénom ; inversement, il y a plusieurs amants de moindre importance dont elle ne se rappelle pas la situation géographique mais seulement des détails insignifiants à leur sujet : un tapis persan dans l'appartement de l'un, la lumière d'un réverbère découpant un rectangle sur le plafond du salon chez un autre, un réveil bleu canard dans la chambre d'un troisième. Sa première amante, Lucy, vivait à Denver. À Indianapolis, il y eut Peter, qui passait du Vivaldi sur son tourne-disque et qui fabriquait des cygnes en origami. À Saint Paul, il y eut un Michael plus important, qui aimait le vin rouge coûteux et essayait de devenir écrivain indépendant, puis à Minneapolis il y eut Theo. À Saint Louis, il n'y eut personne, mais elle n'y séjourna qu'une semaine.

À Chicago, il y eut Erica. Lilia avait alors vingt-deux ans, commençait à être un peu fatiguée et se prenait à penser à New York, qui était l'une des rares villes des États-Unis où elle ne fût jamais allée ; elle resta à Chicago deux mois et en partit avec un préavis très court. Le dernier soir, elle eut une vive discussion avec Erica, et après ça elles restèrent un long moment assises en silence à leur table, près de la rambarde de la haute mezzanine du bar favori d'Erica. Celle-ci buvait sa bière à petites gorgées en regardant fixement le rez-de-chaussée. Il était près de minuit et une serveuse avait apporté une bougie pour chaque table ; les flammes vacillaient individuellement dans la pénombre et Lilia contemplait d'un air absent la centaine de petites lueurs éparses, se demandant à quoi New York pouvait bien ressembler et comment elle parviendrait à quitter le bar sans faire à nouveau pleurer sa compagne.

Erica fit glisser son verre devant la bougie. La flamme qui brillait au travers transforma sa bière en un verre de pure lumière. Il fallut un moment à Lilia pour se rendre compte qu'Erica lui parlait.

– Excuse-moi. Tu disais ?

– Cette serveuse… Je disais qu'elle est intéressante, tu ne trouves pas ?

Elle regardait par-dessus la rambarde de la mezzanine. La fille qui avait apporté la bière et la bougie essuyait une table, près du bar, et Lilia ne lui trouva rien d'extraordinaire à première vue : chemisier blanc, pantalon noir, queue-de-cheval bien faite, rouge à lèvres foncé, l'air de marcher au radar.

– Qu'a-t-elle d'intéressant ? demanda Lilia, distraite et bouleversée.

Elle pensait à l'horaire du car, le lendemain matin, et au fait qu'elle ne reverrait jamais Erica — et, du haut de la mezzanine, la serveuse ressemblait à n'importe quelle autre serveuse. Une chose commençait à troubler Lilia, ces derniers temps : parfois, tous les gens et toutes les villes lui semblaient identiques.

– Elle a un tatouage sur le dos du poignet, répondit Erica d'une voix rêveuse. On le voit quand elle tend le bras pour prendre quelque chose.

Elle regardait la fille essuyer la surface d'une table en bois sombre.

– Et alors ?

– J'aime bien les serveuses tatouées. Ça implique l'existence d'une vie secrète.

L'idée plut à Lilia, même si elle ne l'avoua pas à Erica, et elle vit le fameux tatouage lorsque la serveuse leur apporta un nouveau cendrier : il représentait un serpent qui se mord la queue, cercle bleu-vert infini, impeccable, sur le dos du poignet gauche.

– C'est un chouette tatouage, dit-elle.

Mais Erica avait déjà l'esprit ailleurs ; elle souriait à Lilia, la considérait d'un air songeur ; elle écarta de son visage une longue mèche de cheveux bleus avant de parler.

– Je persiste à penser que c'est courageux, Lilia, dit-elle avec animation, reprenant le fil de leur précédente discussion, quelle que soit *ton* opinion sur le sujet.

Lilia soupira et but sans conviction une gorgée de son vin ; elle aurait bien voulu être déjà partie. Elle avait décidé, plus tôt dans la soirée, de s'abstenir à l'avenir d'annoncer à l'avance son départ à quelqu'un.

– Je sais, tu *penses* que ça va de soi, mais moi ça m'impressionne. Je serais incapable d'en faire autant. Boucler sa valise et *partir* comme ça, sans un mot d'avertissement, ou presque, reprendre la route et transporter toute sa vie ailleurs…

– Ça n'a rien de très brave, en fait. Je ne dis pas que ça va de soi, je dis simplement que ce n'est pas courageux.

– Allons donc… (Erica fut momentanément distraite par sa pinte de bière.) Connais-tu seulement quelqu'un à New York ?

Lilia secoua la tête. Elle jouait machinalement avec deux paquets de cigarettes vides, qu'elle combinait avec la salière et la poivrière pour édifier une petite maison instable.

– Tu as un endroit où loger ?

– Non.

– Un emploi ?

– J'en trouverai bien un.

– Là, tu vois ?

Erica se renversa en arrière sur sa chaise comme si elle venait de marquer un point. Son sourire frisait l'autosatisfaction.

– *Ça,* c'est du courage, dit-elle, quoi que tu en penses.

– Tu ne comprends pas.

Lilia s'aperçut, en cet instant, que tout l'impatientait : cette ville, cette rue, ce bar à deux niveaux incurablement branché, les serveuses identiquement vêtues qui se faufilaient entre les tables, cette fille aux cheveux bleus qui buvait sa bière en face d'elle. La tristesse du tatouage de la serveuse, ce serpent bleu-vert qui s'enroulait à l'infini sur le même poignet fatigué. Elle laissa sa maison de bric et de broc s'écrouler sur la table.

– Ce n'est pas du courage, Erica, c'est exactement le contraire. Il n'y a rien de remarquable là-dedans. Ça revient exactement à fuir toutes les choses qui ont de l'importance, et je regrette de ne pas pouvoir te faire comprendre ça.

– S'il te plaît. Dans combien d'endroits as-tu vécu depuis que tu voyages toute seule ?

– Depuis mes seize ans ? Je ne sais pas. Une vingtaine, peut-être. Sans doute davantage. Mais là encore, tu passes complètement à côté du problème.

– Ces deux dernières années, mettons. Dans combien d'endroits es-tu allée depuis deux ans ?

– Je n'en sais rien, Erica. Tu ne saisis toujours pas. En fait, vois-tu, je ne suis jamais *allée* où que ce soit dans ma vie. Quand je débarque dans une ville, ça ne veut pas dire que j'arrive, ça signifie simplement… quand je débarque, répéta-t-elle, pataugeant laborieusement, je *n'arrive* pas dans un endroit, j'en quitte simplement un autre.

– Je persiste à penser…

– Tu ne m'écoutes pas. Tu ne saisis pas. Ça n'a rien d'admirable. Je ne peux pas m'arrêter. La seule chose que je sache faire, c'est partir — et même ça, apparemment, je ne le fais pas très bien, puisque tu es là à recommencer à pleurer parce que je pars demain — et je suis toujours à court de temps. Je suis toujours à court de temps. Es-tu totalement incapable de comprendre ça ? C'est — la seule chose — que — je sache faire, et il n'y a absolument rien d'admirable là-dedans.

Erica était accablée. Les larmes commençaient à avoir le dessus. Cela ne faisait que la rendre encore plus belle, et Lilia se dit qu'elle risquait de mourir si l'instant se prolongeait ; alors elle se leva, contourna la table et déposa un baiser sur ces cheveux bleus qu'elle avait déjà embrassés tant de fois. Le baiser libéra un sanglot et Erica se mit une main sur les yeux, le visage brillant à la lueur de la bougie. Lilia s'éloigna rapidement, descendit l'escalier et sortit sur le trottoir, où la foule du vendredi soir déambulait autour d'elle comme une armée de fantômes. Elle chercha son portable dans la poche de sa parka et composa un numéro tout en remontant la rue encombrée. Elle traversa la chaussée d'un pas vif et s'abrita dans une embrasure de porte en attendant que son appel aboutisse.

– Ça fait plaisir de t'entendre, dit son père.

Un bébé criait en fond sonore, le dernier en date de ses demi-frères, et elle entendait la voix apaisante de la compagne de son père. Ces bruits la ramenèrent à la maison qu'ils habitaient dans le désert, à l'odeur de frites dans le *diner* où travaillait la petite amie de son père, aux longues promenades le long des rues fissurées dans la fraîcheur crépusculaire du désert. Elle ferma les paupières, saisie par le contraste absolu avec la ville froide et illuminée.

– Où es-tu ? demanda-t-il.

– Toujours à Chicago, répondit-elle en se forçant à prendre un ton léger. Mais je voulais t'annoncer que je pars demain pour New York.

– New York New York, dit-il. Excellent choix, petite. J'ai passé quelques années là-bas. Tu as besoin d'argent ?

– Je trouverai un autre job.

– Je t'enverrai demain un virement par la poste.

De l'autre côté de la rue, un peu plus loin, Erica avait émergé du bar. Elle n'avait pas l'air très solide sur ses jambes. Debout au bord du trottoir, elle regarda à droite et à gauche. Lilia se renfonça dans son embrasure de porte, puis se ravisa et s'éloigna à grandes enjambées.

– Tu sais ce qui est bizarre ? dit-elle.

– Quoi donc, ma colombe ?

– Il m'a semblé voir le détective à Saint Louis, il y a deux mois. Je sortais d'une épicerie, et il y avait sur le trottoir d'en face un homme qui portait le même genre de chapeau, un feutre mou. Il avait une canne. Je n'ai pas pu voir son visage, parce qu'il entrait dans une autre boutique, mais j'ai eu l'impression qu'il m'observait, à l'instant où je suis sortie de l'épicerie.

– C'est pour ça que tu as quitté Saint Louis ?

– Je ne sais pas. Peut-être. J'avais envie de revoir Chicago.

– Ça paraît impossible qu'il soit dans les parages, après ce qui s'est passé, dit son père d'un ton circonspect. Tu ne crois pas ?

– Si.

Lilia avait tourné au coin de la rue ; elle regarda des deux côtés, mais Erica n'était nulle part en vue.

– Ce devait être quelqu'un d'autre, reprit-elle. Mais on aurait dit qu'il m'observait.

– Je me tracasse pour toi, lui dit son père.

– Ne t'en fais pas, je m'en sors toujours.

– Je sais bien que tu t'en sors toujours, mais il n'y a plus aucune raison aujourd'hui de voyager d'une manière aussi systématique. Tu n'es pas d'accord ?

– Tu m'as appris à voyager.

– C'est vrai, ma Lily. Cependant, puisque tu sembles tellement attentive à mon exemple, tu remarqueras que j'ai fini par m'arrêter. As-tu envisagé de te poser quelque part pendant un an ou deux, à titre d'expérience ?

– Cette idée me traverse l'esprit de temps à autre.

– Plus personne ne te surveille.

– Comment peux-tu en être sûr ?

– Parce que tu n'es plus une enfant kidnappée, tu es une adulte libre de ses mouvements. Personne n'a la moindre raison de te rechercher. Tu as réussi à disparaître.

– Un détective privé pourrait encore me rechercher.

– Il a eu un accident, dit son père avec douceur.

– Il venait de Montréal, non ? Ça m'a donné envie d'aller là-bas. Histoire de regarder enfin les choses en face.

– Pas cette ville entre toutes, murmura son père. N'y va pas.

14

Il y avait un bouton de manchette sous le lit quand Christopher tendit le bras pour attraper ses pantoufles, ce matin-là. *Ce* matin-là ; quelques mois après avoir pris en charge le dossier Lilia. Il ramassa l'objet avec les précautions d'un joaillier manipulant un diamant, l'examina sous tous les angles, le brandit à la lumière. Il n'avait rien d'extra-ordinaire. Et il ne lui appartenait pas. Sa femme dormait de l'autre côté du lit, tout contre le mur. Christopher s'habilla lentement et mit le bouton de manchette dans sa poche. La chose à faire dans ces circonstances, lui semblait-il, eût été de la réveiller, pour la questionner ou pour lui montrer l'objet en silence jusqu'à ce qu'elle se mette à pleurer, à nier, à avouer, mais il avait du mal à se concentrer, il ne pouvait pas se résoudre à le faire. Tandis qu'il regardait sa femme dormir, il s'aperçut qu'il pensait à des lions. Il pensait à l'époque où il poursuivait sa future femme dans la grande allée du cirque, quand ils avaient respectivement onze et dix ans, et où il parcourait avec elle en caravane la longueur de neuf provinces et de trente-quatre États, en franchissant la frontière dans les deux sens. Ce matin-là, il brûla par inadvertance deux feux rouges en allant à son travail.

Le bouton de manchette, composé de deux ronds de plastique reliés par un fil de fer, provenait visiblement d'une chemise très bon marché. Christopher, assis à son bureau, le tourna et le retourna entre ses doigts. Un représentant ? Un démarcheur ? Un vendeur d'aspirateurs ? Un placier en assurances ? Les jours avaient passé depuis sa découverte et il n'avait quasiment pas été chez lui. Sa femme n'avait fait aucun commentaire. Elle travaillait plus tard le soir, elle aussi, et s'était montrée d'une courtoisie inhabituelle ces derniers temps. Deux étrangers polis dans la chambre à coucher. Ils se parlaient à peine. Mais il persistait à imaginer, en la regardant dormir la nuit, que tout cela pouvait encore être sauvé. Parfois, il touchait sa pâle chevelure répandue sur l'oreiller en imaginant ce qu'il pourrait lui dire s'il en avait la force ou la volonté. Il sentait qu'il approchait laborieusement d'une solution, d'une action décisive, d'un assortiment de mots rédempteur qui, tout à la fois, restaurerait son couple, lui ramènerait sa femme et rendrait Michaela de nouveau accessible. Ce n'était pas inconcevable. Il entama une série de notes séparées, jetées au hasard, sans rapport avec l'affaire Lilia. Des notes sur la deuxième loi de la thermodynamique, apprise par cœur au lycée : *La deuxième loi de la thermodynamique stipule que tout système isolé tend vers l'entropie. Est-ce irrémédiable, ou bien y a-t-il moyen d'inverser le pro-*

cessus ? Des notes sur Michaela : *ombrageuse, secrète, cheveux bruns, yeux verts.* Des notes sur sa femme : *immodérément gouvernée par la deuxième loi de la thermodynamique.* Il prenait bien garde de ne pas mélanger ce carnet-là avec les autres et de le laisser au bureau ; il colla dessus une étiquette *Famille* et le rangea dans un tiroir. Il parcourait parfois ces notes, quand l'heure était tardive, qu'il avait travaillé toute la journée et qu'il ne pouvait pas lire un mot de plus ni donner un coup de fil de plus concernant sa Lilia disparue. *Michaela : toujours silencieuse au dîner, certains soirs je ne peux même pas croiser son regard à table. L'impression que ma propre fille a été remplacée par une autre. Elaine : dort à peine mais ne semble jamais fatiguée. Boucles d'oreilles rouge grenat. Vernis à ongles assorti.* Il aurait bien voulu rentrer à la maison, un soir, et accomplir un geste de rapprochement, comme on noue les extrémités d'une ficelle ; il passait beaucoup de temps à réfléchir au moyen d'y parvenir, et ces notes personnelles représentaient pour lui une préparation. À un certain moment, pensait-il, il aurait amassé suffisamment d'indices pour avoir un tableau complet de la situation, auquel cas il pourrait agir de façon décisive et remettre les choses en ordre.

Pendant quelques jours, il sentit que la préparation avançait bien, qu'il approchait du niveau de compréhension dont il avait besoin, mais il découvrit alors dans sa penderie, par terre, une cravate qu'il ne connaissait pas. Il la vit un matin, tandis qu'il s'habillait, une semaine ou deux après l'incident du bouton de manchette ; elle gisait en tas, comme si on l'avait négligemment jetée d'un autre coin de la chambre. Mais l'angle ne collait pas ; il avait essayé suffisamment souvent de lancer des affaires dans le placard pour savoir que c'était infaisable : elles allaient immanquablement heurter le mur ou la porte du placard, même si par hasard celle-ci était ouverte. Conclusion : de toute évidence, la cravate avait été mise là à dessein. Il n'était pas policier pour rien, bon Dieu ! Il savait bien qu'on l'appâtait et qu'il aurait dû dire quelque chose, qu'on *attendait* de lui qu'il dise quelque chose, que cela pourrait même se révéler utile, mais la cravate changeait la donne : tout semblait de nouveau étranger, condamné, impossible. En se rendant à l'agence, il parla tout seul, essayant de provoquer une réaction — tristesse ? colère ? —, alarmé par un vague mais indubitable sentiment de soulagement. Au moins, pensa-t-il, les choses s'éclaircissaient. Beaucoup plus tard, assis à son bureau dans la lumière déclinante, il contempla le bouton de manchette, replongeant dans le passé.

Il avait connu sa femme dans un cirque ambulant alors qu'ils étaient enfants. Étrange initiation à la vie, sous bien des aspects, mais elle leur avait paru normale à l'époque : son père à lui était dompteur de lions et ses parents à elle, funambules. Une enfance qui s'était jouée dans un millier de petites villes poussiéreuses, entre Vancouver et Halifax, durant les éclatantes années périlleuses où la plupart des gens emmenaient encore leurs gamins au cirque, où tout le monde attendait que la guerre atomique éclate, où l'Union soviétique était encore l'empire du Mal, bien loin de l'autre côté de l'océan, et où Elaine avait en permanence les genoux écorchés, des rubans dans les cheveux et des disputes féroces avec ses parents. Elle était issue d'une longue lignée de funambules ; ses parents ne comprenaient pas pourquoi leur fille détestait tellement cette profession, et ils avaient tendance à prendre la chose personnellement. Christopher passait les hivers à attendre que démarre la saison, à regarder par la fenêtre de la classe le soleil hivernal en songeant au prochain départ, à compter les jours avec Elaine quand il la croisait dans les couloirs : « Vingt-huit jours », disait-elle d'un ton mystérieux, en passant, et les autres enfants faisaient semblant de ne pas les envier, parce que tout le monde rêve de voyager sur les routes avec un cirque. « Quinze jours », « Quatre », jusqu'au moment où elle pouvait enfin murmurer « Demain », les yeux tout illuminés — car, même si elle ne voulait pas devenir funambule, la pensée d'aller à l'école pendant plus d'un semestre leur semblait à tous deux insupportablement débilitante. De très tôt matin, la longue caravane de camions de transport quittait Calgary en direction de l'est pendant que Christopher, allongé sur le plancher de leur maison mobile, lisait des illustrés de Spiderman. Elaine, sa meilleure et unique amie, voyageait parfois, entre deux étapes, dans la caravane des parents de Christopher. Il l'embrassa pour la première fois entre Ottawa et Toronto.

Des décennies plus tard, à Montréal, il ferma les yeux, le bouton de manchette serré dans sa main crispée, posa les coudes sur son bureau et appuya son front sur ses poings. Il resta ainsi plusieurs minutes, sans bouger, puis se redressa très lentement, mit le bouton de manchette dans le tiroir contenant la photo de classe de Michaela et tendit la main vers les dossiers empilés au bord de son bureau. Il ouvrit la chemise du dessus et déplia une carte routière sur laquelle le prénom de Lilia était écrit vingt-huit fois dans la marge. Il commençait à négliger ses autres enquêtes.

Il la suivit discrètement par-dessus les montagnes, traçant des lignes sur des cartes du continent nord-américain, passant des coups de téléphone, appelant des services de police éloignés, recueillant des identifications possibles, des rumeurs, des tuyaux. Il la suivit hors de sa propre vie pour s'enfoncer dans un arrière-pays composé de dossiers et de documents, chacun recelant les clefs de cette disparition, et le chemin qu'il se frayait dans la jungle était marqué par des cercles de café sur son bureau. Il travaillait jusque tard dans la nuit. Les documents se rapportant à l'affaire représentaient plus d'une centaine de pages : photographies, rapports de police, témoignages de gens ayant peut-être aperçu les fugitifs. Souvenirs réduits à des enveloppes en papier kraft, à des documents tapés à la machine, à des images vidéo, à des photos datant de la petite enfance. Une photo, en particulier, le hantait : publiée dans la presse québécoise peu après la disparition de la fillette, elle montrait deux enfants bruns qui ne souriaient pas, Lilia et son demi-frère Simon, avec à l'arrière-plan leur mère radieuse sur les marches d'une véranda. Le garçonnet avait un bras autour des épaules de sa petite sœur toute menue. Les deux enfants fixaient l'objectif d'un air grave, leur mère rayonnante derrière eux. Qu'est-ce qui peut bien pousser une fillette de sept ans à s'élancer pieds nus dans la neige ? La question le taraudait.

Malgré tout, Lilia n'était pas loin de lui ; au fil des mois, il sentit par moments qu'il se rapprochait. Il avait parfois des intuitions étranges, comme des éclairs de lumière : il regardait la carte et croyait savoir où elle était. Il rapportait les dossiers à la maison, le soir, et étalait les documents sur la table de la salle à manger. De là, il suivait la fillette disparue à travers le désert, telle une lointaine créature ailée dans le ciel embrasé ; la voiture s'engageait dans un virage, juste hors de vue, alors même qu'il étudiait une carte dans sa salle à manger de Montréal. Dans l'escalier, Michaela observait le départ de son père.

Parfois, il jetait un coup d'œil à sa fille, assise à table en face de lui, les soirs de plus en plus rares où ils dînaient tous les trois ensemble, et il se demandait en silence s'il serait capable plus tard de lui expliquer tout ça, dans un avenir incroyablement heureux où ils pourraient prendre un verre ensemble, réconciliés dans l'âge adulte de Michaela : Je ne cherchais pas à t'éviter, ce n'était pas de ta faute, mais il y avait ce bouton de manchette et cette cravate et elle ne me parlait pas, et notre couple… L'explication tournait court, même dans son esprit. (Notes sur la deuxième loi de la thermodynamique : *Tous les systèmes tendent inévitablement vers l'entropie. Pourquoi ma famille feraitelle exception ?*)

15

Quand Lilia était toute jeune, le monde entier lui semblait composé de chambres de motel formant un chapelet d'îles à travers le continent américain. La vie insulaire était trépidante et transitoire — faite de voitures, de chambres de motel et de *diners* en bord de route, de voitures d'occasion troquées sur des parkings rudimentaires, à la lisière de petites villes, de longs trajets sur des autoroutes, au soleil ou sous la pluie, de conversations avec des serveuses qui la trouvaient trop jeune pour boire du café, de nuits passées sous les draps rêches de motels minables, de messages écrits en secret dans des bibles de motel. *Je ne veux pas qu'on me retrouve.*

Il y avait aussi les heures passées dans des bibliothèques à l'ambiance feutrée. Son père lui apportait des livres d'histoire, des ouvrages scientifiques, des biographies de personnages qu'il estimait nécessaire de connaître, puis il s'asseyait à proximité pour lire le journal pendant qu'elle potassait la pile de livres. De retour dans leur chambre de motel, le soir, il la testait pour voir si elle avait bien tout compris. Parfois, un bibliothécaire ou un libraire posait des questions : « Il n'y a pas école aujourd'hui ? »

Son père avait appris à Lilia la réponse appropriée : « Je prends des cours à domicile. » Si cela ne suffisait pas, elle ajoutait : « Pour des motifs religieux. » Elle aimait lire, mais les heures passées dans des bibliothèques de petites villes étaient fastidieuses, et elle commença à rédiger sa première liste quand elle avait huit ou neuf ans, en guise de distraction. Une liste de prénoms, qui ne tarda pas à s'étendre sur dix ou douze pages : Lilia, Gabriel, Anna, Michelle. Dans chaque ville, elle portait un prénom différent ; souvent, surtout les premiers temps, elle changeait de prénom et d'antécédents plusieurs fois dans le courant du même mois. Au début, Lilia et son père concoctaient soigneusement ensemble une nouvelle histoire, avant d'arriver en ville, et s'entraînaient mutuellement pendant le trajet. Par la suite, ils pouvaient se renvoyer la balle sans avoir répété au préalable : « Elizabeth ! » lançait-il en reposant le magazine qu'il feuilletait dans un magasin de station-service (ces nouveaux magasins brillamment éclairés, disproportionnés, avec des rangées de paquets luisants et une étrange odeur de renfermé, mélange de ranci et de mauvais café), « Elizabeth, il est temps d'y aller… » et, même s'il ne l'avait encore jamais appelée ainsi, elle reconnaissait sa voix et se retournait en souriant, exactement comme l'aurait fait une vraie Elizabeth ; plus tard, dans une bibliothèque de prêt, elle notait le nouveau prénom sur sa liste. Ce n'était pas une vie malheureuse. Elle aimait bien voyager.

Mais par moments, sans avertissement, l'impression d'être poursuivi s'emparait de son père. Cela se voyait d'abord à la crispation de ses mains ; il se mettait à pianoter sur le volant avec son pouce et deux doigts, un battement à trois ou quatre temps, une valse funeste et saccadée. Parfois, il jetait un coup d'œil dans le rétroviseur et croyait voir quelque chose, ou bien il ne voyait rien mais avait peur quand même ; alors, en silence, il indiquait la banquette arrière. Elle se faufilait entre les sièges et se glissait à l'arrière de la voiture, petite boule effrayée, et se cachait sous une tente improvisée.

La première année, son père rangeait la voiture sur le bas-côté pour aider Lilia à se cacher, mais plus tard elle sut comment édifier elle-même son abri. À l'âge de huit ans, elle avait parfaitement mis au point sa cachette ; elle savait construire une tente sur la banquette arrière avec des couvertures, des coussins et des valises, une façon de disparaître dans l'amas de bagages, d'oreillers, de couvertures et de manteaux. Elle restait cachée là au fil des heures, dans l'obscurité changeante, jusqu'à ce que ses vêtements humides de sueur lui collent à la peau. Comme elle se méfiait du noir, son père lui avait donné une torche électrique, et elle aimait en promener le faisceau sur le toit de sa tente improvisée, décrivant des cercles, s'essayant à un nouveau genre d'écriture cursive, tracée en lettres de lumière, tandis que la voiture tanguait sous elle comme un bateau. Elle était une passagère clandestine traversant des mers hasardeuses. Une fugitive, toujours. Quand elle était petite, elle imaginait que sa tente était profondément enterrée dans la neige, au fin fond de l'Arctique, ou à demi enfouie dans une tempête de sable, sur un territoire brûlant et dangereux. Elle imaginait que des équipes de secours la cherchaient : des Bédouins, des explorateurs perchés sur des traîneaux tirés par des attelages de huskies, des marins fouillant les caisses et les rouleaux de cordage entreposés dans les entrailles du navire — mais, dans ses rêveries les plus heureuses, ils passaient près d'elle sans la voir. Jamais elle n'était déterrée de sous la neige, jamais les nomades ne la trouvaient dans les dunes de sable, jamais elle n'était délogée de la cale, battant l'air de ses bras. Elle restait immobile au fil des heures, perdue et invisible, imaginant parfois Simon allongé à côté d'elle, même si les détails de son visage s'effaçaient peu à peu et qu'elle n'était plus très sûre de se rappeler à quoi il ressemblait, et le faisceau de sa torche dessinait des motifs sur la couverture tendue au-dessus de sa tête. La lumière décrivait des cercles, signal de détresse dans son ciel limité.

16

Quand elle avait onze, douze et treize ans, Michaela aimait bien les films mettant en scène des monte-en-l'air et avait certaines idées sur la dynamite. Ce n'était pas tant l'ardent désir de faire sauter quelque chose en particulier ; c'était plutôt le sentiment qu'elle arriverait probablement à faire exploser des choses si elle y était obligée. Elle avait des intuitions analogues concernant sa capacité à escalader de hautes tours et à marcher sur une corde raide tendue en travers d'une rue, mais ses impressions sur les cordes raides étaient beaucoup plus affirmées, ou reposaient en tout cas sur une expérience plus concrète : en effet, il avait été décidé très tôt d'envoyer Michaela à l'école du cirque, en partie pour vérifier la théorie selon laquelle les talents sautent une génération et en partie pour apaiser deux paires de grands-parents courroucés. Trois jours par semaine, après la classe, elle se rendait donc en bus dans un quartier proche de l'université McGill, arrivant en avance dans la mesure du possible. L'école du cirque, localisée dans le sous-sol voûté d'une église et dirigée par d'anciens contorsionnistes du Cirque de Moscou, était équipée d'une corde raide rudimentaire que Michaela passait le maximum de temps à parcourir dans les deux sens.

À la maison, elle avait une corde raide installée dans le salon pour pouvoir s'entraîner ; bien que la corde fût tendue à seulement trente centimètres du sol, elle imaginait un vide de trente mètres sous ses pieds, les ovations de la foule, les spectateurs et les lumières. Ou alors, un silence absolu entre deux buildings bancaires pendant qu'elle s'enfuyait, hors d'atteinte, avec la clef de la chambre forte, enjambant avec fluidité le rebord de la fenêtre d'en face. Elle faisait des allers-retours incessants sur la corde, experte et solitaire. Le funambulisme la calmait quand la maison était trop silencieuse et que personne n'était là. Il lui semblait que le laps de temps séparant la fin de l'école et le retour de ses parents s'allongeait de soir en soir. Michaela se faisait l'effet d'être à l'avant-garde d'un nouveau monde : c'était comme si ses parents lui avaient tout bonnement donné la maison. Son père rentrait tard et ne parlait guère. Il étalait ses dossiers sur la table de la salle à manger, après le dîner, et les épluchait jusqu'à une heure avancée de la nuit. Par moments, il se levait, faisait les cent pas, rejetait la tête en arrière en fermant les yeux ; parfois, il prononçait un nom à haute voix comme si c'était un mantra *(Lilia, Lilia)*, mais il ne levait jamais la tête pour voir sa fille qui l'observait à travers les barreaux de la rampe. Certains soirs, elle s'endormait sur les marches de l'escalier.

Sa mère rentrait aux alentours de minuit et montait la mettre au lit. Elle l'embrassait tendrement sur le front et Michaela ouvrait les yeux un instant, pas tout à fait éveillée : *Pourquoi tu travailles autant ?* Parfois, sa mère ne répondait pas. D'autres fois, elle disait : *Parce que j'ai des choses à faire, ma chérie. Tout le monde ici est dévoré par le travail, tu n'as pas remarqué ?* Elle serrait Michaela contre son cœur, et le col de son chemisier dégageait une vague odeur de tabac et de lotion après-rasage.

– Je la trouve un peu… féroce, déclara avec diplomatie le professeur de cinquième lors de la dernière réunion parents-professeurs à laquelle participa la mère de Michaela.

– Vraiment ? (Elle était intéressée mais avait du mal à se concentrer.) Féroce ?

– *Fougueuse*, rectifia aussitôt la maîtresse, s'efforçant de permuter les deux mots en plein air. Elle est très déterminée. Madame Graydon, je pense que nous devrions discuter des progrès de votre fille en français.

C'était un sujet de préoccupation récurrent pour les enseignants : Michaela s'était qualifiée pour avoir le privilège de faire sa scolarité en langue anglaise, dans le cadre des lois linguistiques du Québec, mais elle avait de grosses difficultés en français depuis le cours préparatoire.

– Oh, elle finira bien par l'assimiler, répondit la mère de Michaela. (Elle se passait les doigts dans les cheveux et regardait le plancher.) Il faut que je retourne au bureau, annonça-t-elle brusquement. Mon patron m'attend.

– Certainement, dit la maîtresse. Je pense simplement…

– Que Michaela est féroce ?

– J'allais dire, je pense simplement que nous avons peut-être affaire à un cas de dyslexie. Elle obtient d'excellentes notes dans toutes les matières, sauf en français. Elle paraît tout bonnement incapable de l'assimiler. Je n'ai pas besoin de vous dire que, dans le climat politique actuel, l'incapacité à parler la langue…

– Féroce, insista la mère de Michaela avec un léger sourire.

– Un peu… enfin, un peu fougueuse. Oui.

La maîtresse ne put s'empêcher de remarquer que la mère de Michaela semblait presque heureuse de ce constat. Ce n'était pas alarmant au point de signaler la chose à quelqu'un, mais elle ne programma plus jamais de rendez-vous avec les parents de Michaela.

La semaine suivante, Christopher reçut un coup de téléphone de l'école du cirque : Michaela, l'informa une jeune assistante hors d'haleine, était tombée de la corde raide — il sentit sa gorge se nouer — mais elle s'était seulement foulé la cheville, rien de grave, pouvait-il venir la chercher ? La mère de Michaela, inexplicablement, était injoignable. Michaela n'avait dit à personne qu'elle avait à peine vu son père depuis deux semaines ; il était là, mal à l'aise, dans le sous-sol de l'église, les mains dans les poches de son pardessus, malheureux d'avoir été interrompu dans son travail mais trop soucieux des apparences pour ne pas accourir. Après avoir examiné avec l'instructeur la cheville de Michaela, il convint que celle-ci était légèrement enflée et qu'il n'y paraîtrait sans doute plus le lendemain.

– Comment es-tu tombée ? demanda-t-il. Normalement, il y a un filet de sécurité.

– Je me suis foulé la cheville *dans* le filet. Au départ, c'est le filet qui m'a gênée et qui m'a fait tomber.

– Comment peut-on être distraite par un filet ?

– Il a bougé, expliqua-t-elle. Quelqu'un l'a frôlé en passant dessous. S'il n'avait pas été là, je m'en serais sortie sans rien.

– S'il n'avait pas été là..., commença son père.

Mais il s'aperçut qu'il ne pouvait pas terminer sa phrase. Suivit un silence embarrassé. Il s'éclaircit la gorge.

– Bon, dit l'instructeur, un quadragénaire qui parlait avec l'accent russe et à qui il manquait un doigt à la main gauche. Vous avez envie de la ramener chez elle, j'imagine.

– Oui, dit Christopher, surpris par cette idée. Oui, bien sûr. Merci.

Sur un signe de tête emprunté, il sortit dans la rue avec sa fille. C'était l'un des quartiers de Montréal qu'il préférait, et il songea à quel point il y venait rarement. L'architecture était magnifique dans cette partie de la ville. Ils marchèrent quelques minutes en silence, Michaela clopinant, Christopher regardant les escaliers en spirale à l'extérieur des maisons.

– Papa ?

Il se tourna vers elle, arraché en sursaut à ses pensées, mais il ne savait pas trop que dire.

– Papa, je veux m'engager dans un cirque.

– Hors de question.

– Pourquoi ça ? demanda-t-elle, un peu boudeuse.

Pendant quelques pas, elle accentua la gravité de son boitillement.

– Tu ne peux pas travailler dans un cirque, dit-il. Tu as treize ans.

– Quatorze. À l'école du cirque, il y a une fille qui a un an de plus que moi et qui a déjà travaillé avec le Cirque du Soleil quand elle avait mon âge. Je pourrais passer une audition.

Il ignora délibérément la suggestion.

– Funambule, ce n'est pas une vie, dit-il. Et à part ton âge, tu sais très bien pourquoi c'est non. Ce serait une régression.

L'idée qu'on puisse avoir envie de travailler dans un cirque le hérissait ; il avait fui le cirque de ses parents, avec sa femme, quand ils avaient dix-sept et dix-huit ans.

– C'est quoi, une régression ?

– Le contraire d'un progrès. Pourquoi voudrais-tu faire du cirque ?

– Pour voyager loin, répondit Michaela. Je n'aime pas cette ville.

– Bien sûr que si.

– Je te dis que *non.* Je ne parle même pas le français, et *tout le monde* parle français. Pourquoi je ne peux pas partir ailleurs et m'engager dans un cirque ?

– Parce que tu devrais être heureuse ici. Te rends-tu compte du mal que nous avons eu à t'inscrire dans une école anglaise ? Et maintenant, tu voudrais parler *français* ?

Il hélait un taxi ; quand le chauffeur s'arrêta à leur hauteur, il lui donna son adresse, sa fille et un billet de dix dollars, puis les regarda s'éloigner en agitant la main. Il pensait à Lilia. Le taxi s'arrêta en souplesse devant la maison et Michaela donna le billet au chauffeur, qui marmonna en français quelque chose qu'elle ne comprit pas. Sans relever la réflexion, elle descendit de voiture avec difficulté et se dirigea en boitant vers la porte d'entrée tandis que le taxi repartait. Sa cheville la faisait souffrir. Elle déverrouilla la porte, la referma à clef derrière elle et resta un moment adossée au panneau. La maison était silencieuse. Un parapluie poussiéreux traînait par terre ; elle donna un coup de pied dedans, fit quelques pas claudicants vers l'escalier, puis se ravisa et entra dans la salle à manger. Elle s'arrêta sur le seuil, rebroussa chemin vers le placard du hall et tâtonna sur l'étagère du haut jusqu'à ce qu'elle ait trouvé la torche électrique réservée aux cas d'urgence.

Le premier carnet qu'elle ouvrit commençait par la femme de ménage. Michaela braqua le faisceau de la torche sur la page. Elle aurait pu allumer le plafonnier de la salle à manger, mais elle faisait semblant d'être une monte-en-l'air. Le carnet mentionnait un Motel 6 dans la ville de Leonard, Arizona, une chambre au premier étage payée en liquide par un homme qui voyageait seul avec sa fille, et une femme de chambre de trente-deux ans au prénom éminemment oubliable. *(Sara ? Kate ? Jane ?)* Elle plissa les yeux (le prénom était écrit de façon illisible) et tourna la page.

Cet après-midi-là, Lilia était loin de l'Arizona ; pendant que Michaela lisait ces lignes à Montréal, elle pêchait à la mouche avec son père dans une rivière de l'Oregon. Mais un an auparavant, dans une petite ville du désert, Lilia avait séjourné avec son père dans une chambre que la femme de ménage avait nettoyée.

17

La chambre nettoyée par la femme de ménage : deux lits doubles recouverts de courtepointes rêches à motifs orange et blancs, une table de chevet contenant un stylo et une bible Gideon, un poste de télévision posé sur une commode basse au pied des lits. Le père de Lilia était sorti acheter des hamburgers à emporter au restaurant du rez-de-chaussée et Lilia, assise en tailleur sur l'un des lits, lisait un article du *National Geographic* sur les hippocampes. Les lampes dispensaient une faible lumière jaune, la télévision diffusait une lueur bleutée, tremblotante, et le tableau accroché au mur, derrière elle, était une tache de couleur abstraite qui se reflétait dans le miroir. Elle laissait toujours la télévision allumée — plus jamais, cependant, après ce soir-là — pour lui tenir compagnie les rares fois où elle se retrouvait seule dans une chambre de motel. Elle n'était pas habituée à rester seule et ça la mettait mal à l'aise. Elle prêtait rarement attention à ce qui se passait sur l'écran ; si elle leva la tête, en cette soirée particulière, ce fut uniquement parce qu'elle entendit prononcer son nom.

– Lilia Grace Albert, psalmodiait le présentateur.

Lilia eut tout juste le temps de croiser son regard ; la caméra s'attarda un instant sur son visage. Il se tenait sur un plateau à plusieurs niveaux, d'aspect industriel, où des gens, dos à la caméra, pianotaient sur des claviers d'ordinateur.

– C'est le cauchemar de tout parent, enchaîna le présentateur d'un air sombre. Un homme possédant une double nationalité enlève sa fille, confiée à la garde de son ex-femme ; dans le cas présent, il la kidnappe dans son lit en pleine nuit et l'emmène clandestinement dans un autre pays. Une fois là-bas, il est relativement facile de changer le nom de l'enfant, d'adopter une nouvelle identité — bref, de se volatiliser. Notre émission de ce soir est consacrée au problème des enlèvements internationaux. Nous examinerons plusieurs cas individuels…

C'était *Affaires Non Résolues*, et Lilia était la Non Résolue du jour. L'image de son père apparut sur l'écran, suivie de la dernière photo de classe prise avant la disparition de Lilia. Le présentateur dissertait d'un ton solennel sur les enlèvements internationaux en général et sur le cas de Lilia en particulier, celui-ci étant apparemment jugé dramatique à cause de l'angle « kidnappée-dans-son-lit ». Elle trouva que son portrait n'était pas trop mal, pour une photo de classe : au cours préparatoire, elle avait été une fillette sérieuse, aux grands yeux, jolie dans un registre grave. Quant à la photo de son père, c'était celle que sa mère avait fournie à la police peu après la fameuse nuit. Elle avait été prise quatorze ans plus tôt à l'aéroport de Nairobi, au retour d'un désastreux voyage de noces en Afrique : on y voyait son père appuyé contre un pilier en ciment, à côté de l'aire de livraison des bagages, les yeux hagards à cause de la malaria, les cheveux hérissés dans tous les sens, une barbe de trois jours ombrant son visage en sueur. Il avait exactement la tête d'un d'homme capable de kidnapper une enfant dans son lit.

Plan de coupe sur le visage d'une jeune intervieweuse, maquillage impeccable et cheveux parfaitement en ordre. Elle était assise dans un fauteuil tourné en biais vers un canapé sur lequel une femme, présentée par un sous-titre comme étant la mère de Lilia, était assise à côté du frère de Lilia, qui avait l'air gauche d'un adolescent en pleine puberté et ne ressemblait pas du tout à sa sœur. Lilia les observa attentivement à la faible lumière de la chambre, mais leurs visages n'éveillèrent aucun écho dans sa mémoire. Ils lui étaient totalement inconnus. Elle ne se rappelait même pas les avoir déjà vus. L'époque antérieure à son départ de la maison maternelle n'était que portes closes et recoins obscurs ; ses souvenirs commençaient la nuit où son père était apparu sur la pelouse enneigée, sous la fenêtre de sa chambre.

– Vous avez vécu des années difficiles, remarqua l'intervieweuse, qui portait un tailleur couleur de roses.

– Très difficiles, confirma la mère de Lilia.

Il sembla à Lilia que cette femme avait dû être naguère très jolie ; elle avait maintenant une expression maternelle, débonnaire, des traits las et un peu empâtés. Elle arborait un très gros pendentif turquoise sur son épais pull-over gris. Ses cheveux ressemblaient un peu à ceux de Lilia, du moins à ce qu'ils auraient pu être — supposait-elle — si elle avait arrêté de les teindre d'une couleur différente tous les trois mois. En cet instant, assise sur le lit de la chambre de motel, Lilia aurait donné pratiquement n'importe quoi pour se souvenir de sa mère. Cette femme, sur l'écran, était une parfaite étrangère.

– Y a-t-il eu de nouveaux développements dans l'enquête ?

– J'ai loué récemment les services d'une agence d'investigations.

Elle s'exprimait avec un léger accent que Lilia ne parvint pas à identifier.

– Un détective privé ?

– Un détective privé, oui. J'ai l'impression que les choses sont sur la bonne voie, même si la situation est très difficile, bien sûr. En fait, il y a eu dernièrement quelques pistes prometteuses, depuis que l'agence a commencé à enquêter pour moi. Ils travaillent en liaison avec le FBI. Je pense qu'il y a de l'espoir.

– J'en suis très heureuse. Quel a été l'aspect le plus pénible pour vous, au quotidien ?

L'intervieweuse se pencha un poil plus près, pleine de chaleur humaine, de sollicitude bienveillante et d'espoir à la perspective d'enregistrer un taux d'écoute plus élevé. La caméra cadra en gros plan le visage de la mère.

– Les nuits sont difficiles, répondit cette dernière d'une voix altérée. Parfois, je rêve qu'elle me quitte. Elle était si *petite*, elle n'avait que sept ans à l'époque, et je la vois toujours en rêve descendre l'escalier pieds nus…

Elle se tut. La caméra tenta de saisir le frère de Lilia, mais il se montrait peu coopératif et regardait dans le vide. Il paraissait, pour tout dire, au comble de l'ennui.

– Voulez-vous un mouchoir ? demanda l'intervieweuse pour la forme.

Une boîte de mouchoirs en papier s'était matérialisée sur une petite table, près de l'accoudoir du canapé. La mère de Lilia en prit un et s'essuya vaguement les yeux, après quoi elle le plia et le replia entre ses doigts jusqu'à le réduire à un minuscule carré blanc sur ses genoux.

– Elle est à moi, murmura-t-elle. Sa place est auprès de moi.

– Naturellement, c'est bien évident. Bien évident. Parlons un peu de votre fils. Simon n'habite plus avec vous, c'est exact ?

– Il habite chez mon premier mari, mais il vient encore chez moi les week-ends.

– Simon, interrogea l'intervieweuse, voudrais-tu dire quelques mots au sujet de ta sœur ?

La caméra se fixa sur Simon, qui se borna à regarder ses chaussures. L'intervieweuse, s'adressant à la mère, enchaîna précipitamment :

– Quel est votre vœu le plus cher, ce que vous souhaitez plus que tout au monde ?

– Je souhaite par-dessus tout qu'elle revienne à la maison. Sa place est auprès de sa mère. Mais si elle ne revient pas, si elle ne peut pas, si quelque chose... si elle ne revient pas à la maison, alors je voudrais...

L'intervieweuse se pencha en avant dans son fauteuil, attendant la suite. Simon marmonna quelque chose d'inaudible et ferma un instant les yeux ; on pouvait difficilement échapper à l'impression qu'il avait déjà entendu ce discours. Ce qui parut étrange à Lilia, rivée devant l'écran, c'est que les mots inintelligibles qu'il avait prononcés étaient — lui sembla-t-il — du français.

– Je sais que c'est affreux. (Sa mère se tamponna légèrement les yeux avec le mouchoir.) Je veux dire, c'est affreux d'avoir ne serait-ce que cette *pensée*, mais...

Lilia porta les mains à son visage pendant que sa mère parlait ; elle avait de l'eau salée au bout des doigts et la chambre de motel se brouillait autour d'elle. Tout ce qu'elle voyait, c'était l'écran de télévision, tandis que la pièce alentour se réduisait à des contours et à des ombres.

– Mais la seule idée de sa disparition est si affreuse que, parfois, je voudrais pouvoir oublier...

Elle se tut, triturant entre ses mains le mouchoir en papier, et Lilia porta ses doigts à ses lèvres.

– Oublier l'enlèvement ? s'enquit l'intervieweuse.

– Non. Je voudrais pouvoir l'oublier, elle.

(Michaela, un an plus tard, dans un autre pays, rembobina la bande pour s'assurer qu'elle avait bien entendu : *Non... l'oublier, elle.*)

Lilia s'agenouilla devant la table de chevet, entre les deux lits, prit la bible dans le tiroir du haut et l'ouvrit au Psaume 69, puis fouilla le tiroir en quête d'un stylo à bille. Elle griffonna rapidement en travers du texte : *Je n'ai pas disparu. Arrêtez de me chercher. Je veux rester avec mon père. Arrêtez de me chercher. Laissez-moi tranquille.* Elle signa de son prénom, d'une main qui tremblait, parce qu'il y avait encore dans le monde des gens qui voulaient qu'on la retrouve : elle laissait pourtant ses messages dans des bibles de motel depuis si longtemps, si longtemps, mais personne ne les recevait. C'était comme de jeter des bouteilles à la mer, mais les bouteilles dérivaient loin du rivage. Il y avait encore des forces invisibles qui se liguaient contre elle, et voilà maintenant que sa photo illuminait un million d'écrans. Elle laissa la bible ouverte sur le lit et s'approcha de sa valise ; dans la poche intérieure, son porte-monnaie en plastique formait un poids compact. Elle l'emporta avec elle quand elle se faufila hors de la chambre.

Dehors, l'air était lumineux et immobile. Il faisait nuit, mais le balcon qui courait le long du motel était privé d'ombre par une longue enfilade d'ampoules nues — une au-dessus de chacune des portes bleues, toutes fermées. Lilia laissa la sienne légèrement entrebâillée. C'était un signal convenu avec son père : cela signifiait qu'il y avait un problème et qu'elle attendait dans la voiture. Du haut du balcon, elle parcourut du regard la topographie des lieux : il y avait le motel, long bâtiment bas, et un restaurant très étendu, brillamment éclairé, avec une station-service entre les deux ; l'ensemble formait un L rudimentaire qui donnait sur un vaste parking. Quelques camions étaient garés d'un côté ; plus loin, de l'autre côté de la route, au cœur du chaparral[1], la petite ville de Leonard était un semis de lumières. Il y avait sur le parking deux réverbères autour desquels tourbillonnaient, dans une frénésie ailée, des nuages de moucherons. Lilia voyait la cabine téléphonique dans les ombres, près du restaurant, à mille kilomètres de là.

Elle longea le balcon en faisant le moins de bruit possible et descendit les marches, consciente du poids de chacun de ses pas. L'escalier fermé était trop éclairé et, à chaque coin, elle redoutait l'apparition menaçante d'un officier de police, d'un uniforme sombre, d'un insigne : *Êtes-vous Lilia Grace Albert ? Nous venons d'arrêter votre père. Veuillez nous suivre, s'il vous plaît.* Mais elle poursuivit sa descente silencieuse, serrant son porte-monnaie contre elle, essayant de se rendre invisible. Elle dut quitter les ombres qui bordaient le motel pour traverser à toutes jambes le parking inondé d'une lumière éclatante, paniquante, jusqu'à la cabine téléphonique. Arrivée au but, elle s'enferma à

1. Sorte de maquis formé de buissons et de broussailles, qu'on trouve notamment en Californie et au Nouveau-Mexique. *(N.d.T.)*

l'intérieur, haletante, persuadée que tout était perdu ; au bout de plusieurs battements de cœur précipités, elle finit par comprendre que personne ne l'avait vue — ou que personne n'avait prêté attention à elle. Aucune main ne s'abattit lourdement sur son épaule, aucun pas ne résonna sur les pavés du parking, aucune sirène ne déchira l'air sec du désert. Seules trois ou quatre voitures étaient garées par ici et on ne voyait que quelques silhouettes à travers les vitres du restaurant, où une télévision était allumée au-dessus du bar. Lilia ne put distinguer son père parmi les clients. Des ombres bougeaient çà et là, derrière les rideaux des fenêtres du motel, fantômes qui se profilaient sur la lumière bleutée et vacillante d'une douzaine d'écrans. Elle tourna le dos au motel et décrocha le combiné ; étrangement, quand elle leva la main vers le cadran, elle sut d'emblée quel numéro composer. Après un silence, une voix enregistrée réclamant trois dollars et soixante-quinze *cents* la fit sursauter. Elle fourragea dans son porte-monnaie et introduisit des pièces de vingt-cinq, de dix et de cinq *cents* jusqu'à ce que lui parvienne un *Merci* articulé par un robot ; les pièces cliquetèrent et elle se retourna de manière à pouvoir observer le parking, les silhouettes sombres des pompes à essence, le va-et-vient incessant des serveuses derrière les vitres du restaurant. Le cordon métallique du téléphone était froid contre son bras. Le vent s'était levé, surgi de nulle part, et des boules de plantes sèches roulaient rapidement sur le sable mort et sur l'asphalte, à la limite extérieure des lumières du parking. Elle resta immobile, le cœur battant la chamade, à écouter les bruits annonçant la communication imminente. Il y eut un déclic, puis un autre ; des commutateurs qu'on actionnait à travers un continent de fils électriques entrecroisés, par-dessus des océans de friture et de confusion.

Quelqu'un décrocha à la deuxième sonnerie. Et elle avait su précisément, en formant le numéro, ce qu'elle allait dire : *Je n'ai pas disparu, je ne veux pas qu'on me retrouve, dites-leur d'arrêter de me chercher, je veux rester avec mon père, je ne reviendrai jamais et je ne veux pas qu'on me retrouve* — le même message qu'elle avait écrit sous une douzaine de formes différentes, dans des bibles de motel, aux quatre coins des États-Unis. Mais ce ne fut pas sa mère qui répondit au téléphone.

– *Oui ?*

La voix de Simon était indistincte. Il y eut un murmure de parasites, comme une pensée cheminant le long de la ligne. *Simon vient chez moi les week-ends.* Lilia s'aperçut qu'on était samedi — et qu'elle était incapable de former un son dans sa gorge.

Elle resta un moment pétrifiée dans les ombres de la cabine, le combiné pressé contre son oreille.

– Il y a quelqu'un ? demanda-t-il en français.

Le vent soufflait avec plus de force. Une boule de plantes séchées, grosse comme un lapin, détalait sur le parking, et Lilia observait sa fuite. Elle se surprit à regarder les réverbères qui oscillaient légèrement au vent et la nuée de petits points ailés qui voletait tout autour. De l'autre côté du parking, elle vit son père, sur le balcon du premier étage, se diriger vers la chambre abandonnée. Il poussa la porte et la lueur tremblotante de la télévision s'éteignit. Elle était incapable de parler. Incapable de raccrocher.

– Qui est à l'appareil ?

Simon était à un âge où sa voix muait : elle couvrit deux octaves en l'espace d'une phrase.

– Simon, finit-elle par articuler. *C'est Lilia.*

– Où es-tu ? dit-il dans un murmure.

– Je voyage.

– Lilia, chuchota-t-il. Lilia, ne t'arrête pas. Ne reviens pas à la maison.

À présent, son père sortait de la chambre et longeait précipitamment le balcon du premier étage, en pleine lumière, des vêtements sur son épaule, une valise dans chaque main.

– Continue de voyager, murmura son frère. Il faut que tu restes loin d'ici, où que tu sois, même si tu as des ennuis…

Son père disparut dans la cage d'escalier, presque en courant, et Lilia s'aperçut à cet instant qu'elle pouvait courir aussi. Elle laissa choir le combiné au bout de son cordon, le charme rompu, et prit ses jambes à son cou ; son père n'avait pas encore atteint le pied des marches qu'elle avait déjà traversé le parking. À cette époque, ils parcouraient l'Arizona dans une décapotable rouge ; elle grimpa par-dessus la portière et se pelotonna sur le siège, hors d'haleine, tandis que son père émergeait de la cage d'escalier et que les valises atterrissaient sur la banquette arrière. Une seconde plus tard, son père était à côté d'elle ; il enclencha la marche arrière et sortit du parking. La voiture fila à toute allure sur la route, secouée de vibrations, et Lilia regarda défiler les réverbères qui se découpaient sur le ciel indigo.

Il resta un long moment sans parler. Il pianotait nerveusement sur le volant une valse rythmée. Son autre main était un poids ferme, rassurant, sur l'épaule de Lilia.

– Tu as vu l'émission, dit-il, et tu es allée tout droit à la voiture. C'était le bon réflexe. Je suis fier de toi. Tu as fait ce qu'il fallait.

– Je ne me souviens pas d'elle.

– Ma foi… tu étais jeune.

– Je me souviens du numéro de téléphone de la maison, dit-elle.

– De la maison ? C'est vrai ?

– Je me souviens du numéro de téléphone de la maison où j'habitais à sept ans, mais je ne me souviens pas de ma mère.

– La mémoire est une chose étrange.

– Tu ne peux rien me dire ?

Il garda le silence.

– S'il te plaît.

Finalement, il répondit :

– Tu rencontres une jeune et belle divorcée dans un bar. Elle a vingt-six ans, un fils de deux ans, elle est belle, pleine de vie, elle veut partir en voyage de noces en Afrique, et puis très vite les choses se gâtent, et avant même d'avoir compris ce qui t'arrive, tu te retrouves en train d'emmener ta gamine dans la nuit. Ta mère appartient au passé, petite. Tu n'as pas envie de vivre dans le passé, et moi je n'ai pas envie d'en parler.

– C'était quoi, son accent ?

– Quoi ?

– Ma mère, pendant l'interview… Elle avait un accent.

Après une très longue pause, il dit :

– Elle est québécoise. Mais je suis surpris que tu l'aies remarqué. Elle parle un anglais impeccable.

– C'était quoi, ma première langue ?

– Quoi ?

– C'était l'anglais ou le français ?

– Nous habitions près de Montréal, dit son père. Au nord de la frontière américaine. Ta mère et moi, nous parlions à la fois l'anglais et le français. Tu as toujours connu les deux langues.

– Mais laquelle était ma première ?

– Il n'y avait pas de *première*. Tu n'as pas de première langue.

– Comment peut-on ne pas avoir de première langue ?

– Tu as toujours pratiqué les deux. Ta mère était française, moi anglais, et voilà tout. Mais ce n'est pas bon de vivre dans le passé, ma colombe. Je ne veux pas parler de tout ça. (Puis il répéta :) Je suis surpris que tu aies remarqué son accent.

Elle ne pouvait pas parler, terrassée par sa trahison. Les réverbères se firent plus rares, plus espacés, jusqu'au moment où ils cédèrent complètement la place aux étoiles, douloureusement proches dans l'air nocturne. Il lui fallut quelques semaines pour comprendre que Simon n'avait parlé à personne de son coup de téléphone. S'il l'avait fait, Lilia aurait été capturée cette nuit-là.

18

Simon n'en parla à personne ; il avait toujours su très précisément pourquoi sa sœur était partie.

Il reposa le combiné, composa le *69 et nota le numéro d'appel sur la paume de sa main. Mais avant, il resta longtemps au bout du fil à écouter les parasites et le vent du désert.

19

Les relevés téléphoniques du domicile de la mère de Lilia arrivaient sur le bureau de Christopher une fois par mois, dans une épaisse enveloppe, et depuis deux ans qu'il s'occupait de l'enquête, il était capable d'en éplucher rapidement les pages : il connaissait par cœur la plupart des numéros. Le dentiste, le psychiatre, la maison du premier mari où son fils vivait la plupart du temps, les amis de son fils à Saint-Jean, quand il venait la voir tous les week-ends… soudain, il s'arrêta net à la vue d'un appel extérieur en provenance de l'étranger. La communication avait duré un peu plus d'une heure. Il composa le numéro et écouta l'interminable sonnerie. Personne ne décrocha. Il écrivit *Cabine publique ?* dans la marge, en bas, et en moins de trente minutes il avait confirmé son intuition.

– Rien qu'une semaine, dit-il à sa femme ce soir-là.

Ils étaient assis chacun d'un côté du lit, compassés, comme deux amants arrivés sans drame au terme d'une liaison en chambre de motel.

– Une semaine, répéta-t-elle d'une voix sans timbre.

Il ne l'avait encore jamais laissée seule.

– Ça pourrait être une avancée décisive, dit-il. J'ai eu au téléphone la mère de la petite, mais elle ne savait rien ; à l'en croire, elle était sortie ce soir-là. Quand je lui ai demandé si je pouvais parler à son fils, elle m'a rappelé les termes du contrat et m'a raccroché au nez. J'estime tout à fait possible que le frère de Lilia ait parlé avec l'un des deux, la petite ou son père, mais si je ne peux pas l'interroger, je suis bien obligé… écoute, tu sais que je déteste te laisser seule.

Avec un sourire subit, insincère lui sembla-t-il, elle répondit :

– Parfait. J'espère que tu t'amuseras bien.

– C'est du travail, pas des vacances. Je vais aller sur place en avion, louer une voiture pour une semaine et essayer de retrouver cette gamine. Il y a sacrément peu de chances que ça marche.

– Tâche quand même de bien t'amuser.

– Merci, dit-il avec embarras. Merci, j'essaierai.

Arrivé en Arizona, il contempla la cabine téléphonique sous le soleil de midi ; il pouvait presque voir Lilia, tel un fantôme, un mirage, composant un numéro exhumé d'un obscur recoin de sa mémoire d'enfant. Il rebroussa chemin vers le motel. C'était le milieu de l'après-midi et le parking était silencieux. Deux voitures et un semi-remorque ondulaient dans la brume de chaleur. Il demeura face au motel jusqu'à ce qu'il ait repéré ce qu'il cherchait : un mouvement sur le balcon du premier étage, une femme de ménage en blanc qui poussait son chariot d'une chambre à l'autre. Il traversait le parking sur sa largeur quand elle disparut dans une embrasure de porte, celle-ci formant un rectangle d'ombre dans la lumière éclatante. Il longea le balcon en faisant du bruit pour ne pas l'effrayer en arrivant derrière elle par surprise, mais elle sursauta néanmoins et plaqua brièvement une main sur sa poitrine quand il frappa à la porte de la chambre qu'elle nettoyait.

– Je m'excuse de vous déranger, dit-il. Christopher Graydon. Je suis détective privé.

Elle sourit et lui dit un nom qu'il nota sur son calepin, d'une écriture illisible. La femme de ménage avait vécu toute sa vie dans la petite ville de Leonard. Le lendemain de la diffusion de l'interview, durant l'après-midi torride, elle avait passé l'aspirateur dans la chambre désertée. Elle avait trouvé la clef sur la porte en arrivant ce matin-là. Elle n'avait pas vu l'émission *Affaires Non Résolues*, mais elle avait remarqué la bible abandonnée sur le lit ; elle l'avait prise, plus par souci de l'ordre que par curiosité religieuse, et avait découvert le message écrit en travers de la page. Elle l'avait lu deux fois de suite, sourcils froncés. Il avait quelque chose d'un peu effrayant, ce message, et elle avait eu l'impression subite d'être observée, d'autant que le silence de la pièce était oppressant, alors elle s'était dépêchée de refermer la bible et de la remettre dans le tiroir. Et elle n'y avait plus pensé jusqu'au moment où Christopher, deux semaines plus tard, était apparu sur le seuil d'une chambre où elle faisait le ménage.

– Vous allez trouver ma requête très étrange, dit-il après s'être présenté, mais je me demande si par hasard vous vous rappelez…

La femme de chambre avait toujours rêvé d'être célèbre. Et elle le fut, très brièvement : « Un témoignage local fait progresser l'enquête sur la fillette disparue » (*Leonard Gazette*, numéro 486), disait la légende de la photo sur laquelle elle souriait, avec de resplendissants cheveux oxygénés et des boucles d'oreilles créoles. « Je n'y ai pas fait plus attention que ça », déclarait-elle au correspondant du journal, qui ne changea *rien* de *rien* à l'article avant que celui-ci soit mis sous presse. « J'ai juste trouvé ça bizarre, comme qui dirait, d'écrire des trucs comme ça dans une bible, et puis là-dessus un détective est venu me voir. »

Il loua une voiture et passa six semaines à rouler, décrivant des cercles de plus en plus larges autour de la ville de Leonard, s'arrêtant dans les motels, posant des questions, se rangeant sur le côté de la route pour fermer les yeux et tenter d'imaginer quelle direction ils avaient pu prendre. Il appela Peter, qui lui dit de rester sur place aussi longtemps que nécessaire ; ses autres enquêtes attendraient. Il appela sa femme deux soirs de suite mais tomba chaque fois sur le répondeur ; il renonça alors à la joindre et continua de rouler. Dans le vol de Tempe qui le ramenait chez lui, il laissa la nouvelle bible ouverte sur ses genoux, jetant un coup d'œil sur le message quand il ne regardait pas par le hublot. Un frisson lui parcourait l'échine chaque fois qu'il le lisait. L'écriture était brouillonne, irrégulière. Elle écrivait rapidement. *Je n'ai pas disparu. Arrêtez de me chercher. Je veux rester avec mon père. Arrêtez de me chercher. Laissez-moi tranquille. Lilia.*

Elle avait écrit deux fois *Arrêtez de me chercher*. Sans doute venait-elle tout juste de voir l'émission *Affaires Non Résolues*, ou peut-être l'avait-elle regardée pendant qu'elle écrivait ; il l'imagina griffonnant ces lignes au bord de la panique, son image apparaissant sur l'écran. Elle comprenait qu'elle était pourchassée. Sa tension nerveuse, dévoilée à Christopher par le biais de ce dernier message, représentait pour lui une sorte de reconnaissance de son existence ; après deux années de poursuite, elle avait reçu le message qu'il suivait sa piste, elle avait ouvert une bible au Psaume 69 et rédigé une réponse. Il s'imagina qu'elle lui parlait. Il arriva à Montréal en début d'après-midi et alla directement de l'aéroport à son bureau au lieu de rentrer chez lui. Il scruta la photographie figurant dans le dossier de Lilia, le portrait de classe qui avait été diffusé dans *Affaires Non Résolues*, et se surprit à murmurer indéfiniment les mêmes mots, plongeant son regard dans les yeux impénétrables de l'enfant : *Où vas-tu ? Où vas-tu ?* Il avait le sentiment de n'avoir jamais été aussi près.

La mère de Michaela s'était mise à fumer en l'absence de son mari mais avait négligé d'acheter des cendriers. Lorsque Christopher rentra chez lui, la maison dégageait une étrange odeur de roussi ; il y avait des brûlures de cigarettes un peu partout sur les meubles. Il se serait cru le genre d'homme à ne pas tolérer n'importe quoi, mais il ne trouva pas plus facile de parler à Elaine de ses cigarettes écrasées sur le mobilier que de lui parler de cravates inconnues et de boutons de manchettes en plastique. Il acheta un certain nombre de cendriers en verre bon marché qu'il disposa dans toute la maison. À présent, il partait au bureau avant le lever du soleil et ne rentrait qu'à la nuit tombée. Il couchait à l'occasion avec sa secrétaire, mais le cœur n'y était pas. Michaela récoltait consciencieusement d'excellentes notes, suivait les cours de l'école du cirque l'après-midi, et marchait le plus lentement possible pour rentrer chez elle de l'arrêt du bus.

La mère de Michaela se désintéressait complètement de la vie familiale ; il était difficile d'interpréter autrement son attitude. Elle avait assisté à une réunion parents-professeurs quelques mois plus tôt, en annonçant que c'était la dernière fois ; si l'école exigeait que les parents s'impliquent, déclara-t-elle, ça ne tuerait pas le père de Michaela de prendre deux heures sur son travail. Elle ne passait plus l'aspirateur dans la maison ; voyant la poussière s'accumuler, Christopher finit par louer en douce, une fois par mois, les services d'une femme de ménage. Quelque temps après, Elaine cessa de préparer les repas ; sa coûteuse batterie de casseroles en cuivre prit la poussière dans la cuisine et sa collection de livres de recettes demeura inutilisée. Elle rapportait des sandwiches ou des plats cuisinés chinois et se mit à acheter des assiettes jetables ; ils mangeaient dans du Styrofoam avec des fourchettes en plastique. Il y avait de curieux mélanges : une énorme barquette de salade de chou cru avec des sushis et un bocal de pickles. Une pizza avec des beignets chinois. Des mini briques de lait en guise de verres.

Une fois le dîner disposé sur la table — chaque dîner ressemblant encore moins à un repas que celui de la veille —, une fois Michaela et son père installés, sa mère les regardait alternativement, avec une impatience contenue, jusqu'à ce qu'ils commencent à manger. Elle prenait alors le journal et faisait comme s'ils n'étaient pas là.

– *Elaine*, dit Christopher.

– Excuse-moi, je suis impolie ? (Elle posa le journal.) Comment a été ta journée, chéri ?

On aurait dit une actrice jouant le rôle d'une épouse. Une lueur effrayante brillait dans ses yeux depuis quelque temps ; elle avait l'air d'une femme en proie à une fièvre permanente. Elle ne dormait, semblait-il, presque jamais.

– Très fructueuse, répondit-il.

Christopher ne reconnaissait plus cette vie comme étant celle pour laquelle ils avaient quitté le cirque ; il avait le sentiment d'avoir été victime d'une publicité mensongère.

– Tant mieux, dit-elle en reprenant son journal.

Dans le silence qui suivit, Michaela essaya de manger le plus rapidement possible, ou le moins possible, ou les deux à la fois. Elle avait envie de quitter la table au plus vite.

– Mais personne ne m'a interrogée sur ma journée ! s'exclama sa mère en posant le journal. Vous ne voulez donc pas savoir ce que j'ai fait ?

– S'il te plaît, murmura son père, pas devant la petite.

Il ne regardait pas Michaela, qui scrutait pourtant son visage.

– Bon, eh bien tant pis. Ce que j'ai fait n'a pas d'importance.

(Notes sur la fragilité de la famille, écrites dans son autre carnet ce même soir, beaucoup plus tard : *Tout a de l'importance. Tout a de l'importance. Ne t'avise pas d'affirmer que ce que tu as fait n'a pas d'importance.*) Mais au lieu de prononcer ces paroles, il se contenta de dire : « Elaine… ». Elle le rabroua sèchement et la conversation se poursuivit dans la cuisine, où elle enfla rapidement et tourna à l'orage. C'était le moment de la soirée où Michaela se levait toujours de table. Elle montait dans sa chambre et faisait ses devoirs, ou alors elle dessinait des croquis représentant des cordes raides et de grands espaces aérés. Elle évaluait la distance entre la fenêtre de sa chambre et l'arbre le plus proche, même si, à cette période de sa vie, elle était encore suffisamment avisée pour ne pas se livrer à ce genre d'acrobatie. À l'école du cirque, personne n'était autorisé à faire de la corde raide sans filet ou, à tout le moins, sans surveillant, selon la hauteur de la corde, et il fut un temps où elle comprenait encore pourquoi il en était ainsi. Dans la cuisine, la bataille était bruyante mais abstraite ; il était impossible de saisir le contenu de ce que disaient ses parents, seulement la teneur des accusations et des contre-attaques lancées d'une voix stridente. Un soir, elle entra machinalement dans la chambre de ses parents, peut-être en quête de silence, ou d'indices. Les vêtements de sa mère étaient disséminés un peu partout. La sacoche en cuir de son père gisait au pied du lit. Pendant les mois qui avaient suivi sa foulure à la cheville, Michaela avait épluché tous les dossiers qu'elle avait pu trouver concernant Lilia ; l'affaire qui hantait son père exerçait sur elle une étrange fascination.

La sacoche renfermait très peu de choses intéressantes : un portefeuille, un peigne, l'autobiographie d'un négociateur en prises d'otages du LAPD, un plan tout froissé du métro de Montréal, un recueil de cartes routières du sud-ouest des États-Unis, un demi-paquet de cigarettes DuMaurier. Mais le plus étrange, c'est que la sacoche contenait deux bibles, chacune avec un signet dépassant des pages centrales. À sa connaissance, elle n'avait jamais assisté à un office religieux, et elle avait toujours eu le sentiment que ses parents étaient athées. Elle ouvrit la première bible à l'endroit du marque-pages, et il lui fallut un moment pour déchiffrer le message à la faible lueur du réverbère, derrière la fenêtre. *Arrêtez de me chercher. Je n'ai pas disparu ; je ne veux pas qu'on me retrouve. Je désire rester volatilisée. Je ne veux pas rentrer à la maison. Lilia.*

Elle retint son souffle. *Non,* disait la mère de la disparue dans la vidéocassette granuleuse d'une émission de télévision archivée depuis longtemps, *je voudrais pouvoir l'oublier, elle.* Au rez-de-chaussée, le volume de la dispute s'amplifiait, se rapprochait du pied de l'escalier. Michaela arracha la page de la bible, la plia à la hâte, la fourra dans sa poche et sortit de la chambre.

20

Dans les moments où Lilia n'était pas cachée à l'arrière de la voiture, où il n'y avait personne d'autre sur la route et où la brise qui pénétrait par la fenêtre du passager était idéale, où elle parvenait à oublier qu'on la pourchassait et qu'elle risquait un jour d'être retrouvée, où il y avait uniquement son père, la radio et la route — dans ces moments-là, Lilia et son père pouvaient parler pendant des heures et la vie paraissait extraordinaire, magnifique et sécurisante. La sécurité, c'était une voiture qui roulait à vive allure, toujours plus loin.

Il ne se contentait pas de lui montrer le pays : il voulait lui montrer la vision qu'il en avait, lui faire partager son histoire d'amour personnelle avec l'ineffable beauté de tous les détails qu'il ne manquait jamais de remarquer, quelle que fût la vitesse à laquelle il roulait ou la longueur du trajet. Quand il parlait de ces détails — fleurs, clôtures, édifices, poésie cachée dans les noms de certaines villes —, Lilia sentait son cœur gonflé d'une adoration maladroite pour toutes ces choses. Néanmoins, elle ne se sentait jamais à l'aise dans le monde. Nul ne pouvait soutenir qu'elle en fît réellement partie, et depuis cette nuit particulière où ses souvenirs commençaient (morceaux de glace contre sa fenêtre, lapin perdu, neige), les traditions du monde lui étaient étrangères. Elle picorait ce qu'elle pouvait dans les livres et dans les émissions de télévision, notant avec soin qu'il existait des familles à deux parents, des maisons, des écoles, des chiens domestiques, apprenant par cœur des expressions qui l'intriguaient et qui se rapportaient à la maisonnée, telles que : *jardin de derrière, enfant à la clef, accessoires de cuisine dernier cri* et *sous-sol.* Telle une patineuse artistique, elle évoluait à la surface de la vie en une chorégraphie rapide, mais jamais elle ne brisait la glace, jamais elle ne perçait la surface pour plonger dans ces eaux magnifiques et terrifiantes, jamais elle n'était submergée et jamais elle n'apprit à nager dans ces courants-ci, dans ces courants-là : toutes les ombres, la lumière et les horribles splendeurs qui composent les turbulences de la vie sur terre.

Dans les stations-service, son père achetait des magazines : le *New Yorker*, *Newsweek*, *Science Times*. Elle les étudiait attentivement, à la manière d'une anthropologue, pour recueillir des informations sur le monde dans lequel elle voyageait. Ou bien il achetait un livre écrit dans la langue qu'elle était censée apprendre à ce moment-là (espagnol, italien, allemand) et fixait des paramètres : *Quand nous arriverons à Saint Louis, petite, il me faudra une traduction écrite de la première demi-page.* Alors elle se penchait fiévreusement sur le dictionnaire bilingue correspondant (anglais-allemand, español-inglés, italiano-inglese), et il égrenait le compte à rebours : *quinze kilomètres, petite... huit... six... top !* Et le soir, au motel, il corrigeait la page au crayon rouge tandis qu'elle faisait semblant de s'en moquer et regardait la télévision d'un air détaché. Le poste diffusait une lumière bleutée dans un millier de chambres de motel pendant qu'elle fixait l'écran, s'attendant plus ou moins à y voir son image.

Quand elle était plus jeune, elle se disait souvent, non sans un certain orgueil, que certaines personnes disparaissaient pour toujours sans qu'on retrouve leur trace. Avant l'interview de sa mère dans *Affaires Non Résolues*, elle avait cru être du nombre. Après s'être vue à la télévision, elle ne cessa pas pour autant d'être heureuse ; elle prit simplement conscience du fait qu'un jour cette existence aurait une fin.

21

– Papa, dit un jour Michaela, debout au pied de l'escalier pendant que son père travaillait sur la table de la salle à manger, est-ce que je peux fuguer et m'engager dans un cirque ?

Christopher leva la tête et battit des paupières. Il avait à peine été à la maison depuis que la page de la bible avait été arrachée ; il ne pouvait pas regarder sa femme sans y penser, sans se demander ce qui la poussait à le torpiller si complètement, et il s'était donc mis à l'éviter tout à fait. Michaela lui parut étrangement différente, et il s'aperçut alors qu'elle s'était fait couper les cheveux depuis la dernière fois où il l'avait vraiment regardée.

– Quelle heure est-il ? demanda-t-il.

– Une heure du matin.

– Tu n'as donc pas école demain ?

– Si. Est-ce que je peux m'engager dans un cirque ?

– Non, tu ne peux pas.

Il était agacé par la question mais néanmoins heureux d'être forcé à avoir une conversation avec elle ; il se souvenait, en observant son visage, qu'il avait encore dans un tiroir de son bureau, à l'agence, la dernière photo de classe de Michaela.

– Nous en avons déjà parlé, tu te rappelles ? enchaîna-t-il. Il y a quelques semaines, quand tu t'es foulé la cheville ? La réponse est non.

– C'était il y a six mois.

– Six mois…, répéta-t-il en secouant la tête.

Elle le regardait, impavide.

– Je regrette, dit-il, mais la réponse est toujours non.

– Mais pourquoi ?

– Tu *sais* pourquoi. Nous avons *quitté* le cirque.

Quand il prononça les mots à haute voix, il se sentit curieusement endeuillé. Après ça, il ne revint plus très souvent à la maison, même la nuit. Quand ses parents ne rentraient pas, Michaela restait dans le salon à regarder la télévision, seule, jusque tard dans la nuit. Un soir où était diffusée une publicité qu'elle n'aimait pas, elle jeta son mug de café sur l'écran. Celui-ci se fissura avec un bruit sec, satisfaisant, puis s'éteignit dans un dernier éclair, tandis que le mug cassé roulait sous le canapé. Par la suite, chaque fois qu'elle voulut mettre la télévision, l'écran s'alluma, mais il était uniformément bleu et partagé en son milieu par une ligne verticale, en zigzag, qui crépitait. Les jours commencèrent à passer sans qu'elle voie ni son père ni sa mère ; elle allait et venait dans une maison remplie d'ombres et de grands espaces, elle lavait parfois son linge le soir dans le sous-sol silencieux, elle faisait ses devoirs dans sa chambre la nuit. Elle poussait un chariot dans les larges allées d'un supermarché, à quelques blocs de là, faisant le plein de plats pour micro-ondes et de gaufres d'une douzaine de parfums différents qu'elle passait beaucoup de temps à ranger dans le congélateur. Elle ne se jugeait pas particulièrement malheureuse ; elle attachait du prix à son intimité et, sans ses parents, la maison était plus paisible. Elle voyait rarement son père, ou alors en passant : il sortait de la chambre du haut, une chemise sur le bras, ou examinait une boîte remplie de dossiers dans la salle à manger. Sa mère était encline à faire des apparitions aux moments les plus inattendus — au milieu de l'après-midi, à trois heures du matin, à huit heures du matin — et avait fort peu de chose à dire. Jusqu'au soir où Michaela, en rentrant à la maison, trouva son père assis seul dans la salle à manger devant un gâteau fourré à moitié entamé. Le glaçage était rose.

– Tu as raté la fête, dit-il.

Incliné en arrière sur sa chaise, autant qu'il le pouvait sans tomber à la renverse, il regardait ses mains jointes sur la table. Il ne leva pas la tête vers sa fille.

– Mon anniversaire n'est que dans une semaine, dit Michaela. J'ai encore quatorze ans.

– C'était une fête d'adieu. Ta mère est partie.

– Partie où ? Où est-elle allée ?

– Je n'en sais rien, répondit Christopher. Elle ne me l'a pas dit. Elle a juste rapporté un gâteau en annonçant qu'elle partait.

– Elle a dit quand elle reviendrait ?

– C’est bien là le problème, mon chou. Elle a été assez vague sur la question de savoir si elle reviendrait.

– Elle a dit pourquoi ?

– Apparemment, je travaille trop.

Michaela monta alors dans sa chambre et ferma la porte. Elle n’alla pas à l’école le lendemain, ni le surlendemain. C’était beaucoup plus facile qu’elle ne l’aurait cru de sécher l’école, mais au bout d’une semaine son père reçut un coup de téléphone du proviseur et lui ordonna d’y retourner. Quelques jours plus tard, il laissa une note sur la table de chevet de sa fille (*Je pars aux États-Unis pour affaires, je reviendrai dans deux semaines, continue d’aller à l’école, je verserai de l’argent sur ton compte pour les courses, appelle Peter en cas de besoin*) et disparut. Elle était habituée à ses voyages d’affaires, qui duraient généralement trois semaines ; cette fois, cependant, elle resta un an sans le revoir. Quand elle raconta ça à Eli, quelques années plus tard, il comprit que, pour elle, la décomposition lente de sa famille avait été plus ou moins la faute de Lilia. C’était Lilia, après tout, qui avait écrit son nom dans une bible et qui s’était élancée pieds nus dans la neige.

– Vous comprenez, maintenant, pourquoi je la déteste, dit Michaela.

TROISIÈME PARTIE

22

Dans une chambre d'hôtel, quatre ou cinq étages au-dessus du boulevard René-Levesque, dans la ville portuaire de Montréal, Eli essayait de trouver un numéro de téléphone. Comme Michaela ne répondait pas sur son portable, il cherchait à joindre le Club Electrolite. Il avait appelé trois ou quatre fois le service des renseignements, dont les opératrices semblaient irréprochablement bilingues, mais un bug dans le système faisait que le numéro de téléphone lui était communiqué à répétition en français, langue qu'il ne comprenait pas ; toutes les langues qu'il connaissait étaient mortes ou sous assistance respiratoire. « Veuillez ne pas quitter, voici le numéro », lui avaient indiqué d'un ton enjoué toute une série d'opératrices, après quoi il avait entendu un déclic mécanique, puis le même robotique *cinq, un, quatre, trois, cinq, deux*[1], etc. « Écoutez, expliqua-t-il à la troisième ou quatrième opératrice, il me faut ce numéro en ang… » mais le robot français parlait déjà et il finit par raccrocher brutalement, exaspéré. Sa collection d'obs-

1. En français dans le texte.

curs dialectes aborigènes ne lui avait jamais paru aussi inutile. Il répugnait à appeler le standard de l'hôtel, parce qu'il soupçonnait que le numéro qu'il cherchait risquait d'être celui d'une boîte de striptease. Il resta planté quelques minutes au milieu de la chambre, abattu, puis s'approcha de la fenêtre pour contempler la rue anonyme sous le soleil hivernal. Il était arrivé de New York par le train la veille au soir. Il n'avait pas de devises canadiennes. Il ne parlait pas la langue.

Il était arrivé sans bagages, la carte postale et l'enveloppe pliées ensemble dans la poche de sa parka, avec sa brosse à dents et son plan de la ville. Après treize heures de voyage, le train pénétra — avec trois heures de retard — dans un lieu souterrain envahi d'ombres, de voies ferrées et de quais en ciment, et s'arrêta dans un monstrueux crissement de freins. Eli descendit de son wagon et resta quelques minutes, désemparé, sur le quai chichement éclairé. Ayant eu un peu plus tôt un différend prolongé avec un sandwich de wagon-restaurant imparfaitement conservé, il se sentait encore un peu nauséeux. Des voyageurs parlant français se pressaient autour de lui. Il fut tenté de rester où il était, au niveau des trains et des ombres, puis de se faufiler en douce dans le premier train à destination de New York, pour être de retour à Brooklyn le lendemain dans la journée et oublier toute son équipée, mais il décida qu'il ne se le pardonnerait jamais.

Il inspira à fond et se mit en marche vers l'extrémité du quai crépusculaire, où les escalators baignaient dans une lumière verdâtre quelque peu aquatique. Il s'engagea dans l'un des escaliers mécaniques, sous les néons, et effectua la montée vers le gris caverneux de la gare Bonaventure. Il resta quelques instants près du sommet de l'escalier, se sentant déjà moins barbouillé mais — ce qui était presque aussi inconfortable — cruellement conscient de son manque de bagages. Faute d'une poignée de valise à agripper, il mit les mains dans ses poches et s'aperçut alors qu'il avait oublié son portable sur son bureau à New York. Il jura à mi-voix et se mit en marche vers l'écriteau « Téléphone public » le plus proche.

La gare était imposante, mais il ne la trouva pas belle pour autant. En haut des murs, des fresques bleu et blanc représentaient des scènes héroïques avec quantité d'épées et de canoës. Les paroles d'un hymne qu'il n'avait jamais entendu étaient reproduites en deux langues, suffisamment grandes pour être lues d'en bas, mais il n'y avait pas d'autre inscription en anglais. La folie de son voyage le saisit brusquement, comme un frisson. Il voulut rentrer chez lui. Il regrettait déjà d'avoir suivi Lilia jusqu'ici. Dans la cabine téléphonique, il tira de sa poche l'enveloppe envoyée par Michaela et composa le numéro écrit au verso du rabat. C'était apparemment un numéro de portable : la sonnerie avait quelque chose de tremblotant, de grésillant. Au bout de quatre ou cinq sonneries, un message enregistré, énoncé d'un ton indifférent, se déclencha : « Ici Michaela. Laissez un message. »

Il s'éclaircit la gorge avant le bip sonore.

– Michaela, dit-il d'une voix trop forte, c'est Eli Jacobs à l'appareil. Je suis à Montréal. Je viendrai au club demain. Je… je suivrai vos indications, pour le drapeau blanc et tout le reste, mais je… je… j'espère bien qu'elle est là. J'espère bien qu'elle est là.

Son ton, qu'il aurait voulu sévère, était surtout nerveux. Il raccrocha précipitamment, en proie à l'agitation, et resta un moment dans la cabine, les yeux clos. Rien de ce qu'il avait connu à Brooklyn ne semblait s'appliquer ici.

Il se força à quitter la gare, à sortir dans l'air froid du soir. La rue, quasiment déserte, était urbaine d'une façon qui lui rappela des villes de taille moyenne comme on en voit partout : petites places balayées par le vent, blocs de verre et de béton aux arêtes vives. Sur le trottoir d'en face, une tour de verre assez basse reflétait les lumières et le ciel. Quelques voitures passèrent, mastoc et indécises, et il lui fallut quelques minutes pour comprendre qu'il s'agissait de taxis. Ils n'étaient pas jaunes. En fait, ils n'avaient pas le moindre signe distinctif ; c'était une flotte hétéroclite constituée de vestiges — Toyota Tercel grises, vieilles Valiant bleues, Ford rouges compactes et pétaradantes, minivans carrés aux ailes piquetées de rouille — et tous les véhicules étaient munis d'une variante de signal « taxi » boulonné sur le toit. Un ou deux ralentirent à sa hauteur, mais il ne monta pas à bord. Il n'était pas rassuré par leur errance sans but. Il songea à appeler Geneviève pour lui demander conseil mais décida de s'abstenir.

Un couple venait dans sa direction, traversant les flaques de lumière ambrée des réverbères, passant alternativement de l'ombre à la lumière. L'homme racontait une histoire compliquée en faisant de grands gestes avec les mains. La fille lâcha un rire argentin, haut perché.

– *Excusez-moi*[1], dit Eli avec embarras tandis qu'ils s'approchaient.

Ils s'arrêtèrent, réceptifs, et le regardèrent en souriant. Il eut beau se creuser la cervelle, son français scolaire n'allait pas plus loin.

– Je cherche un hôtel, reprit-il en anglais, se résignant à une capitulation linguistique. Pas trop loin d'ici. Pouvez-vous m'en recommander un ?

Mais il avait échoué au test du mot de passe : entre lui et eux, l'air se mua subitement en glace. Le sourire de la fille se durcit, vira au rictus. L'homme dit quelque chose, mais Eli comprit seulement les mots *anglais* et *américain*. La réflexion fit rire la fille, mais d'un rire différent, plus âpre, et ils poursuivirent leur chemin en le laissant planté là. L'homme reprenait le fil de son histoire alors qu'ils s'éloignaient, et la fille avait retrouvé son rire argentin d'origine. *« Tu n'aimerais pas voir ce que ça représente, dans la réalité, de vivre dans une ville dont la langue est condamnée ? »* lui avait demandé Geneviève, quelques jours ou

1. En français dans le texte.

quelques semaines plus tôt, dans ce qui lui semblait maintenant avoir été une autre vie. Désarmé, il contempla le trottoir scintillant en clignant des paupières tandis que les taxis à peine identifiables défilaient devant lui avec une régularité de métronome, sans discontinuer, comme une bobine projetée en boucle avec des variations mineures (Ford, Toyota, Toyota, Chevrolet) et il se dit que Thomas avait raison : il avait fait une erreur monumentale en venant ici, mais il était déjà allé trop loin pour faire machine arrière.

Quand il se retourna, il s'aperçut qu'un hôtel se dressait au-dessus de la gare ; en fait, il avait eu le Reine Elizabeth juste derrière lui. L'existence même de cet hôtel lui fit détester encore plus le jeune couple qu'il voyait encore déambuler au loin, bras dessus bras dessous. Le hall correspondait à certaines idées — non vérifiées — qu'il s'était faites sur ce qu'avait pu être un grand hôtel en U.R.S.S. aux alentours de 1960 : tapis rouges, lustres en or et en cristal, hommes d'affaires en costume croisé, femmes mûres aux cheveux sculptés, munies de petits sacs à main, attendant stoïquement sur des canapés tarabiscotés répartis çà et là entre les piliers. La fumée de cigare et les conversations créaient une atmosphère chaleureuse. Eli ne comprenait pas un traître mot.

Le lendemain matin, il passa un long moment sous la douche. Quand il en sortit, il exhuma de la poche de sa parka l'enveloppe pliée en deux et composa de nouveau le numéro de Michaela. Il tomba aussitôt sur le répondeur. Il raccrocha sans laisser de message et descendit à la réception pour demander son chemin. Le hall était beaucoup moins agréable à la lumière du jour. Le réceptionniste le détourna avec tact du Club Electrolite mais lui recommanda un certain nombre de bons restaurants et un club de jazz à proximité. Un groom, prenant apparemment Eli pour un touriste américain venu à Montréal pour le sexe, comme tant d'autres, l'attira à l'écart et lui annonça que le Club Electrolite se trouvait à l'angle des rues Sainte-Catherine et McGill, mais il fit remarquer que c'était avant tout, à sa connaissance, une boîte de nuit où se produisaient des danseuses légèrement vêtues, et que si Eli désirait voir des… hum… de vraies *danseuses nues*[1] (ici, clin d'œil irritant), il n'avait pas besoin d'aller aussi loin ; il lui suffisait, expliqua le groom obligeant, de diriger ses pas vers la rue Sainte-Catherine, où il y avait deux ou trois boîtes de strip-tease par bloc, d'ici jusqu'à la frontière de la ville. Dans les deux directions.

– Non, dit Eli, je cherche une fille.

– J'entends bien, dit le groom.

– Non, une fille bien précise. Je cherche une fille bien précise.

– Comme nous tous, non ? Écoutez, allez au Club Electrolite si vous voulez, mais en allant deux blocs à l'est de la rue Sainte-Catherine, vers

1. En français dans le texte.

la tombée de la nuit, vous trouverez toutes les filles qu'on peut s'offrir avec de l'argent. Mais n'allez pas trop loin vers l'est, sinon elles se transforment toutes en travelos avant même que vous soyez arrivé rue de la Visitation.

Eli le remercia et se mit en route vers l'adresse indiquée sur la carte postale. Il était midi passé, mais le ciel était bas et couvert. La neige avait commencé à tomber et le trottoir était glissant. Il marcha lentement, pas particulièrement pressé d'atteindre sa destination, et il avait déjà dépassé le club d'une bonne centaine de mètres quand il s'aperçut de son erreur et revint sur ses pas.

Le Club Electrolite était un petit immeuble en pierre de trois étages, du même gris sale que ceux qui l'entouraient. Une étroite ruelle le longeait sur un côté. Au-dessus de la porte clignotait une enseigne au néon figurant un ange nu, mais toutes les fenêtres étaient obscures. Debout sur le trottoir, Eli tenta de nouveau d'ouvrir la porte, et pour un peu il serait tombé à genoux : un écriteau miraculeusement bilingue, accroché à la poignée, l'avisait que le club était passé récemment aux horaires d'hiver et serait ouvert seulement les jeudis, vendredis et samedis soir jusqu'au mois de mai.

On était le troisième lundi de décembre. Il remonta la rue sans se presser, dépité, et s'arrêta un moment dans un café douillet, seul avec les décombres de ses pensées.

Quelques jours plus tard, dans la lumière déclinante d'une fin d'après-midi, Eli se promena jusqu'au fleuve. À treize heures de train au sud, New York était enchâssé dans les couleurs éclatantes de l'automne, mais ici l'hiver était bien avancé. Il avait déjà neigé deux fois depuis son arrivée et la température baissait d'heure en heure. Au sommet de la colline qui dominait la ville, une croix blanche électrique brillait dans la nuit ; Eli, qui regardait par l'une des fenêtres du Reine Elizabeth, songea que cette vue était l'une des plus désolées qu'il lui eût été donné de contempler. Il marchait des après-midi entiers dans les rues glacées, à la recherche de Lilia, visitant des endroits qui étaient susceptibles de la séduire, s'installant dans des cafés où elle était susceptible de traîner, lisant la presse de langue anglaise en quête d'indices sur la ville où il se trouvait, essayant de ne pas parler anglais en public sauf pour commander un café. Les commerces fermaient de bonne heure, ici, mais il trouva deux bars — séparés par plus d'un kilomètre et demi — qui restaient ouverts toute la nuit et laissaient entrer des vents coulis glacés chaque fois que la porte s'ouvrait. Pour lui, ces bars étaient comme des phares dans l'océan nocturne et il allait de l'un à l'autre un soir sur deux. L'air froid s'insinuait par les fenêtres de l'une et l'autre salle.

Il avait lu dans le journal qu'un yacht de plaisance mouillait dans le port. Ça ne l'intéressait pas particulièrement de le voir, mais il imaginait que c'était le genre de chose que Lilia pourrait avoir envie de photographier. Le quatrième jour, il se dit qu'un aller-retour jusqu'au port lui prendrait quelques heures, or il cherchait désespérément à se distraire ; le Club Electrolite rouvrait théoriquement ses portes ce soir-là, et il n'avait pas encore décidé de ce qu'il dirait à Michaela quand il la verrait. Il marchait lentement à travers la vieille ville, dirigeant ses pas vers le port, quand un mouvement au-dessus de lui, dans une ruelle, attira son attention : une fille était perchée sur la rampe d'un escalier d'incendie. En équilibre parfait deux étages au-dessus des pavés, elle se tenait d'une main à l'échelle d'accès. Sur le moment, dans son trouble, Eli crut qu'elle voulait se suicider ; mais à l'instant où il allait l'interpeller, il vit la corde tendue, bien raide, entre les deux immeubles opposés, et solidement attachée de l'autre côté de l'espace vertigineux qui séparait les escaliers d'incendie. Il aurait pu croire qu'il s'agissait d'une corde à linge de fortune, s'il n'y avait pas eu la fille. Voyant sa posture particulière, son corps mince dans l'alignement de la corde, les ballerines à ses pieds et sa détermination féroce, évidente, il comprit ce qu'elle allait faire. Il s'avança de quelques pas dans la ruelle et se laissa aller contre un mur de briques, les yeux levés.

Il aurait voulu crier, peut-être la stopper, mais il était trop tard : tout bruit ou mouvement soudain risquait de la distraire et de lui être fatal. Le timing de son arrivée sur les lieux était impeccable. Tandis qu'il regardait d'en bas, le front couvert d'une sueur froide, elle ôta négligemment sa main de l'échelle. Eli ferma les yeux une seconde, puis se tourna vers la rue ; un passant marchait sur le trottoir d'en face tout en regardant son reflet dans la longue vitrine opaque d'un immeuble de bureaux. Il songea à l'interpeller en usant de son français scolaire le plus recherché — *Aidez-moi, s'il vous plaît !* —, mais que pourrait faire un autre homme en cet instant, sinon la déconcentrer et provoquer une chute mortelle ? L'inconnue était hors d'atteinte. Il se força à reporter son regard sur elle.

D'un pied prudent, expert, elle s'engagea sur la corde. Il ferma les yeux pour ne pas voir l'inévitable : la perte d'équilibre, le vacillement insupportable, la chute cauchemardesque de l'oiseau sans ailes. Personne, assurément, ne pourrait y survivre. Une corde tendue au-dessus de la rue, sans filet de sécurité ; il voyait déjà le complot qui se tramait entre la corde, les pavés et la gravité, aussi irrésistible que le chant des sirènes, il voyait déjà le sang s'écouler de l'épicentre blanc de son crâne fracassé. Ses mains étaient nouées en poings dans ses poches. Il avait envie de hurler. *Mais personne,* lui avait écrit Zed dans une lettre envoyée d'Afrique, plusieurs années auparavant, *ne devrait mourir sans témoin.* Eli rouvrit les yeux.

Elle fit un deuxième pas impeccable, au ralenti, puis encore un autre. Son visage était indéchiffrable, incroyablement calme. Ce cauchemar, cette conspiration d'effroyables détails… pour la première fois, il remarqua son apparence physique, indépendamment de l'évidente horreur qu'il éprouvait à assister aux derniers instants sur cette terre de la funambule. Il avait du mal à la voir distinctement sous cet angle, dans cette lumière, mais elle portait une robe rouge et ses cheveux étaient d'un blanc platine : elle brillait comme un fanal, là-haut, dans les ombres. Une apparition, un ange sans ailes, une équilibriste pleine de poésie : elle bougeait avec une telle lenteur. C'était une méditation terriblement angoissante qu'elle pratiquait là. Il était incapable de respirer.

Par la pensée, il la voyait dégringoler, dégringoler, dégringoler devant lui, mais elle continua d'avancer le long de la corde. Un pas après l'autre, tout doucement, et elle était déjà à la moitié du parcours, aux deux tiers, sans la moindre pause, et finalement elle tendit les bras pour agripper l'échelle, de l'autre côté de la ruelle par rapport à son point de départ, à l'abri et en équilibre sur la rampe opposée. Elle sauta prestement sur le palier de l'escalier d'incendie, pratiquement juste au-dessus de lui, et regarda en bas. À l'abri.

Des larmes coulaient sur le visage d'Eli. Il les essuya d'une main tremblante, et son cœur battait trop vite. Il était furieux. Elle descendit l'escalier d'un mouvement ininterrompu et atterrit gracieusement sur le couvercle d'une benne à ordures. De là, elle bondit avec aisance sur les pavés, où elle avait laissé en tas, près du mur, un anorak argenté et une paire de bottines à hauts talons. Elle ôta ses ballerines et les fourra dans la poche de son anorak. Sa bottine gauche avait la fermeture éclair cassée, mais elle noua un lacet autour pour la maintenir sur sa cheville. Elle leva alors les yeux vers Eli et le considéra calmement tout en enfilant son anorak. Lorsqu'elle en eut remonté la fermeture à glissière, elle mit les mains dans ses poches et le regarda sans mot dire.

Étrange créature. Belle, supposa-t-il. Elle avait les cheveux courts, hérissés en piques ; elle semblait comme foudroyée, le visage blême sous le choc. De près, il vit que ses yeux étaient verts. Une odeur douceâtre, vaguement décadente, flottait autour d'elle, mélange de gel coiffant, de parfum éventé et de tabac.

– Vous regardiez sous ma jupe, dit-elle sans détour, dans un anglais sans accent.

Elle était un peu essoufflée.

Il demeura pétrifié par son regard vert, direct ; elle avait dans les yeux une lueur qui lui parut malsaine. Il déglutit, au prix d'un énorme effort, et secoua lentement la tête.

– Je ne regardais pas sous votre jupe. J'étais juste là, à proximité, et je vous ai vue.

Il se sentait nauséeux, hébété, et sa voix résonnait étrangement à ses oreilles.

– C'est ça, dit-elle. Vous étiez juste là, à regarder sous ma jupe.

Eli n'était pas d'humeur à discuter. Il venait de la voir mourir à l'instant, qu'elle respire encore ou non. Il leva les yeux vers la corde raide, ingénieusement nouée et soudain inoffensive ; ç'aurait aussi bien pu être une corde à linge. L'espace d'une minute, il se demanda si ce n'était pas vraiment une corde à linge, s'il ne rêvait pas et s'il n'allait pas bientôt se réveiller dans son lit, à Brooklyn, Lilia endormie à côté de lui. Il fit un pas hésitant en arrière, ferma les yeux et porta fugacement à son front les extrémités de ses doigts ; son épaule se cogna durement contre le mur en briques.

– Vous vous êtes coupé les cheveux, récemment ? demanda la fille.

– Pardonnez-moi, murmura Eli d'une voix rauque, mais je n'ai pas envie de vous parler plus longtemps. Je ne me sens pas dans mon assiette. Si vous voulez bien m'excuser…

– Non, attendez. Est-ce que vous vous êtes coupé les cheveux récemment ? Est-ce qu'ils étaient plus longs avant ?

Il cessa de reculer et l'observa. Il y avait quelque chose de songeur dans son regard ; elle parlait d'une voix lente, comme une personne essayant de se rappeler un nom oublié.

– Oui, répondit-il. Ils étaient plus longs avant.

– Je vous ai déjà vu, dit-elle. Je vous ai déjà vu quelque part.

– Ça m'étonnerait fort.

– Si, je vous ai vu quelque part. (Soudain, elle sourit.) Grands dieux, c'est donc *vous* ! Il a fallu que je tombe sur *vous*… Lilia vous a pris un jour en photo pendant que vous dormiez, le saviez-vous ?

Il ne put articuler un mot.

– Mais sur la photo, reprit-elle, vous aviez les cheveux un peu plus longs. Vous êtes absolument la dernière personne que je m'attendais à trouver ici. Même si je pensais bien vous voir peut-être ce soir. (Elle passait maintenant devant lui, souriant toujours.) Le club ouvre à neuf heures. Je vous y verrai, j'imagine ? Lilia a dit qu'elle y serait.

– Michaela, dit-il. Michaela, attendez…

Mais elle lui lança un baiser de l'entrée de la ruelle, et quand il en sortit à son tour, il n'aurait su dire, parmi toutes les rues étroites de la vieille ville, laquelle elle avait prise.

23

Christopher quitta la ville discrètement, à une heure de la journée où Michaela aurait dû être rentrée de l'école mais n'était pas là. Elle fumait des cigarettes derrière le gymnase au moment où la voiture de son père sortait de l'allée, et elle venait tout juste d'arriver à la maison au moment où il atteignait la frontière américaine. Elle déchirait furieusement le message de son père au moment où celui-ci faisait son entrée aux États-Unis. Il avait prévenu Peter qu'il s'absentait quelques semaines et lui avait demandé de passer voir Michaela de temps à autre. Il se persuada que l'arrangement n'était pas déraisonnable : certes, sa fille n'avait que quinze ans, mais à sa connaissance elle n'avait jamais eu d'ennuis et, de toute manière, elle ne semblait pas avoir besoin de lui.

On lui fit signe de franchir la frontière et il pénétra rapidement en territoire américain ; il ne s'était pas senti aussi léger depuis des années. Le soir, il avait déjà atteint la partie nord de l'État de New York. Il passa la nuit dans un hôtel Ramada, dans une chambre rose et beige qui sentait encore la moquette neuve. Il ne put fermer l'œil. À trois heures du matin, il se leva et passa quelque temps à examiner une carte routière. La petite ville de Leonard, en Arizona, était entourée au crayon vert. Il se recoucha à quatre heures et se réveilla au bout de dcux heures, étrangement reposé, après avoir rêvé de téléphones publics qui sonnaient dans le vide. Une heure plus tard, il avait repris la route et roulait à vive allure vers le sud.

24

Lilia avait conscience par moments, à côté d'elle, d'une présence à demi entrevue, évanescente, indirectement apparente, comme les étoiles qu'on peut voir uniquement quand on détourne les yeux. Une voiture bleue les dépassait sur la route, le conducteur regardant droit devant lui d'un air indifférent, et elle ne pouvait se défaire de l'impression qu'elle l'avait déjà vu quelque part. Ou alors, au moment où elle sortait d'un restaurant, clignant des yeux dans l'aveuglant soleil de midi, un homme entrait dans une quincaillerie de l'autre côté de la rue. Avait-il le même profil que l'automobiliste qui les avait doublés ? Le bruit d'une porte qui se refermait doucement, sur le balcon du premier étage d'un motel, à l'instant précis où elle sortait de sa chambre. Des pas sur ce même balcon, à quatre heures du matin. La certitude instinctive, alors qu'elle fermait les pâles rideaux de la chambre de motel, qu'elle venait d'occulter le champ de vision d'un observateur. Quand une serveuse installait Lilia et son père à la table d'un restaurant, Lilia s'apercevait qu'un plat inentamé avait été abandonné sur la table voisine, avec un billet de vingt dollars ; la serveuse revenait quelques minutes plus tard, l'air perplexe, et débarrassait le couvert, ce qui n'aurait rien eu de remarquable en soi si l'incident ne s'était déjà produit dcux jours plus tôt dans une autre ville. Elle ne pouvait s'empêcher d'imaginer que, dans les deux cas, le même individu avait interrompu son repas à l'instant même où elle entrait dans le restaurant.

En bref, elle résida quelque temps dans la zone floue qui sépare la paranoïa pure et simple du soupçon raisonnable, mais elle s'abstint d'en parler à son père. C'était seulement depuis la ville de Leonard qu'elle sentait cette ombre qui voyageait auprès d'elle ; il était possible, bien sûr, qu'elle se fasse des idées, mais il était tout aussi possible que, par son coup de téléphone à Simon, elle ait fait surgir son poursuivant des espaces éthérés. Elle se remémora le contact frais du combiné en plastique sur son visage, le crépitement des parasites sur la ligne, les déclics successifs pendant que le téléphone public de l'Arizona forgeait un lien fragile avec un autre appareil situé quelque part dans le sud du Québec, et elle se demanda si le téléphone de sa mère était sur écoutes. Cette idée ne semblait pas insensée : Lilia regardait suffisamment la télévision pour juger tout à fait plausible qu'on enregistre les appels parvenant au domicile d'une enfant kidnappée — ou, à tout le moins, qu'on en localise l'origine. Sur un océan de friture, elle avait envoyé une fusée éclairante.

Elle se demanda pendant quelque temps si son père avait repéré ce nouveau poursuivant. Elle parvint finalement à la conclusion que, même s'il nourrissait les mêmes soupçons qu'elle, ça ne ferait sans doute aucune différence pour lui : il avait toujours senti la présence d'ombres menaçantes, sans qu'on sache très bien si celles-ci existaient vraiment ou non. Il avait toujours caché sa fille à l'arrière de voitures roulant à toute allure. Il avait toujours regardé par-dessus son épaule en pianotant nerveusement des valses rythmées sur le volant ; toujours roulé la nuit en empruntant des itinéraires détournés afin de semer d'éventuels poursuivants ; toujours inventé des noms et des alibis, obtenu de faux permis de conduire et de faux extraits de naissance quand c'était nécessaire ; toujours géré le réseau de comptes en banque interconnectés qui permettait à leur existence hasardeuse de se maintenir à flot. Il avait toujours été suivi par des ombres et des fantômes ; la question de savoir s'ils étaient réels ou non était presque accessoire. Les eaux ne cessaient de monter derrière eux et il portait Lilia toujours plus haut, en terrain sûr. Comprenant cela, Lilia sentit son cœur gonfler douloureusement d'amour et de culpabilité, et elle ne put se résoudre à mentionner cette dernière ombre en date. Il n'en parla pas davantage, mais il ne s'arrêta pas non plus : désormais, ils ne restaient pas plus de deux ou trois nuits au même endroit. C'était une succession de chambres de motel, de *diners*, de restaurants, de pâtes cuisinées dans des kitchenettes d'hôtel, d'heures d'autoroute qui défilaient sous les roues. Ils ne s'attardaient que rarement ; une heure dans un parc, au lieu d'un après-midi entier. Une heure dans une bibliothèque, au lieu d'une journée. Quand elle sortait des toilettes d'une station-service, il l'attendait derrière la porte. Il ne la laissait plus seule dans la voiture sur les parkings ; elle marchait à côté de lui dans chaque station-service, dans chaque magasin. Il était toujours près d'elle. Lilia n'était pas souvent seule. Elle remarquait sur le visage de son père des rides qui n'y étaient pas auparavant. Et parfois, quand elle regagnait la voiture garée sur le parking, les bras chargés de provisions et de magazines, elle avait l'impression d'être observée à travers un autre pare-brise.

25

Il fallut longtemps à Eli, ce soir-là, pour se décider à quitter l'hôtel. Il passa la soirée allongé sur son lit à contempler le plafond, avec une pancarte *Ne pas déranger* accrochée à la poignée extérieure de la porte. À huit heures, il commanda un dîner servi dans sa chambre. Il grignota un petit pain et une bouchée de poulet, puis, soudain écœuré par l'idée de manger, il déposa le plateau dans le couloir et commanda un café. Il le but devant la fenêtre, tout en observant le paysage de toits gris et, plus bas, la rue déserte. La perspective de revoir Lilia était déconcertante. Il avait gambergé à l'infini sur les circonstances de son départ : puisqu'elle était partie sans sa valise mais que celle-ci avait disparu de sous le lit, Lilia avait dû la planquer quelque part la veille au soir — dans le placard à balais, près de la porte d'entrée ? Dans le sous-sol de l'immeuble ? À la consigne automatique de la gare ? Effroyable préméditation. Horrifique de penser qu'elle avait dormi à côté de lui, cette dernière nuit, déjà parée au départ et décidée à disparaître le lendemain matin. Il resta un long moment sous la douche, parfaitement immobile sous le jet d'eau bouillante ; il enfila une chemise propre qu'il avait achetée un peu plus tôt rue Sainte-Catherine et resta un long moment à observer son visage dans le miroir. « Voilà pourquoi je suis venu ici », dit-il à son reflet, lequel ne parut guère convaincu. Il se mit en route pour le Club Electrolite à dix heures, mais quand il sortit dans la rue, la neige piétinée durant la journée s'était figée sur le trottoir en une couche de glace grisâtre et inégale. Il était minuit passé lorsqu'il arriva à la porte de la boîte.

La piste de danse du Club Electrolite était vaste, noyée d'ombres, parsemée à intervalles réguliers de petites estrades rondes destinées aux danseuses en tenue légère. Les murs tapissés de miroirs créaient une impression d'infini qui donnait mal au cœur. Des lumières disco tournoyantes éclairaient les pâles nuages de neige carbonique provenant des coins de la salle, dans un sifflement continu, et des boules à facettes disséminées au plafond renvoyaient la lumière en fragments miroitants. Ici, l'obscurité était ancienne ; il faisait nuit depuis toujours. Eli laissa sa parka au vestiaire, fendit lentement la foule, passa devant le bar et s'engagea sur la piste de danse. Il n'avait pas envie de boire. Il ne fit aucun effort pour danser. Il se tint près d'un haut-parleur, les mains dans les poches, et la musique était si bruyante qu'il crut bien mourir. La tempête sonore faisait frissonner ses vêtements. Il fut tenté de s'allonger par terre et de se laisser submerger par le vacarme. Il fut tenté de capituler. Il s'appliqua à scruter chacun des visages qui composaient la foule, mais Lilia n'était nulle part.

Près de lui, un jeune trompettiste jouait un contrepoint à peine audible qui accompagnait le battement rythmique de la techno. C'était un garçon mince et défoncé, aux yeux hagards et aux cheveux hérissés. De toute évidence, l'éclairagiste l'aimait bien : un projecteur transformait sa trompette en long rayon de lumière. Eli l'observa, les mains dans les poches, se demandant que faire. Il n'y avait qu'une seule danseuse ce soir ; Michaela, sanglée dans du vinyle noir, pivotait sur une scène au centre de la salle. Elle se contorsionnait et chatoyait, enivrée par sa prestation. Il se rendit compte simultanément qu'elle ne pouvait pas le voir dans la foule et qu'il avait oublié le drapeau blanc. L'espace d'un instant, quelque chose se rompit en lui ; il pressa les mains sur son front et ferma les yeux, mais tout n'était pas encore perdu. Une idée s'empara de lui et il se dirigea vers le mur du fond, où le bar baignait dans une lumière bleue. La barmaid avait laissé traîner un torchon blanc sur le comptoir ; Eli commanda un rafraîchissement et, dès que la fille eut le dos tourné, il subtilisa prestement le torchon et se fondit dans la foule. Il se posta à un endroit pas trop éloigné de Michaela, en essayant de regarder tous les visages en même temps pour le cas où Lilia serait parmi eux, puis il brandit à deux mains le torchon blanc au-dessus de sa tête. Un projecteur, balayant l'assistance, se focalisa sur le torchon et le transforma en un rectangle de lumière ultraviolette. Eli leva les yeux vers son pavillon, mal à l'aise d'être ainsi exposé, puis reporta son attention sur la danseuse. Michaela l'observait, impassible, en continuant à danser. Elle leva un bras mince dans les airs et claqua des doigts.

Le volume de la musique diminua légèrement et la voix suave du maître de cérémonie se fit entendre par-dessus la mélodie. Soudain, la salle fut inondée de lumière noire ; aussitôt, tous les T-shirts blancs ainsi que le drapeau improvisé d'Eli devinrent crûment phosphorescents.

– Bonsoir, mesdames et messieurs. Welcome, ladies and gentlemen, et bienvenue au Club Electrolite. Nous avons un message personnel de la part de notre adorable danseuse de ce soir… notre Michaela aimerait souhaiter la bienvenue à Eli Jacobs dans notre établissement.

Le maître de cérémonie poursuivit son allocution en français. Eli abaissa le torchon blanc et resta planté là, stupéfait et sans défense, tandis que le tourbillon de lumières reprenait et que les spectateurs (ivres pour la plupart, à peine conscients de la brève interruption) recommençaient à se trémousser au rythme de la musique qui enflait. Toutefois, le projecteur braqué sur Eli ne bougea pas. Eli ne bougea pas non plus ; il demeurait figé sur place, illuminé, bien en évidence. Quelqu'un lui donna une petite tape sur l'épaule ; il tourna la tête et vit la barmaid, qui lui arracha le torchon des mains et lui cria quelque chose en français avant de s'éloigner. C'était difficile de la voir distinctement dans la brume lumineuse. Quand il se retourna, Michaela avait disparu de son piédestal ; celui-ci était maintenant abandonné, privé d'éclairage. Un bras émergea de la foule et posa sur la mini-estrade une canette de bière vide. Le garçon à la trompette reprit son inaudible mélodie.

Eli resta immobile cependant que la musique augmentait de volume autour de lui. Michaela apparut à son côté et le prit par la main. Il la suivit comme un enfant tandis qu'elle se forçait un chemin dans la foule en lui parlant par-dessus son épaule. Il n'entendait pas ce qu'elle disait, à cause du bruit, mais il franchit à sa suite la porte qui était à demi cachée derrière la cabine du DJ. Elle avait la main moite de sueur. De l'autre côté de la porte, sur le palier, un videur assis sur une chaise en bois branlante lisait *Tropique du Cancer* à la lumière d'une ampoule nue qui frissonnait à chaque pulsation ; il leur jeta un coup d'œil indifférent et, de la tête, leur fit signe de passer. La musique décrut à mesure qu'ils descendaient l'escalier et ne fut bientôt plus qu'une pure vibration, ressentie plutôt qu'entendue, comme des battements de cœur désordonnés provenant d'au-dessus. Le sous-sol du Club Electrolite était un espace resserré, labyrinthique, fait de cloisons en contreplaqué et de portes en bois de mauvaise qualité. Au plafond, des câbles électriques frôlèrent Eli au passage. Il se laissa guider par Michaela, qui cria le prénom de

Lilia, ouvrit à la volée l'une des portes et entraîna Eli dans une loge vide.

– Alors ? dit-il.

Michaela lui lâcha la main, inspira un grand coup et jura à voix basse. Elle s'assit à la table de maquillage, se regarda un instant dans le miroir, puis, d'un ample geste du bras, envoya valser les tubes argentés et les petits pots qui se brisèrent par terre, déversant des poudres pailletées et un magma iridescent. Au total, un superbe gâchis. Appuyé contre le chambranle, il observa la jeune femme, qui enfouit son visage dans ses mains et resta un long moment parfaitement immobile.

– Désolée, dit-elle enfin.

Elle battit des paupières plusieurs fois, grimaça en apercevant dans le miroir son reflet aux yeux rougis, puis chercha du regard un mouchoir en papier dans le mélange gluant répandu par terre. Quand elle en eut trouvé un, elle essuya les traînées de mascara sur ses joues en examinant sans ciller ses yeux dans le miroir.

– Je m'attendais à la trouver ici, c'est pour ça, ajouta-t-elle.

Il se racla la gorge mais elle ne le regarda pas.

– Où est-elle ?

– Elle était ici il y a une demi-heure. On s'est disputées, mais je lui avais dit de ne pas partir.

– Pourquoi m'avez-vous fait venir ici ? Lilia est une amie à vous ?

Elle émit un son frêle qui pouvait passer pour un rire.

– En fait, je ne pense pas qu'*amie* soit le mot exact. (Ses yeux, dans le miroir, étaient vitreux et injectés de sang.) Je ne pense pas qu'elle m'aime beaucoup.

– Cette page de la bible… le message griffonné par Lilia en travers du Psaume 22. D'où vient-il ?

– Elle l'a écrit quand elle avait sept ou huit ans, répondit Michaela. Dans une chambre d'hôtel, quelque part aux States. *Je désire rester volatilisée.* Cette phrase m'a toujours plu.

– Mais pourquoi ce message était-il en votre possession ?

– Parce que mon père l'avait. C'était lui qui menait l'enquête.

– Je ne comprends pas…

– À vrai dire, c'est compliqué.

Elle regardait fixement son reflet ; les mains tremblantes, elle entreprit de se remettre du khôl.

– Mon père était le détective chargé de l'affaire, et j'ai lu toutes ses notes.

– Pouvez-vous juste me dire où est Lilia, que je m'en aille d'ici ?

– Elle me reviendra, murmura-t-elle, ignorant la question. Je suis la seule personne à connaître son histoire. Je suis son seul témoin.

– De quoi parlez-vous ?

– Écoutez, je dois retourner sur scène.

– Pouvez-vous au moins m'expliquer pourquoi je devais brandir ce maudit torchon blanc ? Je me suis senti ridicule.

– Comment vouliez-vous que je vous repère dans la foule, sans ça ? Les lumières noires font ressortir tout ce qui est blanc. Je ne pouvais pas prévoir que je tomberais sur vous cet après-midi dans la vieille ville. (On frappa un bref coup à la porte de sa loge.) Je dois y retourner. On pourrait se retrouver quelque part, après ?

– Où vous voulez.

Elle arriva au café du boulevard Saint-Laurent peu après deux heures du matin, descendit d'un taxi, toute frissonnante, et se laissa choir sur une chaise en face d'Eli. Elle était fourbue, dit-elle. Il profita de ce qu'elle fermait les yeux pour l'observer de plus près. Elle avait une petite cicatrice sur le front, mal camouflée sous une couche de fond de teint. Elle était belle, d'une beauté qui semblait ne devoir durer que très peu de temps ; déjà, un mélange de dureté et d'épuisement altérait son visage. Eli se pencha par-dessus la table, suffisamment près pour sentir l'odeur de tabac dans ses cheveux.

– Il est deux heures du matin, dit-il posément, je suis ici depuis des jours et je ne parle pas la langue, je veux juste rencontrer Lilia pour m'assurer qu'elle va bien, je suis très fatigué et j'ai besoin que vous jouiez franc jeu avec moi. Pouvez-vous me dire où elle est ?

Elle rouvrit les yeux.

– Vous avez mis combien de temps pour venir ?

– Treize heures.

– Seigneur ! Vous êtes venu à pied ?

– En train. Pourriez-vous me dire où elle est ?

– Je ne suis jamais allée à Brooklyn, murmura-t-elle après un silence.

Elle se tut quelques secondes, regardant rêveusement par la fenêtre, avant de demander :

– Elle vous a raconté qu'elle avait été enlevée ?

– Quand elle était petite. Oui.

– Vous savez ce qui est stupéfiant ? Elle sait qu'elle a été enlevée, mais elle ignore pourquoi. C'est incroyable, ce que la mémoire peut occulter. Elle m'a écrit de New York, il y a quelques semaines.

– Elle vous a écrit ?

– Il y a un mois, peut-être. Je lui ai répondu que je ne lui dirais rien si elle ne venait pas ici.

– Vous l'avez forcée à venir ici ? Vous rendez-vous compte… ?

– Non, l'interrompit Michaela, je lui ai *suggéré* de venir ici. Ne haussez pas le ton, sinon je sors de ce café et vous ne la reverrez jamais. Elle est venue ici de son plein gré.

Il s'adossa à sa chaise, regarda par la fenêtre. La ville avait atteint ce stade de la nuit où les taxis faisaient leur apparition, véhiculant chez eux les noctambules en goguette, épuisés à la sortie des clubs.

– Je ne comprends pas pourquoi il fallait absolument qu'elle vienne ici, dit-il enfin. Vous n'auriez pas pu lui dire au téléphone ce qu'elle voulait savoir ?

– Je voulais la rencontrer. Pendant la moitié de ma vie, j'ai suivi les aléas de son existence.

Mais écoutez, je vous ai fait venir pour une raison bien précise. J'ai une question à vous poser et je veux que vous y répondiez honnêtement. Je me suis disputée avec elle à ce sujet, tout récemment.

– Tout récemment ?

– Il y a quelques heures, juste avant que je vous repère sur la piste. Nous discutions d'un accident de voiture. Vous a-t-elle jamais parlé d'un accident de voiture ?

– Quoi ?

– Un *accident*, répéta-t-elle patiemment, impliquant une *voiture*, qui se serait produit quand elle avait tout juste seize ans. Peut-être deux ou trois jours après son seizième anniversaire. Il est absolument impératif que vous me disiez si elle l'a fait, si elle vous a dit quelque chose à ce sujet, si vous savez la moindre petite chose… n'importe quoi. Il faut que je sache.

Michaela joignit les mains sur la table et il vit qu'elle avait les articulations rougies par le froid.

– En quoi un accident de voiture survenu quand elle avait seize ans pourrait-il bien vous concerner ?

Elle se borna à le dévisager.

– Non, reprit Eli, elle ne m'en a pas parlé. Je ne sais rien sur cet accident de voiture.

– Je ne vous crois pas.

– Ma foi, c'est votre droit le plus strict. Écoutez, je suis fatigué et j'ai envie de partir d'ici. Pouvez-vous me dire où elle est ?

– J'ai lu les notes de mon père sur l'affaire, dit Michaela. Mon père était… enfin, disons qu'il était un peu obsédé. L'ironie de l'histoire, c'est que je sais tout sur la vie de Lilia — sauf la seule chose qui m'intéresse vraiment. Je sais même les choses qu'elle ignore.

– Je ne vous suis pas. Comment pourriez-vous savoir des choses sur sa vie qu'elle-même ignore ?

– Je sais pourquoi elle a ces cicatrices sur les bras, par exemple. Et vous ?

– Non, répondit Eli. Je ne lui ai jamais posé la question.

– Même si vous l'aviez fait, Lilia n'aurait pas pu vous répondre.

– Elle ne le sait donc pas ?

– Elle ne s'en souvient pas.

Silencieux, il l'observait.

– Je connais l'histoire de Lilia, reprit-elle. Je sais pourquoi elle a été enlevée, je sais ce qui lui est arrivé avant que son père ne l'emmène avec lui, je sais toutes ces choses dont elle ne se souvient pas elle-même. Je lui ai proposé de tout lui dire si elle acceptait en échange de me raconter l'accident, mais elle n'a pas voulu. Elle a refusé de m'en parler, et pourtant je voyais bien qu'elle mourait d'envie de savoir ce qui lui était arrivé, alors ça s'est terminé par une horrible dispute. Mais elle vous a bien raconté son histoire ?

– Oui. Enfin, non. Toute son histoire sauf ça.

– Parlez-moi de l'accident et je vous dirai où elle est.

– Je ne veux pas utiliser l'histoire de Lilia comme outil de marchandage.

– Mais qu'est-ce que vous avez d'autre ?

Eli la regarda, jusqu'au moment où elle se leva et l'embrassa sur le front en lui disant de la retrouver ici le lendemain, même heure, en espérant qu'ils pourraient se parler. Puis les portes vitrées se refermèrent sur elle dans une rafale d'air froid. Et il aurait été bien en peine d'expliquer par la suite comment une séquence aussi épouvantable allait finalement devenir une routine, mais il ne connaissait personne d'autre en ville et Michaela savait où était Lilia. À partir de là, il l'attendit tous les soirs dans le café ouvert toute la nuit, à l'angle des boulevards Saint-Laurent et Prince Arthur, buvant du café près de la fenêtre, à l'affût de ses bottines à semelle compensée émergeant du taxi ou de sa mince silhouette gravissant lentement la côte. Elle arrivait épuisée mais étrangement animée, parfois même fiévreuse, les yeux vitreux. Elle esquissait un pâle sourire en le voyant — à deux, trois, ou quatre heures du matin — et se glissait sur la chaise en face de lui. Une curieuse odeur émanait d'elle à cette heure-là, surtout si elle avait été dans le salon VIP du premier étage : eau de Cologne pour hommes, laque, parfum. D'autres arômes aussi, plus subtils, qu'il préférait ne pas analyser trop précisément. Ses cheveux s'étaient assouplis, à ce moment de la nuit, et son maquillage était brouillé. Ses mouvements avaient quelque chose de relâché, de dangereux. Son visage était empourpré. Parfois, elle restait longtemps sans parler.

– Ça va ?

– Bien sûr, disait-elle.

Mais, dans ces moments-là, elle avait un sourire vide, les yeux dans le vague. Il aurait voulu la bousculer, lui faire dire où était Lilia, la forcer à sortir Lilia de son chapeau, mais c'était impossible : il y avait en elle quelque chose de brisé, quelque chose de béant, si bien qu'il semblait presque impensable de la contraindre à faire quoi que ce soit. Elle affirmait ne pas savoir où était Lilia. Puis elle se ravisait et affirmait savoir où était Lilia, mais elle refusait de le lui dire tant qu'il ne lui parlerait pas de l'accident de voiture. Elle affirmait que Lilia était encore en ville mais qu'elle ne savait pas exactement où. Puis elle affirmait que Lilia allait réapparaître au moment où ils s'y attendraient le moins, mais le moment où ils s'y attendraient le moins n'arrivait jamais, et les jours s'écoulaient lentement dans le froid implacable.

– Je peux vous apporter quelque chose ?

Elle désirait du thé. Un jour ou deux auparavant, Eli avait acheté un dictionnaire, un guide de conversation courante, et il avait appris à commander du thé dans un français qu'il croyait raisonnablement correct, mais le barman lui répondait invariablement en anglais. Cela semblait être clairement un signe de rejet, mais il n'aurait su dire si c'était un rejet de la langue anglaise ou un rejet de sa personne ; dans l'un ou l'autre cas, c'était exaspérant et il préférait ne pas trop y réfléchir. Il alla au bar et revint avec une tasse de thé que Michaela but à petites gorgées, les yeux baissés, l'esprit ailleurs. Ellc regarda par la fenêtre en lui disant une nouvelle fois combien elle aimerait voyager, partir loin d'ici ; mais depuis une semaine qu'il la connaissait, Eli avait déjà entendu ce monologue quatre ou cinq fois et sa réserve de commentaires compatissants s'épuisait rapidement. Il ne put que hocher la tête en la regardant allumer une autre cigarette.

– Il y a une chose que je ne comprends pas, dit-il. Comment Lilia a-t-elle su qui vous étiez ?

– Quoi ?

– Pour vous écrire la lettre. Vous m'avez dit qu'elle vous avait écrit de New York.

– Ah !

Elle se tut un moment, puis :

– Ce n'est pas tout à fait exact de dire qu'elle m'a écrit. (Elle tira une longue bouffée de sa cigarette. Ses yeux étaient troubles.) En fait, c'était une lettre adressée à mon père. J'ai reçu un coup de fil de l'agence de détectives, il y a environ un mois et demi, pour me dire que mon père était parti depuis six mois sans laisser d'adresse et qu'ils ne savaient pas où lui faire suivre son courrier. Je suis allée le récupérer moi-même, espérant que quelqu'un lui aurait peut-être envoyé de l'argent, et j'ai tout dépouillé. La plus grande partie était à jeter, mais il y avait une lettre de Lilia.

– Qu'écrivait-elle ?

– Elle demandait une trêve. Elle disait qu'elle en avait assez d'être toujours suivie et observée.

– Elle était suivie ?

– Elle l'a été toute sa vie, dit Michaela.

26

Lilia fêta ses quatorze ans dans une petite ville de l'Illinois et son père lui offrit pour l'occasion un appareil photo. Son premier cliché, pris à travers la fenêtre du restaurant où elle dégustait son gâteau d'anniversaire, montrait le cinéma dont les lumières clignotaient au crépuscule de l'autre côté de la large rue. Quelque part près d'Indianapolis, elle s'agenouilla au bord de la route pour photographier un panneau à la peinture écaillée — *Maïs et tomates en direct de la ferme* —, trouvant de la beauté dans le bois usé et les lettres à demi effacées. Elle faisait ensuite développer la pellicule en une heure dans une boutique spécialisée, flânant autour du centre commercial en attendant que les photos soient prêtes, et elle les examinait attentivement dans la voiture, dans un parc, dans sa chambre de motel le soir. Les photos lui donnaient un sentiment de continuité, comme si elle constituait un dossier ; elle était en fuite depuis maintenant sept ans, voyageant sans répit, et c'était un plaisir intense d'avoir un moyen d'archiver la trajectoire de vol. Elle photographiait surtout des panneaux, en évitant néanmoins ceux qui pouvaient aisément être localisés. Elle aimait particulièrement les panneaux dont la peinture s'écaillait ou qui étaient mal orthographiés. Elle aimait prendre des vues panoramiques de rues désertes, des photos de voitures qui approchaient d'une grande distance.

Lilia avait l'autorisation de photographier tout ce qu'elle voulait, sauf son père et elle-même.

– Nous devons être prudents, lui dit-il, et ne pas accumuler les indices.

27

Michaela était toujours à court de cigarettes. Parfois, elle était prise d'une toux sèche, râpeuse, et les spasmes soulignaient les veinules rouges de ses yeux. Elle avait presque toujours les yeux rougis, même quand elle était sobre ; elle n'arrivait pas à dormir. Elle aurait fait n'importe quoi pour éviter de rester seule la nuit avec son insomnie, et Eli était disposé à aller très loin pour éviter de rester seul tout court ; ils demeuraient donc attablés ensemble dans le café du coin, à observer la progression graduelle de la nuit. Celle-ci passait par différentes étapes : d'abord, dans l'atmosphère électrique de minuit, les foules d'étrangers séduisants, enthousiastes, habillés et maquillés pour aller en boîte ; puis le défilé de taxis hétéroclites au carrefour et, plus tard, le noir d'encre des dernières heures nocturnes ; à quatre heures du matin, un gosse ivre qui passait en trébuchant, une tranche de pizza huileuse à la main, une fille en bas résille et aux yeux vides qui zigzaguait sur le trottoir, l'ambre froid des réverbères sur la chaussée verglacée. Après le passage des taxis par vagues successives, les rues se calmaient jusqu'au matin. La ville dormait d'un sommeil agité, sous le signe de la croix d'un blanc éclatant qui brillait là-haut, sur la colline, devant la fenêtre de la chambre d'hôtel d'Eli, tel un charme opérant sur les larges rues vides, les trottoirs déserts et les parcs ombreux.

Michaela se mit à rire toute seule, sans bruit, et fit une réflexion inaudible. C'était une originale, mais elle perdait lentement la tête, et il semblait à Eli que sa raison partait par morceaux : les noms de certaines connaissances, les connecteurs syntaxiques qui retenaient les pensées ensemble à la nuit tombée, certains ponts entre la logique et l'usage, la partie du cerveau qui sait quand il faut lâcher prise et laisser le corps glisser dans le sommeil. Elle était hébétée et fatiguée l'après-midi, affûtée et lucide le soir, et à trois heures du matin elle avait sombré dans l'incohérence.

– Vous disiez ? Je n'ai pas entendu.

– Mes parents étaient dans un cirque itinérant. (Superbe et épuisée, elle se décomposait peu à peu, quelque part entre trois et quatre heures du matin.) Je vous l'ai déjà dit ?

– Deux fois, oui. C'est assez incroyable.

– N'est-ce pas ? Toute une famille d'authentiques saltimbanques. Mes grands-parents aussi. Des deux côtés. Le désir de voyager est héréditaire, vous croyez ?

– Vous parlez comme Lilia.

Sur cette allusion, la conversation s'interrompit net et ils gardèrent le silence un long moment. La lune se couchait derrière la ligne des toits, de l'autre côté du boulevard Saint-Laurent. Ils avaient la même discussion tous les soirs depuis une semaine : Michaela ne lui dirait pas où était Lilia tant qu'il refuserait de lui parler de l'accident. Étrange impasse. Michaela alluma une nouvelle cigarette au mégot de la précédente, qu'elle laissa tomber dans les dernières gouttes de son thé. Elle fit tourner entre ses mains le verre encore tiède, tout en fumant et en regardant les cendres éteintes. Elle fumait avec l'élégance naturelle d'une fumeuse de carrière, née avec une cigarette au bec et qui ne voit pas d'inconvénient à admettre qu'elle fume plutôt bien.

– Elle voyageait magnifiquement, dit-elle enfin.

– Vous êtes la seule personne que je connaisse qui fume littéralement à la chaîne, dit Eli.

– Elle est un peu comme un fantôme, dit Michaela, qui pensait toujours à Lilia.

– Non, pas un fantôme. C'est le monde qui est fantomatique.

– C'était comment, la vie avec elle ?

– Lilia était différente de toutes celles que... elle avait des habitudes étranges. Mais ça avait quelque chose de parfait.

– Tout ?

– Bien sûr que non, pas tout. Rien n'est parfait tout le temps.

– Quoi, alors ?

– Les moments où nous étions seuls. Nous passions beaucoup de temps seuls dans l'appartement, ou à nous promener, et il y avait ce silence qui s'installait entre nous, et je sais que ça peut paraître… ça peut paraître stupide ou paradoxal, mais c'était parfait. Je ne peux pas l'expliquer mieux que ça. Le silence était parfait.

– Le silence ? Quoi d'autre ?

– Nous avions des amis à Brooklyn — en fait, c'étaient des amis à moi, elle n'en avait pas, elle débarquait de nulle part avec une valise —, enfin bref, j'avais ces amis qui se prenaient pour des artistes. Remarquez, je ne sais pas, peut-être qu'ils l'étaient vraiment. Peut-être que nous l'étions. Je ne peux plus en juger. Je pensais à ce moment-là que ce que nous faisions n'était pas assez bon, mais peut-être que je me trompais. Je n'en sais rien.

Elle l'observa sans mot dire.

– Vous savez ce qui me gênait ? Tout le monde était censé rechercher la vérité et la beauté, ou au moins l'une des deux, mais personne n'agissait concrètement pour y parvenir, et ça ne me semblait pas normal. Cette inertie, je veux dire. L'inertie faisait de nous des imposteurs. Nous étions là, à discuter d'art, mais personne ne *faisait* quoi que ce soit, à part Lilia. Elle prenait des photos. Elle parlait quatre langues.

– Cinq.

– Vous comptez le russe ? Enfin bref, ce que je veux dire, c'est que personne ne faisait rien d'important sauf elle. Elle faisait la plonge, elle vivait de peu, elle prenait des photos magnifiques et traduisait des textes. Elle n'en tirait aucun argent, elle le faisait juste comme ça. Et surtout, elle n'en parlait jamais. Elle ne donnait jamais l'impression de poser pour la galerie. Elle ne passait pas son temps à théoriser, à décortiquer. Elle pratiquait son art, simplement, elle le pratiquait au lieu de l'analyser jusqu'à plus soif, et ça faisait de nous autres des imposteurs. Il n'y a pas beaucoup de gens dans le monde…

Il s'interrompit et secoua la tête, redoutant de craquer s'il continuait. Michaela demeura silencieuse un moment, absorbée dans la contemplation de ses mains.

– J'ai une photo prise par elle, si ça vous dit de la voir, proposa-t-elle enfin.

Elle tendit le bras vers son sac en similicuir, à ses pieds, et le posa sur la table, où il refléta les lumières du café. Elle extirpa une enveloppe d'une poche intérieure secrète et la passa à Eli.

Les coins de l'enveloppe étaient râpés par l'usure. À l'intérieur, une photo noir et blanc montrait Michaela et Lilia dans des toilettes publiques, debout côte à côte devant le miroir, avec à l'arrière-plan une rangée de portes de cabines ouvertes. Lilia tenait son appareil à deux mains, juste au-dessous de son visage. Elle avait des cernes sombres sous les yeux et une expression sérieuse, figée. Michaela arborait un léger sourire, et toutes deux fixaient Lilia dans le miroir.

– Où a-t-elle été prise ? demanda-t-il d'une voix qu'il ne put empêcher de trembler.

Il sondait les yeux de Lilia, y cherchant un indice quelconque, peut-être une trace de remords, mais il était impossible de dire à quoi elle pouvait penser.

– Ici, répondit Michaela. Dans les toilettes du fond.

Elle lui prit la photo, la remit dans l'enveloppe, puis remit l'enveloppe dans la poche secrète de son sac.

28

L'année de ses quinze ans, Michaela vivait seule. Son père voyageait dans un autre pays.

Christopher se déplaçait rapidement. Il faisait des rêves étranges, peuplés de voitures et de cabines téléphoniques. Il ne s'était jamais senti l'esprit aussi clair. Dans un État montagneux, au centre du pays, il s'aperçut qu'il était tombé par hasard dans le sillage de Lilia. Depuis un bon moment déjà, il sentait qu'il se rapprochait d'elle, qu'il touchait au but à force de décrire des cercles autour de la ville de Leonard, Arizona, mais ça lui parut néanmoins un peu miraculeux quand la piste, subitement, devint limpide. Au début, il refusa d'y croire. Mais une femme, dans une station-service tranquille, lui dit que oui, en y réfléchissant, elle se rappelait qu'un homme et sa fille étaient passés par là hier matin, avec des valises à l'arrière de la voiture, et le réceptionniste d'un motel en bord de route déclara la même chose. Il les pista jusqu'en Floride, traversa Miami, puis remonta vers un arrière-pays semi-urbain de ponts autoroutiers et de villes aux larges rues désertes, aux palmiers hirsutes, aux maisons banales, presque identiques, situées très en retrait de la rue. Il les suivit en silence, voyageant en parallèle, propulsé et hanté par des visions et par des rêves. Il parcourut ainsi plusieurs États du Midwest, seul, comme en apesanteur, juste derrière ou parfois à côté des fugitifs, à la lisière de leur champ de vision. Son intuition avait toujours été plus développée que ses autres sens, mais elle semblait s'être cristallisée en quelque chose de redoutable. Ce qu'il découvrit, et c'était à la fois troublant et miraculeux (encore ce mot, mais aucun autre ne lui venait à l'esprit quand il y pensait), c'était qu'après les avoir vus pour la première fois (sortant, telles des apparitions, d'un restaurant d'une petite ville de l'Illinois, situé juste en face d'un cinéma, le jour de l'anniversaire de Lilia, et remontant en voiture, Lilia marquant une pause pour prendre une photo de la rue), il avait toujours su où ils se trouvaient. Parfois, il leur laissait une longueur d'avance pour se tester : une heure, un jour. Il restait dans sa chambre de motel, lisait dans la solitude pendant de longues périodes ; il achetait des livres dans les villes qu'il traversait, surtout des livres d'histoire et des biographies, qu'il laissait dans les chambres après les avoir lus. Il garda uniquement un exemplaire en loques de *Bulfinch's Mythology* et les deux bibles dans lesquelles Lilia avait écrit un message. La page comportant l'un des messages avait été arrachée — il soupçonnait sa femme disparue —, mais il en avait une photocopie pliée en deux à la fin du volume. C'était dans Shakespeare qu'il se replongeait le plus fréquemment ; il avait lu *La Nuit des rois* à l'époque où il commençait à enquêter sur Lilia, et cette continuité avait quelque chose d'apaisant. Il lisait un moment, puis il quittait le motel et se lançait à leur poursuite, pour découvrir au fil des kilomètres qu'il savait où ils étaient allés ; et, de fait, il repérait leur toute dernière voiture dans le parking d'un motel, ou il les voyait marcher ensemble dans la rue de la ville suivante qu'il traversait dans sa Ford Valiant. Il avait le sentiment qu'il pourrait mener indéfiniment cette existence ; juste derrière eux, à les surveiller, à voyager en parallèle, conscient de leurs moindres faits et gestes, capable de les appréhender à tout moment. Il n'avait rien à faire. La connexion était sans effort. Sa femme et sa fille étaient provisoirement exclues ; c'était comme si elles n'existaient plus. Il pouvait rester des semaines sans penser à elles. Ces limbes constituaient pour lui un merveilleux séjour.

Six mois après avoir laissé sa fille à Montréal, Christopher se gara sur le bas-côté de la route, dans l'Oklahoma, un peu perdu après avoir roulé toute la journée, et il fixa l'horizon de toutes ses forces pour s'éclaircir les idées. Pour la première fois, il se rendit compte depuis combien de temps il était parti ; dans la ville suivante, il effectua un virement sur le compte en banque de Michaela avant de reprendre la route.

29

La deuxième semaine de son séjour en ville, Eli crut entendre le prénom de Lilia. Il était une heure du matin au Café Dépôt et il attendait, seul, l'arrivée de Michaela ; il se tourna vers les deux filles qui parlaient français à une table proche, mais il attendit que l'une soit partie pour s'approcher de celle qui restait.

– *Excusez-moi*[1], dit-il d'un ton hésitant.

Elle leva les yeux et sourit :

– Quelque chose me dit que vous préféreriez parler anglais.

Il s'aperçut qu'il lui rendait son sourire.

– C'est vrai, admit-il. Merci.

– Je vous ai vu ici plusieurs fois, dit la fille.

– Je suis désolé de vous déranger, mais figurez-vous que je cherche quelqu'un en ville, une amie, et il m'a semblé vous entendre prononcer son nom tout à l'heure. Lilia ?

Elle secoua la tête, toujours souriante mais perplexe, puis son visage s'éclaira soudain :

---

1. En français dans le texte.

– *Lillian*, rectifia-t-elle. Lillian Bouchard. Nous parlions d'elle à l'instant. C'est ça, le nom que vous avez entendu.

– Ah ! fit-il. Excusez-moi, je ne voulais pas…

– Ce n'est rien. (Elle tendit la main.) Ondine. D'où venez-vous ?

Il prit sa main, douce et tiède dans la sienne.

– Eli, dit-il. Je viens de New York, en visite.

– New York, répéta-t-elle d'un ton vague, et il comprit à son sourire qu'elle n'y était jamais allée. C'est votre premier séjour à Montréal ?

Il acquiesça.

– Bienvenue en ville, lui dit-elle.

– Merci. Je vous proposerais volontiers de vous joindre à moi, mais j'ai rendez-vous avec quelqu'un…

– Ce n'est pas grave, dit-elle. Ce sera pour une autre fois. J'espère que vous retrouverez votre amie.

– Merci.

Il retourna s'asseoir à sa table, dos à la fille, et contempla la rue froide et grise. Il attendait Michaela tous les soirs jusqu'à trois heures du matin, jusqu'à quatre heures, sachant bien qu'elle finirait par se montrer. Ou parfois, adossé à un mur du Club Electrolite, il la regardait se trémousser sur sa minuscule estrade tout en cherchant du regard Lilia dans la foule. Les spectateurs prêtaient à peine attention à Michaela, et il se fit un soir la réflexion qu'elle était un simple accessoire, au même titre que la scène sur laquelle elle dansait. Elle était comparable à la boule disco qui tournoyait au plafond, jetant de la lumière dans l'obscurité encombrée : une composante parmi d'autres — même pas indispensable — d'une nuit interminable, dont le reflet se réverbérait sans fin dans les murs tapissés de miroirs. Il y avait deux autres danseuses, habituées du club, à qui elle l'avait présenté, Marie-Ève et Véronique, mais il leur trouvait l'air blasé, apprêté, sans commune mesure avec la souple extravagance de Michaela. Quand il en eut assez du bruit et de l'humanité, il poussa la porte réservée au personnel, salua le videur qui lisait Dostoïevski, assis sur une chaise juste derrière, et descendit dans la loge de Michaela. L'immeuble vibrait sous les assauts de la dance music et les tuyaux faisaient des bruits bizarres ; on avait un peu l'impression d'être dans les profondeurs d'un navire.

La pièce n'était pas grande. Il y avait un long comptoir avec un lavabo, une chaise à côté d'une toute petite table branlante, et un vestiaire à roulettes dans un coin. Derrière le vestiaire se trouvait un matelas pour enfant sur lequel Michaela dormait en règle générale ; il n'y avait qu'un seul drap, un oreiller plat, taché, et une vieille couette ornée sur les bords de petits moutons blancs qui gambadaient. Il imaginait Michaela toute petite fille, paisiblement endormie sous la couette aux moutons, et les mauvais jours cette pensée lui faisait monter les larmes aux yeux. Quand il ne supportait plus la foule entassée sur la piste de danse, il descendait dans la loge et y restait une heure, deux heures, trois, essayant de se concentrer sur l'idée de Lilia ; mais au lieu de ça, il pensait à Michaela sur son estrade. Et puis il entendait le bruit feutré de ses talons aiguilles sur la moquette, dans le couloir, la porte en contreplaqué s'ouvrait, Michaela la refermait derrière elle et s'affalait sur la chaise devant le comptoir de maquillage. Elle avait l'art d'absorber la lumière quand elle entrait dans une pièce. Ça ne la rendait pas éclatante pour autant ; il émanait d'elle une certaine obscurité, claire et intense, une sorte de lumière négative.

– Vous ne vouliez pas attendre au café ? demanda-t-elle sans le regarder.

– Il fait trop froid pour aller là-bas. J'ai marché toute la journée. Je voulais m'assurer que vous aviez un endroit où dormir cette nuit.

– Oh, il va faire encore plus froid. Vous avez vu mes pilules ? Jacques les a apportées ?

– Elles sont dans le sac, sous le lavabo. Avez-vous un endroit où dormir ?

Elle haussa les épaules, l'esprit ailleurs, sortit les flacons de pilules du sac en papier que Jacques avait apporté et lut les étiquettes. À la connaissance d'Eli, elle n'avait pas de domicile fixe ; elle entretenait un certain nombre de liaisons et couchait parfois chez ses amants occasionnels. Le reste du temps, elle dormait dans sa loge. Elle était accro à un assortiment compliqué de médicaments sur ordonnance, que le propriétaire du club lui fournissait obligeamment. « Il veille sur son capital », se bornait-elle à répondre quand il l'interrogeait sur ce curieux arrangement, et elle refusait d'expliciter. Le propriétaire, Jacques, venait le soir dans sa loge avec des sacs de papier brun contenant des pilules vendues en pharmacie, des canettes de soda et des plats à emporter bien gras. C'était un homme de haute taille, aux yeux tristes, qui avait une collection apparemment illimitée de chemises en soie et une expression résignée. En sa présence, Michaela était réservée, presque muette ; elle disait *merci* quand il lui donnait ses pilules et les provisions, mais elle n'ajoutait pas grand-chose d'autre. Jacques, de son côté, arborait un air de patience à toute épreuve et ne parlait lui-même pratiquement pas. Il ne semblait pas avoir remarqué Eli, ce qui donnait à celui-ci l'impression de ne pas être — loin de là — le premier invité à élire plus ou moins domicile dans la loge de Michaela, et il passait ensuite des heures et des jours à se demander pourquoi cela le perturbait.

– Je voulais vous proposer, dit-il, si ça vous tente… vous pourriez séjourner dans ma chambre d'hôtel. Je dormirai sur le tapis.

– Je ne fais pas les chambres d'hôtel.

– Je ne l'entendais pas dans ce sens-là.

– C'est O.K.

Ayant fini par sélectionner deux flacons dans le sac en papier que Jacques lui avait apporté, elle avala une pilule de chaque.

– De toute façon, reprit-elle, je dois monter au salon VIP dans une heure. Je pense que je dormirai là-haut cette nuit.

– Vous en êtes sûre ?

– Il fait trop froid pour sortir.

Il se leva gauchement.

– Je vous retrouve ici demain, alors.

– Entendu. Venez dans l'après-midi, pas avant.

Arrivé à la porte, il s'arrêta :

– Est-ce que Lilia vous attendait comme ça, elle aussi ?

– Bonsoir, Eli, dit Michaela.

Dehors, il crut mourir de froid. Il se mit en route vers l'hôtel, marchant le plus vite possible, composant dans sa tête une lettre à Lilia. *Je veux te retrouver. Je veux disparaître avec toi. Je veux te retrouver, et par là même te faire disparaître en moi. Je veux être ton langage. Je veux être ton traducteur. Je veux être ton dictionnaire. Je veux être ta carte routière. Je voudrais, je voudrais, je voudrais tant savoir où tu es cette nuit.* Dans sa chambre, il mit tout cela par écrit sur le papier à lettres de l'hôtel, puis il froissa la feuille et la jeta à la corbeille. Les mots ne la rendaient en rien plus proche de lui.

En fin d'après-midi, devant l'entrée latérale du Club Electrolite, il retrouva une Michaela épuisée et endormie, créature de la nuit qui clignait des paupières dans la lumière hivernale. Elle lui demanda d'attendre pendant qu'elle redescendait au galop dans sa loge pour prendre quelque chose qu'elle avait oublié de mettre dans son sac. Il arpenta de long en large l'allée verglacée, sautilla sur place pour tenter de dégourdir ses pieds gelés, exécuta quelques acrobaties et dut s'arrêter parce que le froid lui faisait mal aux poumons. Finalement, il frappa de nouveau à la porte et une autre danseuse lui ouvrit.

– Véronique, dit-il, est-ce que je peux attendre Michaela à l'intérieur ?

Elle avait des cheveux blonds filandreux et le considérait d'un air soupçonneux ; il n'avait pu déterminer, lors de leurs précédentes rencontres, si elle parlait anglais ou non. Elle hésita. Il frissonna impatiemment dans le paysage recouvert de glace grisâtre.

– O.K., dit-elle enfin.

Elle s'écarta, juste de quoi le laisser entrer, et resta là à le regarder dans le hall sombre, en haut de l'escalier menant à la loge. Tout en trouvant ça absurde, il se sentit tenu de lui faire la conversation.

– Il fait froid, dit-il.

– Très froid.

– Vous avez vécu ici toute votre vie ?

Elle secoua la tête.

– À Chicoutimi.

– C'est où, ça ?

– Au nord. Tout au nord.

Il acquiesça.

– Encore plus froid qu'ici ?

– Ça vous plaît, ici ? demanda Véronique, qui n'avait peut-être pas compris.

– Non.

Elle le fixa un moment, impassible.

– Vous attendez dehors, dit-elle.

– D'accord. Dites à Michaela de se dépêcher.

La porte se referma derrière lui et il se retrouva dans la ruelle. Il donna un coup de pied dans une bouteille de vodka vide qui se brisa aussitôt ; il contemplait les débris de verre quand Michaela réapparut enfin. Ils parcoururent ensemble la rue Sainte-Catherine sur quelques blocs, puis se réfugièrent dans l'immense mall souterrain de Montréal pour échapper au froid. Pâle et silencieuse, Michaela se frottait les poignets de temps à autre en marchant.

– Je crois que le bateau de plaisance est toujours là, dit-elle subitement. Je comptais aller le voir.

Ils s'étaient arrêtés au pied de quelques marches, entre deux galeries marchandes, pour écouter un violoncelliste, installé sur un carton de lait retourné, qui jouait la première Suite de Bach. Appuyée contre un mur, le regard dans le vide, Michaela avait paru tellement immergée dans la musique qu'Eli tressaillit en l'entendant parler.

– Bateau de plaisance ? répéta-t-il.

– Il paraît qu'il y a un yacht colossal qui mouille dans le port. J'ai lu ça dans le journal.

– Et vous voulez aller le voir ?

Elle secoua la tête.

– J'en avais l'intention, mais il fait si froid…

– Vous avez travaillé jusqu'à quelle heure, la nuit dernière ?

– Cinq heures du matin, dit-elle. Une soirée de célibataires dans le salon VIP.

– Quel genre de soirée ?

Elle le regarda de travers et se remit en marche. Le violoncelliste lui lança un coup d'œil au passage et elle lui sourit.

– Que c'est beau, dit-elle. Quand j'entends ce genre de musique, je comprends pourquoi les gens aiment tant cet endroit.

La musique s'estompait derrière eux. Eli était déjà venu ici avec Michaela, et il avait eu par moments l'impression que la galerie souterraine était illimitée ; des Gap à perte de vue, des boutiques où on vendait des portables, des stands ambulants où on vendait des muffins — et, à intervalles réguliers, des food-courts[1]. Les mêmes restaurants revenaient toutes les deux minutes : McDonald's, Sbarro's, Wendy's, McDonald's. Lilia restait volatilisée. Des chants de Noël étaient diffusés en fond sonore, mais à un volume trop bas pour qu'on puisse saisir dans quelle langue étaient les paroles.

– Je suis fatiguée, dit-elle.

Ils s'arrêtèrent au premier food-court, tout blanc celui-là, et elle s'affala devant une table ronde en plastique blanc. Elle tranchait étrangement sur la pâleur du décor : bottines noires à semelles compensées et blouson argenté, cheveux blancs coupés court et hérissés en piques. Rouge à lèvres écarlate, fard à paupières gris, yeux d'un vert saisis-

1. Regroupement de restaurants style fast-food disposés en arc de cercle, avec un grand nombre de tables au milieu pour les clients. *(N.d.T.)*

sant. Sous l'éclairage des néons, elle avait les traits tirés, l'air nauséeux.

– Ce ne serait peut-être pas si mal, dit-il, d'aller voir ce bateau.

– Il fait si froid... Imaginez ce que ça doit être au bord du fleuve.

Il hocha la tête et resta un moment sans parler.

– Chez moi, reprit-il, j'ai une figure de proue qui est fixée à la tête de mon lit. Quand on parle de bateaux, ça m'y fait toujours penser.

– Pourquoi votre lit a-t-il une figure de proue ?

– Je n'en sais rien, c'est comme ça. Il a été fabriqué à partir d'un bateau de pêche, et ma mère… Écoutez, Michaela, je suis ici depuis plus d'une semaine et je ne peux pas me permettre de rester plus longtemps. Je veux que vous me disiez où est Lilia.

Elle sourit sans le regarder. Elle semblait paisible, en cet instant, insouciante, le regard perdu au loin.

– Ma position n'a pas changé, dit-elle. J'ai besoin de savoir ce qu'il en est pour l'accident.

Elle recommençait à se masser les poignets ; apparemment, elle était revenue du salon VIP avec de légères brûlures de cordes.

– Mais vous savez où elle est.

– Je ne vous le dirai pas tant que vous ne m'aurez pas raconté l'accident. Vous le savez bien.

Tous deux sombrèrent dans le silence sous les feuilles en tissu d'un arbre synthétique ; la musique de Noël diffusée par les haut-parleurs était une fine couche de bruit blanc qui recouvrait la surface des choses. À cette heure de l'après-midi, le restaurant n'était pas encombré. Des piétons, engoncés dans leurs gros manteaux d'hiver, évoluaient sans bruit dans un paysage de tables en plastique et de carreaux pâles. Quelques-unes des autres tables étaient occupées : des employés de bureau au regard vide, en pause déjeuner, mangeaient de la nourriture grasse dans des barquettes en carton, les yeux dans le vague. Non loin de là, deux vendeuses de chez Gap grignotaient des muffins en riant nerveusement.

Un employé du food-court nettoyait les tables. Il indiqua un plateau, devant Michaela, et lui dit quelques mots ; Eli la regarda, attendant qu'elle réponde, mais elle se borna à fixer l'employé, qui se répéta.

– *Je ne parle pas français*, dit-elle.

L'homme secoua la tête et battit en retraite, le plateau intact.

– Qu'est-ce que vous lui avez dit ? s'enquit Eli.

– Je lui ai dit : « Je ne parle pas français. » C'est une phrase très utile par ici.

– Vous ne parlez pas français ?

– Pas vraiment. Seulement quelques mots. Je n'ai jamais pu. Il aurait quand même pu répéter sa phrase en anglais.

– Peut-être qu'il ne parle pas l'anglais. Comment pouvez-vous vivre ici sans parler français ?

– Précisément, murmura-t-elle en observant toujours le serveur. Ça n'aurait pas eu d'importance si mes parents n'avaient pas quitté le cirque.

Il la regarda, pensant au jeune couple qui s'était moqué de lui quand il avait demandé son chemin en anglais, le soir de son arrivée à Montréal. Et, curieusement, il sentit qu'il commençait à la comprendre.

À l'extérieur du café, le froid augmenta au point de rendre les rues blanches de givre. Michaela buvait du thé noir à cinq heures du matin, hébétée par les pilules et l'insomnie mais incapable de dormir. Eli se disait que s'il restait avec elle suffisamment longtemps, si la fatigue l'abrutissait suffisamment aux petites heures de l'aube, si elle continuait à parler à jet continu comme elle le faisait dans son état, elle finirait par vendre la mèche ; elle lui dirait où était Lilia, où pouvait se trouver Lilia, si Lilia était encore dans cette ville glaciale, si Lilia était même encore en vie, si Lilia avait seulement existé. Au lieu de quoi, elle lui racontait des histoires de terroristes et de cirques.

– Je vous ai parlé du plastiqueur du Second Cup Café ?

– Non, dit-il, je ne crois pas.

Durant une brève période, quand Michaela était adolescente, les cafés portant des noms anglais avaient eu tendance à exploser, ce qui cadrait parfaitement à ses yeux avec l'atmosphère dramatique de ses jeunes années. Elle s'était mise à passer beaucoup de temps dans les cafés, à cette époque-là, dans l'espoir d'être mêlée à un événement tragique, historique et sensationnel, mais le cinglé solitaire avait été attrapé et jeté en prison avant d'avoir pu faire sauter un autre établissement. Elle semblait en être déçue. Il la dévisagea, se demandant si elle disait la vérité, et elle se lança dans une autre anecdote sur le cirque de ses grands-parents au lieu de lui dire où se trouvait Lilia.

Sa solitude était comme une troisième présence à la table du café ; ils restaient ensemble des heures durant, tous deux conscients du fait que, dès l'instant où il saurait où était Lilia, il se volatiliserait à New York et elle se retrouverait seule, telle une naufragée sur la banquise. Elle gardait ses histoires comme autant de billets de banque et distribuait de la petite monnaie nuit après nuit. Notes sur la nature itérative de l'obsession, analogue à un tatouage de serpent qui se mord la queue : la petite fille qui rêvait de dynamite et de cordes raides dans sa chambre, le père détective obsédé par Lilia dans la salle à manger, en bas, la mère qui rapportait un gâteau à la maison avant de disparaître sans espoir de retour. Michaela avait toujours une nouvelle histoire à lui raconter. Et ses histoires étaient toujours dans les marges de la vie de Lilia. Elle était toujours à deux doigts de lui dire où était Lilia. Et, d'une manière générale, il n'était que trop heureux de rester indéfiniment attablé avec elle, évitant ainsi l'hôtel avec son lit douloureusement vide et ses grooms pince-sans-rire, mais il lui arrivait parfois de s'endormir sur sa chaise, le menton sur la poitrine, les bras croisés, et de dériver dans des rêves froids sur des cafés qui explosent, sur des gâteaux et des cordes raides. Elle restait avec lui, commandait du thé à intervalles réguliers, observait d'un air hargneux, les yeux injectés de sang, l'arrivée du matin. Il s'endormait au son de la voix de Michaela et, parfois, quand il se réveillait, elle parlait encore.

Quelquefois, à l'approche du matin, elle soliloquait sur les langues. Plus précisément, sur ce que ça représentait de parler la mauvaise langue dans une ville où l'usage obligatoire d'une langue particulière est assuré au moyen d'une ligne d'information mise à la disposition des citoyens indics. Des lois étaient mises en place dans la province de Québec pour garantir l'usage du français, des agences étaient créées pour les faire appliquer, et un numéro gratuit permettait d'appeler la Commission de protection de la langue française pour signaler les infractions. Une infraction, expliquait-elle, pouvait être minime : une inscription anglaise passant avant la française sur une enseigne, ou l'inscription anglaise écrite en plus grosses lettres, ou une vendeuse disant *hello* au lieu de *bonjour* un dimanche après-midi au rayon des chaussures pour dames. Les peines pouvaient aller d'une simple amende jusqu'au retrait de la licence commerciale.

– Essayez d'imaginer, dit-elle, ce que ça représente de ne pas parler la bonne langue dans une ville comme celle-ci.

Elle venait de lui donner l'explication d'un graffiti devant lequel ils étaient passés près du Club Electrolite : *Montréal en français : 101 ou 401*. La loi 101 était l'une des lois qui limitait spécifiquement l'usage de la langue anglaise. La 401 était l'autoroute qui menait hors de la ville. *Parlez français ou allez-vous-en.*

– Je sais, dit-il avec douceur, mais est-ce que je vous ai déjà parlé de mon domaine d'étude ?

Elle garda un silence neutre, traçant de l'index des lignes en forme de cordes raides sur la vitre embuée du café. Dehors, dans les rues, le froid faisait mal, et Eli le sentait à travers les fenêtres ; il tenait son mug de café à deux mains pour les réchauffer. Il était presque quatre heures du matin.

– Il y a six mille langues parlées sur cette terre, reprit-il. Ça, je vous l'ai dit, non ?

Lentement, sans le regarder, elle écrivit un *6000* en boucle sur la vitre couverte de buée.

– Et le problème, c'est qu'elles disparaîtront presque toutes.

Cette idée parut plaire à Michaela ; elle sourit, cessa de gribouiller sur la vitre et but une gorgée de sa dernière tasse de thé, observant par la fenêtre les piétons emmitouflés. Elle resta un long moment sans parler. La pensée de voir disparaître des langues semblait la rendre heureuse.

– J'ai découvert une nouvelle ruelle l'autre jour, finit-elle par dire. Enfin, non… c'est la même ruelle, mais un peu plus loin.

– L'endroit où je vous ai rencontrée ?

– Non, un autre.

– Je voudrais bien que vous arrêtiez ces acrobaties.

– Pourquoi donc ?

– C'est dangereux. Pourquoi faites-vous de la corde raide ?

– C'est ce que j'ai trouvé de plus proche de tout ça…

Et *tout ça*, en cet instant, dans ce café de cette glaciale ville nordique, c'était une époque qu'elle parvenait presque à voir et à se rappeler, un souvenir génétique implanté bien avant sa naissance : une vie imaginaire passée à voyager dans des petites villes avec des lions, des chapiteaux, des cordes raides et des attractions, une longue file de caravanes roulant sur la route sinueuse, entre champs et arbres, le soleil se reflétant sur les pare-brise ; l'installation des tentes dans un champ, le parking, l'odeur du pop-corn et des pommes d'amour.

– Vous avez voyagé ? demanda-t-elle.

– Un peu. Je suis allé plusieurs fois en Europe avec mon frère. L'Espagne, Paris, l'Europe de l'Est, la Turquie… une fois, nous avons fait un tour dans le sud de l'Italie.

– La fois avec le bateau ?

– Je vous ai raconté ce voyage ?

– Non, c'est Lilia.

– Ah… La fois avec le bateau, oui. Elle aimait bien cette histoire. On pêchait des calamars.

– Vous en avez attrapé ?

– Non.

– Dans le temps, dit Michaela, je suis sortie avec un type qui avait beaucoup sillonné l'Europe, et il affirmait que tous les endroits finissent par sembler interchangeables. Est-ce que c'est vrai ? Quand on voyage, tous les endroits se ressemblent ?

À quelle profondeur le désir de fuite est-il incrusté dans nos gènes ? Nous avons toujours été une race de nomades. Eli n'avait aucun mal à imaginer un instinct qui se transmettait de génération en génération, un coupe-circuit en permanence baissé sur un tableau de distribution génétique : *fuite* ou *lutte*, avec le bouton bloqué en position *fuite*, cette insatiable soif de voyager étant freinée par des gènes récessifs. Ce désir saute une génération (d'après Michaela, ses parents avaient toujours voulu, dès l'enfance, devenir policier et agent immobilier) et, quand il réapparaît, il est contrecarré. Elle se pencha donc vers Eli pour lui demander s'il était vrai que tous les endroits se ressemblaient ; et la réaction qu'il jugea la moins blessante, en cet instant, fut d'acquiescer et de lui mentir. *Oui, c'est vrai. Je suis allé dans une demi-douzaine de pays, et le monde me paraît partout pareil.* Il eût été d'une inconcevable cruauté, pensait-il, de lui dire que tous les endroits qu'elle n'avait pas vus, pris séparément, étaient différents.

– Je ne vous crois pas, répondit-elle en s'adossant à sa chaise, le charme rompu.

30

Le printemps de ses quinze ans, Lilia quitta la Floride pour remonter vers le nord. La diffusion d'*Affaires Non Résolues* remontait à deux ans et sa vie se jouait dans un décor changeant, paranoïaque : repas abandonnés sur des tables de restaurants, silhouettes entrevues à la lisière de son champ de vision, vieille voiture bleue immatriculée au Québec qu'elle vit par trois fois dans des lieux différents, impression constante d'être observée par-derrière.

Cela ne servait à rien d'en parler. À un moment donné, cette année-là, avec l'accord tacite de son père, elle avait cessé de se cacher à l'arrière de la voiture. De toute façon, elle devenait trop grande pour disparaître confortablement sous la banquette arrière, et elle avait le sentiment d'attendre quelque chose d'inévitable : son père la déplaçait de plus en plus vite d'un endroit à un autre. Durant cet été frénétique, ils couchèrent tous les soirs dans une chambre différente. Parfois, ils descendaient dans un motel, payaient deux nuits d'avance et repartaient aussitôt pour un autre, quelques kilomètres plus loin. Parfois, ils dormaient toute la journée et roulaient toute la nuit, conversant à voix basse ou restant assis côte à côte en silence, écoutant la radio, hypnotisés par les phares, prenant leur repas à trois heures du matin dans la lumière crue, hallucinogène, de restaurants ouverts toute la nuit sur l'Interstate, se couchant à l'approche du matin dans un motel bas de gamme ayant un parking à l'arrière. Lilia se teignait les cheveux au moins une fois par mois, passant du blond au châtain foncé et vice versa, couvrant toute la gamme d'auburn et de roux, camouflant sans cesse la piste. Ses cheveux étaient secs, soyeux au toucher, et son cuir chevelu la démangeait tout le temps ; elle restait une heure sous la douche du motel, apaisée par l'eau, se massant le crâne pour bien faire pénétrer l'après-shampooing. Dans la journée, elle portait des lunettes noires et une casquette de base-ball rabattue sur le front. Elle ne croisait les yeux de personne en public. Elle voulait que les regards glissent sur elle sans s'arrêter. Elle voulait qu'on l'oublie.

Ce printemps-là, elle franchit la frontière de l'Arizona pour la centième fois et but son premier verre de vin rouge pour fêter l'événement. C'était sans doute la pire boisson qu'elle eût jamais goûtée, mais son père lui expliqua que, dans la vie, on finissait toujours par aimer les meilleures choses, et le liquide accrochait la lumière d'une façon qui plut à Lilia. Cette nuit-là, son père la réveilla à deux heures du matin, sans formuler la moindre explication, et vingt minutes plus tard ils étaient partis. Sur la route, elle essaya de se rendormir, mais en vain ; tendue et anxieuse, elle resta éveillée toute la matinée et tout au long de l'après-midi, jusqu'au moment où, enfin, de l'autre côté de la frontière, son père se gara sur le parking du Stillspell Motel. Le manque de sommeil et le demi-verre de vin rouge lui donnaient une migraine lancinante qui lui martelait les tempes.

– Voilà, dit-il. Je ne peux pas conduire plus longtemps. Reposons-nous un peu.

Sous le soleil éclatant, il était hagard et avait les yeux caves. Dans la chambre de motel, il se mit au lit et dormit trois heures pendant que Lilia lisait des magazines à la lumière de la lampe sur la table en imitation de bois. Il respirait presque sans bruit. Elle relut indéfiniment le même paragraphe, surveillant son père dans la pénombre pour s'assurer que sa poitrine se soulevait encore. Elle n'avait jamais été si fatiguée, mais quand elle s'allongea sur l'autre lit, à quelques pas de lui, elle éprouva le même étrange sentiment de responsabilité ; pour la première fois de sa vie, elle sentait qu'elle devait rester éveillée pour lui permettre de dormir. Trois ou quatre voitures s'engagèrent sur le parking ; chaque fois, elle alla à la fenêtre, mais aucune d'elles n'était la voiture bleue avec la plaque d'immatriculation étrangère. Au bout d'un moment, elle sortit son appareil photo, se posta près de la fenêtre et, pour se calmer, photographia le parking dans la lumière de la fin d'après-midi.

– Tu n'as pas besoin de monter la garde, lui dit son père.

– Je croyais que tu dormais.

Assis sur le lit, il enfilait ses boots. Il souriait comme avant, à l'époque où ils ne changeaient pas encore de ville tous les soirs.

– Je dormais bel et bien, dit-il. N'empêche, tu n'as pas à veiller sur moi.

Ils sortirent ensemble dans la douceur de cette journée de mai. Le Stillspell Motel faisait face à la route. Il était flanqué d'un côté par le Morning Star Diner et, de l'autre, par le garage Stillspell, et les trois bâtiments (vieux, bas et passablement délabrés) formaient un fer à cheval décrépit qui tournait le dos à la ville. Ou, sinon un fer à cheval, peut-être une scène de théâtre : trois bâtiments disposés à peu près à angle droit et entourant un parking, l'autoroute blanche et grise bordant le quatrième côté invisible. Au-delà de l'autoroute s'étendait un paysage de chaparral qui semblait plus ou moins infini.

– Où sommes-nous ? demanda Lilia.

– Dans la ville de Stillspell, apparemment.

– Dans quel État, je veux dire ?

– L'Arizona. Non, attends… Le Nouveau-Mexique. Je suis presque sûr que nous sommes au Nouveau-Mexique.

– Au Nouveau-Mexique, confirma d'un ton jovial la serveuse du Morning Star Diner.

Elle aimait Stillspell, déclara-t-elle, même si elle songeait parfois à quitter la ville. Après avoir apporté leur commande, elle s'installa non loin d'eux, penchée au bord d'une banquette, tandis que Lilia, le dos rond, dégustait son milkshake au chocolat en essayant de se rappeler son prénom du moment. Cela faisait bien trop longtemps qu'elle n'avait pas dormi, et ça risquait de continuer ce soir-là. Il ne restait plus tellement d'habitants ici, expliqua la serveuse ; la population était tombée si bas qu'on ne pouvait plus vraiment parler d'une ville. Il n'y avait pour ainsi dire aucun travail dans le coin. C'était presque un village fantôme. Mais comme elle avait un emploi et une maison, elle pensait peut-être rester encore un moment. Elle n'était jamais vraiment partie, sauf dans sa jeunesse, quand elle s'était enfuie à Phoenix avec son petit ami. Mais Phoenix, c'était si grand, et les gens n'étaient pas gentils avec elle, et puis quatorze ans c'était un peu jeune pour ce genre d'aventure, pas vrai, et est-ce qu'ils désiraient encore du café ?

– Non merci, répondit le père de Lilia. Mais je serais curieux de savoir votre prénom.

– Clara, dit la serveuse. Enchantée.

– Moi de même, dit-il en lui donnant un faux nom que Lilia oublia aussitôt.

– Vous restez longtemps ?

– Oh, un jour ou deux, histoire de se reposer un peu. Nous avons traversé tout le pays, Allie et moi.

– Allie… C'est le diminutif de quoi ?

– Alessandra, répondit Lilia avec un sourire épuisé.

– Alessandra, répéta la serveuse.

D'un geste vif, elle repoussa une mèche derrière son oreille gauche. Ses cheveux roux lui tombaient aux épaules, et elle avait des yeux bleu porcelaine. Le prénom lui plut :

– Alessandra… C'est espagnol, non ?

Lilia était fatiguée, et les détails de la soirée commencèrent à s'embrumer. Son père et la serveuse parlaient musique. Lilia piquait du nez sur la table ; son père et Clara bavardaient depuis un long moment, lui semblait-il ; elle ne put se rappeler par la suite comment il fut décidé qu'ils passeraient la nuit chez Clara et non, mettons, dans leur chambre déjà payée du Stillspell Motel, mais elle se retrouva en train de marcher au clair de lune avec Clara et son père dans une rue crevassée, bordée de vieilles maisons de chaque côté. Au loin, un chien aboyait. Certaines maisons étaient éclairées ; d'autres, silencieuses et plongées dans l'obscurité. Les vitrines de quelques boutiques étaient condamnées par des planches.

Clara avait une maison qui faisait penser à une illusion d'optique. Un coup d'œil dans le salon révélait ses intérêts singuliers : elle aimait les chaussures, et l'océan, et tout ce qui volait. Une douzaine de paires de talons aiguilles étaient alignées, au garde-à-vous, le long d'un des murs. Ceux-ci étaient couverts de photos de choses ailées : oiseaux-mouches, ptérodactyles, antiques aéroplanes d'aspect bringuebalant. La maison, dans son ensemble, ne laissait aucun doute sur la dévorante et ultime passion de Clara : tous les murs, tous les plafonds, toutes les surfaces étaient bleues. Des poissons peints à l'aquarelle remontaient l'escalier à la nage. Elle expliqua à Lilia, beaucoup plus tard, qu'elle était heureuse de n'avoir jamais vu l'océan pour de vrai ; elle redoutait qu'il ne fût pas aussi beau que dans ses rêves.

Elle avait accroché aux fenêtres du salon des rideaux de soie bleue, que la brise d'un ventilateur faisait onduler comme les vagues. Un mobile composé de poissons était suspendu au plafond. La maison était vaste et ancienne — son grand-père l'avait achetée pour des cacahuètes, dit-elle, quelques années après la fermeture de la mine, à l'époque où tout le monde quittait la ville. Lilia se représenta un vieil homme en plein désert avec un paquet de cacahuètes enrubanné, l'air implorant, les yeux aussi bleus que ceux de Clara. Celle-ci insista pour leur faire immédiatement visiter son royaume : par la suite, Lilia se rappela avoir traversé des pièces de plus en plus étranges, jusqu'au moment où elle demanda à prendre un bain et où on la laissa, munie de serviettes et d'un peignoir, dans la salle de bains du premier étage.

Allongée dans la baignoire aux pieds griffus, Lilia flottait presque ; autour d'elle, l'eau était verte, profonde et calme. Des poissons extravagants étaient peints à la main sur les murs, créatures intensément bariolées qui étaient pure couleur, pure lumière, avec des algues vertes qui flottaient entre deux eaux dans les profondeurs. Sur une tablette carrelée, à côté de la baignoire, un poisson en caoutchouc souriait à côté d'un canard jaune en caoutchouc. Elle resta un long moment immobile dans l'eau, à écouter le robinet goutter avec régularité. Son père et Clara étaient quelque part dans la maison, au loin. Leurs voix et leurs rires lui parvenaient par l'escalier.

Le lendemain matin, Lilia se réveilla dans une chambre d'amis, à l'étage. Des avions miniatures apparemment anciens étaient suspendus au plafond, juste au-dessus de sa tête. Son père et Clara étaient déjà levés et buvaient du café ; plus tard, il laissa Lilia avec Clara, devant une pile de crêpes, pendant qu'il retournait à pied à l'hôtel récupérer la voiture et les bagages.

– Un monsieur est passé hier soir, lui annonça le réceptionniste, désireux de se rendre utile. Il vous cherchait.

– Quoi ?

– Tenez, il m'a laissé sa carte.

L'employé farfouilla dans les reçus et exhiba un bristol blanc sur lequel était imprimé en caractères noirs : *Christopher Graydon, détective privé*, avec une adresse à Montréal. Il fallut un moment au père de Lilia pour se ressaisir.

– A-t-il dit quelque chose ?

– Simplement qu'il vous cherchait. Il a dit qu'il avait besoin de vous parler le plus tôt possible.

– Il est encore ici ?

– Il est parti ce matin.

– Il n'est pas revenu ?

– Non. Il a repris la route.

– Dans quelle direction est-il allé ?

Le réceptionniste le dévisagea avec curiosité.

– Ma foi… vers l'est, je crois bien.

La porte de la chambre était mal fermée et un changement subtil s'était opéré dans la pièce. Regardant autour de lui, le père de Lilia mit quelques instants à repérer ce qui avait été dérangé : une bible était ouverte sur le lit, avec une page arrachée. Il ne comprit pas ce que cela signifiait, car il ignorait l'habitude qu'avait Lilia de laisser des messages. Ce qu'il comprit, en revanche, c'est que quelqu'un était venu dans la chambre. Il demeura un moment sur le seuil, la carte du détective dans sa poche, et il se rendit compte que Clara l'avait sauvé la veille au soir. Après ça, il lui fut impossible de la regarder sans imaginer qu'elle avait des vertus protectrices, divines, telle une sainte patronne des fugitifs égarée dans un café en bord de route. Il décida d'arrêter de voyager pour rester auprès d'elle.

31

– Vous l'avez retrouvée ? s'enquit le groom.

C'était le début de l'après-midi et Eli n'était pas réveillé depuis longtemps ; il n'avait pas vu le groom monter dans l'ascenseur. Il leva la tête, clignant des paupières, et se souvint que l'employé lui avait indiqué le chemin du Club Electrolite le soir de son arrivée en ville.

– La fille que vous cherchiez, précisa le groom.

– Non. Pas encore.

– Où avez-vous cherché ? demanda-t-il juste avant que les portes ne s'ouvrent sur le hall.

– Partout, répondit Eli.

Les après-midi, il sillonnait Montréal avec un plan de la ville plié en tout petit carré dans la poche de sa parka. Il parcourait des kilomètres à pied, allait et venait en métro, essayait de regarder chaque personne qu'il croisait pour le cas où ce serait Lilia. C'était un effort de garder la tête levée, de dévisager les passants ; ses yeux larmoyaient de froid, ses cils givraient, et il plissait les paupières en permanence à cause de la lumière hivernale. Dans la vieille ville, il arpentait les étroites ruelles qui longeaient le front de mer, s'arrêtant dans un café chaque fois qu'il ne sentait plus ses pieds engourdis. Il laissait les premières empreintes de pas dans la neige immaculée des parcs déserts ; il flânait dans les librairies anglaises de Westmount et dans les librairies françaises de Mile End, partant du raisonnement que Lilia était susceptible d'acheter des livres dans l'une ou l'autre langue et qu'elle pourrait avoir le désir désespéré, tout comme lui, d'échapper au froid. Dans le centre, il repéra un immeuble qui avait tout pour plaire à Lilia, et il y retourna très souvent, au début dans l'espoir de la voir arriver pour le photographier, et ensuite parce que cet édifice le touchait. C'était un immeuble ancien et très étroit, haut de deux étages, entouré sur trois côtés d'un parking fissuré, et qui avait été presque entièrement transformé en fresque murale : du côté est, une femme aux cheveux violet foncé et aux yeux bleu pâle remplis de fureur hurlait à pleine gorge. Son visage occupait toute la façade latérale de l'immeuble. Du côté ouest, un homme blond, aux yeux étrécis et à l'air soupçonneux, en partie camouflé par un panneau publicitaire vantant des vacances à Cuba, regardait vers l'est, mais c'était la femme hurlante qui retenait l'attention d'Eli. Elle hurlait de fureur, non de peur : cela ne faisait aucun doute quand il examinait ses yeux. Eli ne pouvait pas rester très longtemps dans la rue par ce froid, mais il retournait voir inlassablement l'immeuble illustré, regrettant de ne pas être photographe, se postant au coin des rues avoisinantes pour mieux le contempler. La femme peinte lançait son hurlement au-dessus de la ville, face aux immeubles bas en briques du Centre-Sud, par-dessus les ruelles transformées par les artistes du graffiti en fresques d'une sombre beauté, par-dessus les maisons délabrées avec leurs escaliers en spirale et leurs étranges tourelles, jusqu'à l'interminable enfilade de cinémas pornos et de boîtes de strip-tease, avec les gens qui marchaient sur les trottoirs gelés, les mains dans les poches, leur haleine se transformant en givre à l'intérieur de leurs écharpes. La femme semblait être le seul élément passionné dans le décor, et sa fureur donnait à Eli une certaine forme d'espoir.

Le soir, il descendait dans la loge de Michaela et s'allongeait à plat dos sur le tapis, ou s'asseyait derrière elle sur la chaise, près de la table de maquillage, pendant qu'elle se préparait pour la soirée ; il lisait les journaux anglais, examinait son plan. Parfois, il se couchait par terre et s'endormait pendant qu'elle exécutait son numéro ; il semblait avoir sombré dans un épuisement sans limites. Il n'éprouvait aucune difficulté à s'endormir. Il rêvait de glaçons. Il avait presque toujours froid. Une fois, quand il se réveilla, elle avait éteint la lumière. Entre eux, sur le tapis, vacillait la flamme d'une bougie en train de fondre dans une soucoupe crasseuse. Michaela était étendue de l'autre côté de la bougie, encore vêtue de vinyle moulant, les mains sur les yeux. Une odeur de laque et de fumée flottait dans la pièce.

– Quelle heure est-il ?

Elle tourna la tête vers lui.

– Trois heures du matin, dit-elle. Vous êtes réveillé ?

– À peine. (Il avait le cou raide.) Vous allez mettre le feu à l'immeuble.

– Il y a une soucoupe sous la bougie, Eli. Vous avez déjà lu des livres sur les gnostiques ?

Lentement, il se mit sur son séant et la regarda. Son visage était tout juste visible dans la pénombre.

– Oui, dit-il. Vous avez pris combien de pilules ?

– Lilia en parlait souvent.

– Des pilules ?

– Des gnostiques. Elle n'en a jamais parlé avec vous ?

– Peut-être une fois, mentit-il, obscurément jaloux.

Michaela sourit.

– Ils ont fait leur apparition dix-sept ans après la mort du Christ. Elle parlait de leurs théories. *Des prophètes arpentaient les rues de Jérusalem* : les mots sont d'elle, pas de moi…

– Les mots ne sont pas d'elle. Ils viennent d'un livre de ma bibliothèque. Je ne savais pas qu'elle l'avait lu.

– En tout cas, ils me plaisent. Les gnostiques croyaient que rien de tout cela n'est réel, dit-elle. Rien de tout cela ne me paraît réel.

– Ce sont les pilules.

– Non, c'est *tout*. Cette vie, ces pilules, le Club Electrolite, cette loge… Comment une ville pareille pourrait-elle exister ? Comment pourrait-il y faire aussi froid ? Ce que je veux dire, c'est que la moindre lumière est trop vive pour moi. Le moindre son est trop bruyant.

– Il est tard, murmura-t-il. Vous devez être éreintée. Vous devriez vous endormir.

Elle avait les yeux brillants.

– Vous errez comme un fantôme à la surface du monde, dit-elle. Je n'ai pas raison ?

Il comprit qu'elle parlait de lui, spécifiquement, et il comprit aussi qu'elle était notablement plus désaxée que d'habitude.

– Je n'en suis pas sûr.

Elle se mit sur son séant, les genoux remontés contre sa poitrine.

– Le problème, dit-elle, c'est que je ne peux plus dormir. Parfois, je passe plusieurs jours sans dormir si je ne force pas la nature avec toutes ces petites pilules blanches. J'ai cru, à une certaine époque, que je pourrais trouver une sorte de paix dans cette ville. J'avais un job qui me plaisait…

Eli se hissa sur un coude pour scruter son visage à la lueur de la bougie dégoulinante. Elle avait une voix de somnambule.

Elle parla toute la nuit. Eli écouta, puis finit par se rendormir sur le tapis, et la voix de Michaela était un courant qui traversait son sommeil peuplé de rêves. Quand il se réveilla, elle parlait toujours, étendue sur le dos, et la bougie était noyée dans une flaque de cire. Il n'y avait pas de fenêtres dans la loge, pas de lumière naturelle pour indiquer quelle était l'heure de la nuit, ou du matin, mais il eut le sentiment d'avoir dormi longtemps. Elle marmonnait, chuchotait, et il ne comprenait pas ce qu'elle disait.

– Michaela.

Elle se tut et tourna la tête vers lui. Un courant d'air froid provenait de quelque part et il n'arrivait pas à garder les yeux ouverts. Il avait la gorge sèche.

– Quelle heure est-il ?

Elle se redressa lentement et chercha à tâtons son sac dans le noir. Elle finit par en extraire son portable, et une lueur bleutée éclaira brièvement son visage quand elle regarda l'écran.

– Six heures et demie, répondit-elle. Non, sept heures moins vingt-cinq. Ça fait deux jours que je suis réveillée.

Elle remit son portable dans le sac et resta assise sur le tapis, les jambes étendues devant elle, le dos voûté, à contempler ses mains, à secouer la tête, fantôme dans la pénombre. Elle était pieds nus.

– Vous avez des somnifères ? s'enquit Eli.

Elle acquiesça et indiqua son sac. Il se demanda si elle pleurait, mais c'était impossible à dire dans la semi-obscurité. La bougie n'était plus qu'une étincelle bleue dans une flaque de cire fondue. Il distinguait à peine le visage de Michaela.

– Quelle est la pire chose que vous puissiez imaginer ? interrogea-t-elle subitement.

Elle le regardait se débattre avec le bouchon de sécurité du flacon.

– Je ne sais pas. Je suis trop fatigué pour les questions rhétoriques.

– Elle n'est pas rhétorique, elle est théorique. Ce n'est pas pareil. (Sa voix se fêla et elle toussa.) J'ai la gorge sèche.

– Je vais vous chercher de l'eau. Et *vous*, quelle est la pire chose que vous puissiez imaginer ?

Il parvint à déboucher le flacon et versa trois points blancs au creux de sa paume. Il se leva et, d'un pas raide, s'approcha du lavabo. Il lui fallut une minute pour trouver le verre qu'il avait repéré là un peu plus tôt. Le robinet gargouilla, invisible dans l'obscurité. Eli passa sa main sous l'eau froide jusqu'à ce que ses doigts s'engourdissent aux extrémités ; il les porta alors à son front, légèrement, avant de retourner auprès de Michaela. Une astuce que Zed lui avait enseignée ; grâce au contact de l'eau froide sur son front, il se sentit réveillé.

– Ne plus jamais m'endormir, dit-elle. Maintenant, donnez-moi votre réponse.

Il s'agenouilla près d'elle, lui toucha le poignet et lui mit les pilules dans la main.

– Prenez ça. J'ai de l'eau pour vous.

– Je vais prendre l'eau d'abord. Donnez-moi la vôtre.

– Voilà l'eau.

– Dites-moi.

– Je déteste être seul.

Il but une gorgée d'eau et lui passa le verre. Elle le vida presque complètement et avala les trois pilules d'un coup.

– Où est Lilia, cette nuit ? demanda-t-il d'une voix très douce.

– Près, dit-elle. Tout près.

Elle termina l'eau, posa le verre sur le tapis et s'allongea à côté. Elle se tourna sur le flanc, face à la bougie, dos à Eli. Il resta près d'elle.

– Qu'est-ce que ça changerait, si vous saviez à quoi vous en tenir sur l'accident ? Quelle différence ça ferait ?

– Je veux juste savoir. Je veux savoir ce qui est arrivé à ma famille. Mon père a disparu au début de cette année, est-ce que je vous l'ai dit ? Il a vendu la maison, il est parti, et je ne sais plus où il est. Personne ne s'attend à ce que ses deux parents se *volatilisent* comme ça. Il manque une pièce au puzzle.

– Mais que se passera-t-il quand vous aurez cette pièce manquante ? Serez-vous heureuse à ce moment-là ? Cesserez-vous de prendre des pilules ? Cesserez-vous d'animer des soirées pour célibataires dans le salon VIP les week-ends ? Est-ce que le fait de savoir résoudra quoi que ce soit ?

– À ce moment-là, je pourrai dormir, dit-elle en fermant les paupières. S'il vous plaît, ne haussez pas le ton.

– Excusez-moi.

– Vous voulez bien rester avec moi une minute ?

– Bien sûr.

Il demeura près d'elle jusqu'à ce que sa respiration s'apaise, puis il se leva et chercha à tâtons dans la pénombre le vestiaire à roulettes. Juste derrière, la couette ornée de moutons était toute chiffonnée sur le matelas pour enfant. Il la ramassa et en recouvrit Michaela, après quoi il souffla la bougie, sortit de la loge à l'aveuglette et se retrouva dans le noir absolu.

32

Dans une petite ville du Nouveau-Mexique, plutôt un hameau en réalité, un détective coiffé d'un feutre cabossé était assis dans une voiture garée sur un parking. Il observait un couple bien particulier qui sortait du Morning Star Diner : un homme, qu'il suivait depuis quelques années, accompagné d'une serveuse. Selon les dossiers de Christopher, l'homme avait cette année-là quarante-sept ans ; il avait un air bienveillant, quelque peu buriné, et des cheveux bruns qui lui arrivaient juste au-dessous des oreilles. La femme, plus jeune, avait des cheveux roux et portait un uniforme bleu et blanc à l'ancienne. Elle tenait entre ses mains une boîte carrée, en carton blanc. Le détective, se souvenant que le seizième anniversaire de Lilia tombait le lendemain, devina qu'il devait s'agir du gâteau d'anniversaire.

Ils s'arrêtèrent un instant à l'entrée du *diner*, l'homme attira la serveuse contre lui et ils échangèrent un bref baiser dans la chaude lumière de la fin d'après-midi. Lentement, le détective inclina la tête jusqu'à ce que son front repose sur le volant ; il resta ainsi un long moment, les yeux fermés.

Cela faisait maintenant cinq ans qu'il les suivait, mais il n'était plus très sûr de savoir pourquoi. L'observateur impuissant : tout le monde sait qu'Icare est tombé dans la mer. Mais de tous les livres qu'il avait lus sur le sujet, un seul évoquait l'existence possible d'un témoin : un berger qui gardait son troupeau sur le versant d'une colline, non loin de l'océan, leva la tête juste à temps pour assister au vol improbable, désastreux — l'enfant et son père planant, tel l'esprit de Dieu, tout là-haut dans le ciel, dans de grands battements d'ailes maladroits au début, puis la petite silhouette diminuant de plus en plus, triomphante, à mesure qu'elle se rapprochait du soleil, jusqu'au moment où Icare fut tellement loin que le berger ne pouvait plus le voir, seulement deviner où il était à la façon dont son père scrutait anxieusement le ciel ; et soudain, le cri provenant d'une distance presque impossible à concevoir, et puis la chute, les plumes et la cire se dissociant, le terrible et vertigineux plongeon dans la mer ; le père s'efforçant de descendre pour rattraper son fils au vol, mais trop tard. Les plumes s'éparpillant dans les airs pendant qu'Icare crevait la surface de l'eau, et le père désespéré décrivant des cercles dans l'air vaincu. Le berger, observant toute la scène d'une courte distance, appuyé sur son bâton, tandis que ses moutons se dispersaient comme des nuages. Frappé de stupeur, incrédule, composant peut-être déjà dans sa tête l'histoire qu'il raconterait le soir à sa femme, mais parfaitement à l'aise avec cette notion souvent inconfortable : il n'était qu'un personnage extérieur dans le cadre d'un événement d'une portée universelle. Son seul rôle dans l'histoire : observer et se rappeler l'enchaînement des faits. Nous ne sommes pas tous destinés à jouer un rôle dans les plus grands drames ; il faut bien que quelqu'un s'en souvienne.

Ou alors, tout simplement, peut-être la mémoire est-elle trop peu fiable pour que l'histoire soit confiée au seul héros. Il faut que quelqu'un d'autre ait observé l'événement pour lui conférer une certaine crédibilité ; si personne ne se souvient de votre histoire, comment allez-vous prouver qu'elle est bel et bien arrivée ? Le témoin, songea piteusement l'homme assis dans la voiture garée sur le parking, n'est pas dépourvu d'importance. (Le couple s'éloignait, se dirigeait maintenant vers la maison de Clara.) Il avait parcouru, seul, des milliers de kilomètres, et il n'était sûr que d'une seule chose en cet instant : il ne voulait plus les attraper. Il voulait simplement observer leur fuite. Christopher releva la tête, se frotta le visage à deux mains et décida d'avoir un entretien avec Clara.

À plus de trois mille kilomètres au nord, dans un autre pays, Michaela était assise seule dans sa chambre. Elle fumait nerveusement en regardant par la fenêtre. Elle venait d'avoir seize ans et, pour fêter l'événement, elle avait cessé d'aller à l'école. En attendant que son père lui revienne (elle ne l'avait pas vu depuis un an), elle se promenait dans les ruelles de la vieille ville, le week-end, munie d'un mètre ruban. Toute sa vie, elle avait souhaité pouvoir pratiquer le funambulisme sans filet. Elle avait certaines idées sur la manière d'utiliser des rouleaux de corde dans les étroites ruelles.

33

Clara le matin : elle descendait l'escalier en peignoir, bâillant, faisant grincer les marches sous ses pieds. Dans la cuisine, elle restait un moment devant la porte de derrière ouverte. Elle habitait à la lisière de la ville ; toutes les arrière-cours, de son côté de la rue, donnaient sur le désert, un paysage de cactus, d'herbe sèche et d'armoise gris-bleu qui s'étendait au loin jusqu'aux contours brumeux des montagnes. Les vestiges d'une antique palissade effondrée délimitaient un rectangle de pelouse, derrière la maison, mais depuis deux décennies la pelouse avait cédé la place au désert.

Elle se détourna de la porte pour préparer le café. À la table de la cuisine, Lilia l'observait ; elle aimait s'asseoir là le matin, en partie pour lire à la chaude lumière de la pièce mais surtout pour boire du café avec Clara. Celle-ci versait des grains de café dans un antique moulin en fonte fixé au mur, mesurant à vue de nez, puis elle tournait la poignée métallique jusqu'à ce que l'odeur de café moulu remplisse la pièce. Les rares matins où Lilia dormait plus tard que Clara, c'était ce bruit qui la réveillait. Clara s'activait avec efficacité, allant d'un placard à l'autre, sortant des mugs et la cafetière, faisant chauffer de l'eau sur la cuisinière. Elle utilisait des filtres en tissu dans un entonnoir en plastique éraflé qui avait la couleur du sable. Elle versait l'eau bouillante dans la cafetière en verre transparent, sans la remplir complètement, puis elle versait du café dans le plus grand mug de la maison. Adossée au plan de travail, elle en buvait une gorgée, noir, puis elle en versait une autre tasse pour Lilia, celle-ci avec du lait. C'était seulement après avoir posé les mugs sur la table et s'être assise sur la chaise la plus proche de la porte de derrière, après avoir jeté un dernier coup d'œil sur le ciel et sur la pelouse magnifiquement envahie, qu'elle était prête à dire bonjour à Lilia et à avoir sa première conversation de la journée. Avant sa première tasse de café, elle était presque inaccessible dans sa solitude, même si cela ne l'empêchait pas de sourire à Lilia d'un air complice.

Lilia écrivit dans son carnet : *C'est ça, la vie dans une maison.* Clara n'avait jamais voyagé, et elle était parfaitement sereine. Elle avait vécu seule des années dans sa petite ville, en plein désert, savourant son indépendance, mais aujourd'hui son visage s'éclairait lorsque le père de Lilia entrait dans la pièce.

Quand le père de Lilia était avec Clara, il n'avait plus l'air d'un homme pourchassé, et Lilia était assez grande pour y voir un effet du bonheur, mais déjà elle s'éloignait par la pensée. Elle avait presque seize ans et des fourmis dans les jambes. Cela faisait des mois qu'elle portait le même prénom : *Alessandra*. C'était un beau prénom, mais ce n'était pas le sien. Elle aimait son père, elle adorait Clara, elle avait désespérément envie de partir. Elle marchait pendant des heures dans les rues de cet avant-poste poussiéreux, elle errait dans le désert derrière la maison, elle n'arrêtait pas de lire et de traduire des textes littéraires en quatre langues, elle restait éveillée la nuit et se sentait confinée dans la maison silencieuse. Depuis quelque temps, elle songeait à reprendre la route toute seule. Mais pour l'instant, la cuisine était fraîche, agréable, elle était heureuse d'être là, et Clara, dos tourné, regardait par la fenêtre au-dessus de l'évier en buvant son café à petites gorgées. Elle en apporta une tasse à Lilia, la posa sur la table, puis, de façon inattendue, embrassa Lilia sur le front avant d'aller s'asseoir sur sa chaise favorite, sourire aux lèvres.

– Bon anniversaire, dit-elle. Je rapporterai un gâteau ce soir.

Au dîner, le père de Lilia et Clara chantèrent « Joyeux Anniversaire », le premier tenant la seconde par les épaules, et Clara sortit triomphalement un gâteau d'une boîte carrée en carton blanc. Le gâteau était blanc, décoré d'un *16* en chiffres roses. Plus tard, ils montèrent tous les trois dans la chambre de Lilia et enjambèrent la fenêtre pour contempler les étoiles du haut du toit.

– Il est difficile d'imaginer un endroit plus paisible, déclara son père.

Un chien aboyait au loin, sporadiquement, mais cela ne faisait que souligner le silence environnant. Lilia leva une main, blanche sur fond de firmament, et eut le sentiment de flotter dans l'espace.

– C'est pour ça que je reste ici, dit Clara.

– Tu vas partir un jour ? demanda Lilia.

Clara se tut un moment avant de répondre :

– Non. Évidemment, on ne peut jamais prévoir, mais je ne pense pas. Je suis déjà partie deux fois, et ça ne m'a pas plu. Partout ailleurs, c'était si… tapageur. Beaucoup trop tapageur, dans tous les sens du terme. Les gens n'étaient pas aimables. Personne ne connaissait mon nom. Ça ne m'a pas plu. Je n'aime pas voyager.

Ils étaient à Stillspell depuis cinq mois et partaient le lendemain. Juste pour quatre jours : une dernière petite virée d'anniversaire en souvenir du bon vieux temps, après quoi ils reviendraient à Stillspell pour toujours. *Pour toujours* était l'expression la plus vertigineuse du vocabulaire. Rester pour toujours au même endroit, c'était comme de se trouver à la frontière d'un pays étranger et de regarder par-dessus la barrière en essayant d'imaginer ce que pouvait être la vie de l'autre côté, mais la vie de l'autre côté était franchement inimaginable. Ils partirent dans la matinée ; la voiture sortit de l'allée, les valises à l'arrière, tandis que Clara leur disait au revoir de la véranda ; Lilia agita la main par la fenêtre jusqu'à ce que la voiture disparaisse derrière une rangée de boutiques délabrées, au bout de la rue. Lorsqu'elle fut certaine que Clara ne pouvait plus la voir, elle se retourna sur son siège, éprouvant le sentiment coupable d'avoir retrouvé son rythme normal.

– Où allons-nous, ma Lily ?

– Le désert pendant un jour ou deux. Et ensuite, les montagnes.

– Excellent plan. (De la tête, il indiqua la carte routière pliée sur le tableau de bord.) Quel est notre itinéraire ?

Lilia prit la carte, sillonnée de lignes rouges tracées au cours des neuf dernières années dans des chambres de motel, aux quatre coins du continent, et décolorée de surcroît par neuf étés de soleil à travers le pare-brise.

– Difficile à dire, marmonna-t-elle.

– N'es-tu pas censée être la navigatrice ?

– Je sais, je sais, mais regarde comme cette carte est illisible…

Il y jeta un coup d'œil et éclata de rire.

– Il faudra l'accrocher dans le salon, dit-il, et en acheter une nouvelle pour la route.

Clara s'apprêtait à rentrer dans la maison quand elle vit une autre automobile approcher ; celle-là était bleue et immatriculée à l'étranger. La voiture s'engagea dans l'allée à l'instant où celle du père de Lilia disparaissait au tournant. Clara s'immobilisa près de la porte, obscurément effrayée. Un voisin taillait, taillait, taillait la haie qui séparait les pelouses.

L'homme qui descendit de voiture était grand, le dos voûté, et tenait un chapeau devant son costume froissé. Il s'avança en souriant, mais elle ne lui rendit pas son sourire.

– Clara Williams ?

Elle acquiesça et jeta un coup d'œil au voisin, qui croisa son regard par-dessus la haie et s'empressa de détourner les yeux.

– Je m'appelle Christopher Graydon. Je suis détective privé. J'aimerais vous poser quelques questions.

– Pas ici, dit-elle.

34

Le père de Michaela revint des États-Unis dans un fauteuil roulant. Il passait des heures à regarder fixement par la fenêtre du salon, clignant des paupières et secouant parfois la tête. Des infirmières à domicile allaient et venaient. Sa voiture avait quitté la route dans les montagnes, expliqua-t-il. Quand on insistait, il était capable de donner la date de l'accident, mais il restait vague sur la question de savoir comment c'était arrivé. Il répondait qu'il s'était sans doute endormi au volant. Les deux années suivantes, il commença à marcher avec des béquilles, puis avec une canne, mais il marchait avec raideur, en traînant la jambe, pas du tout comme avant. L'agence de détectives privés lui confiait des missions peu fatigantes, consistant essentiellement à photographier d'une voiture des maris ou des épouses qui trompaient leur conjoint, et il touchait une petite pension de ses années d'activité dans la police.

On ne parla plus de l'affaire Lilia. Il déclara à Peter que la piste avait refroidi ; Peter signala que la mère de Lilia l'avait incendié et menacé d'un procès. Mais, au cours des années qui suivirent, Christopher prit l'habitude de disparaître plusieurs jours d'affilée, retournant aux States chaque fois qu'il le pouvait. Juste un long week-end, parfois : il roulait du vendredi au lundi et se présentait au bureau le mardi, éreinté et abattu. Il avait décidé avant l'accident de ne plus les pourchasser, mais les circonstances dudit accident lui faisaient craindre pour la sécurité de Lilia. Il n'allait pas l'arrêter, plus maintenant ; tout ce qu'il voulait, à présent, c'était veiller sur elle. Pendant des années, Michaela avait lu les notes de son père, mais celles-ci ne racontaient qu'une partie de l'histoire : l'autre partie, c'était qu'il se réveillait la nuit dans son lit, à Montréal, en sachant où était Lilia ; qu'il lui suffisait de jeter un coup d'œil sur une carte des États-Unis pour savoir, avec une certitude absolue, inexplicable, qu'elle était en Virginie-Occidentale ; qu'il s'efforçait de faire abstraction de sa terrifiante clairvoyance et d'oublier où elle était, sans y parvenir ; qu'il savait où elle était mais ne pouvait néanmoins s'empêcher de rouler vers le sud pour vérifier. L'horreur d'avoir toujours raison : il repérait le visage de Lilia dans la foule de Sunset Boulevard, il entrait dans une quincaillerie de Saint Louis à l'instant précis où elle sortait de l'épicerie d'en face, il attendait à un coin de rue, dans un quartier minable, et la voyait émerger d'un immeuble situé à l'extrémité du bloc. Chaque fois, après l'avoir aperçue, il retournait dans le nord plus affaibli, plus effrayé, moins intact.

La dernière fois que Michaela vit son père, c'était un soir où il venait de rentrer des États-Unis.

Elle avait perdu son emploi le jour même. Pendant les six années qui avaient suivi son abandon du lycée, elle avait mené une agréable double vie : elle travaillait cinq jours par semaine dans un magasin de vêtements et, le week-end, marchait sur des cordes raides férocement dangereuses tendues en travers de ruelles du vieux quartier. Mais son directeur l'avait renvoyée en début d'après-midi pour avoir utilisé la mauvaise langue au rayon des chaussures ; il la raccompagna à la porte et lui serra la main sur le trottoir.

– Bonne chance, lui dit-il avec jovialité, comme si c'était une inconnue dans le besoin à qui il aurait donné vingt-cinq *cents* et non une employée qu'il venait de réduire au chômage. J'espère que tout s'arrangera pour vous.

– J'espère que vous crèverez, répliqua-t-elle d'un ton sucré.

Elle se détourna de l'homme atterré, qui remuait les lèvres sans émettre un son, et descendit nonchalamment la rue dans la froide lumière de septembre, les mains tremblantes dans ses poches, et le magasin fut aussitôt relégué dans le passé lointain : il lui semblait inconcevable qu'elle y eût encore travaillé le matin même. Il lui semblait inconcevable qu'elle eût mené une vie tellement ordinaire pendant si longtemps, si longtemps, vivant dans la maison de son père dans la quasi-banlieue de Westmount et pliant des vêtements pour gagner sa vie. Les passants bavardaient, riaient, et les feuilles des arbres n'étaient pas encore tombées. L'air était vivifiant. Une petite fille jouait du violon à l'angle de Sainte-Catherine et de McGill ; elle n'avait pas plus de dix ans et son minois était une vision de parfaite sérénité. Michaela resta un moment à observer son visage, mais la musique était couverte par le vacarme de ses pensées. Une bande de touristes passa, parlant anglais, et c'est seulement alors qu'elle remarqua que tous les gens autour d'elle parlaient français. Elle se fit la réflexion qu'elle avait rarement été aussi solitaire, aussi inadaptée au monde, aussi étrange. Elle passa une bonne heure dans le parc et arriva chez elle à la nuit tombée, légèrement ivre.

Les journaux avaient été ramassés devant la porte. Les journaux sur le pas de la porte étaient un indicateur personnel : les semaines où son père voyageait, elle les laissait s'empiler ; quand ils disparaissaient, cela voulait dire qu'il était rentré et elle savait à quoi s'attendre en ouvrant la porte. Lorsqu'elle franchit le seuil, ce soir-là, son père dînait dans la salle à manger. Il leva la tête et lui adressa un bref sourire quand elle entra dans la pièce ; elle se laissa choir sur une chaise, en face de lui, et le regarda manger.

– Où es-tu allé, cette fois ?

Il avala sa bouchée et but une gorgée d'eau avant de répondre.

– À Chicago.

– Chicago.

Il avala une autre cuillerée de soupe et mordit dans un morceau de pain.

– Oui. Je suivais une piste.

– Tu suivais Lilia.

Il y eut un silence inconfortable, pendant lequel il termina son pain, but un peu d'eau et reposa son verre sur la table avec peut-être un peu plus de force qu'il n'était strictement nécessaire.

– Ma foi, dit-il, c'est une façon de voir les choses, oui. J'ai interrogé une fille qui l'avait connue là-bas.

– Comment s'appelait-elle ?

– Erica.

– Comment était-elle ?

Il hésita un moment.

– Triste, murmura-t-il. Comment s'est passée ta journée ?

– J'ai perdu mon emploi.

– Au magasin de vêtements ? Je suis désolé. Tu as été licenciée ? Les affaires n'allaient pas fort ?

– Virée, en fait. J'ai dit bonjour à un petit gamin à l'étage des ventes et sa mère s'est plainte au directeur.

– Pourquoi s'est-elle plainte au directeur ? Ça n'a pas de sens.

– Ça s'explique parfaitement, dit Michaela. J'ai dit bonjour en anglais.

– Ah ! fit-il.

– Elle était indignée par mon attitude, apparemment.

– Des fanatiques, soupira Christopher en secouant la tête. Il n'y a qu'à les ignorer. Qu'est-ce qu'il a dit, ton directeur ?

Il ne se souvenait pas d'avoir jamais eu une conversation aussi substantielle avec sa fille — en tout cas, pas depuis qu'elle avait neuf ou dix ans — et il essaya de ne pas montrer son plaisir.

– Il a exprimé ses regrets. Il a dit qu'elle l'avait menacé d'appeler la Commission linguistique, il a dit qu'il m'aimait bien mais qu'on avait déjà parlé de tout ça et qu'il ne pouvait pas se permettre de se voir encore infliger une amende par la police du langage, il a espéré que je comprenais, mais je n'y arrive pas.

– Tu n'y arrives pas ?

– À comprendre. Je ne comprends pas cette ville. J'aimais bien mon travail.

– Moi non plus, je ne trouve pas ça normal. Mais il y a peut-être une chance que tu récupères ton job dans une semaine ou deux, quand il sera un peu calmé. Vous vous êtes quittés en bons termes ?

– Je lui ai dit qu'il pouvait crever, répondit Michaela.

Il ne fut pas certain d'avoir bien entendu. Elle avait dans les yeux une lueur qui lui rappela sa mère. Il trempa un bout de pain dans sa soupe et mangea sans la regarder.

– Écoute, dit-il, moi aussi j'ai une nouvelle à t'annoncer. Je vends la maison. Un expert vient demain faire une estimation.

– Hein ? Mais pourquoi ?

– J'ai besoin d'argent, pour être honnête avec toi.

– Tu as un job.

– C'est vrai. Je photographie des gens à leur insu, essentiellement. Mais je veux voyager, alors je vais devoir quitter mon job quelque temps.

– Tu n'as pas d'économies ? demanda-t-elle.

– J'en avais.

– Mais où allons-nous habiter ?

– Pour ma part, je vais voyager. Et toi, ma foi… je me disais que tu aurais peut-être envie de te dénicher un petit nid un de ces jours. Avoir un peu d'indépendance, habiter plus près du centre, pourquoi pas ?

– Mais je viens de perdre mon emploi.

Il ne trouva rien à répondre à ça.

– Par « voyager », reprit-elle, tu veux dire suivre Lilia ?

– Oui. L'affaire n'est pas classée.

– Et il n'y a pas d'acompte ? Tu as dit un jour qu'il y avait toujours un acompte quand on suivait quelqu'un.

– Ça fait un moment qu'il est épuisé. Le contrat a expiré.

– Il y a une chose que je ne comprends pas très bien.

Il lui lança un bref coup d'œil, puis reporta son attention sur sa soupe. Elle le mettait mal à l'aise. Il passa nerveusement les doigts de sa main gauche sur le manche lisse de sa canne, appuyée contre la table.

– Quoi donc ?

Il leva son verre d'eau de quelques centimètres, se ravisa, le reposa sur la table et ajusta sa serviette sur ses genoux.

– Pourquoi tu continues de la suivre.

– C'est une enfant kidnappée, dit-il. C'est mon *métier* de faire ça.

– Une enfant kidnappée ? Tu sais quel âge elle a ?

Il prit une cuillerée de soupe qu'il fit passer avec une gorgée d'eau. Il posa le verre sur la table, puis, utilisant son pouce et deux doigts, le déplaça avec soin de deux centimètres sur la gauche.

– Bien sûr que je sais quel âge elle a, répondit-il sans détacher son regard du verre. Je sais quasiment tout sur elle.

– Elle a deux mois de plus que moi. Tu sais quel âge j'ai ?

Une cuillerée de soupe était à mi-chemin de sa bouche ; il la reposa dans le bol et s'essuya les lèvres avec un coin de sa serviette.

– Tu es ma fille, dit-il.

– Je trouve très étrange, poursuivit Michaela d'une voix très calme, que tu pourchasses jusqu'à Chicago une jeune femme de vingt-deux ans. Elle a été kidnappée il y a un bon bout de temps, non ?

– Arrête, murmura-t-il.

Il aurait voulu lui expliquer : le bouton de manchette qu'il avait trouvé sous le lit un matin, la cravate par terre dans la penderie, la façon dont Elaine l'avait regardé certains soirs, quand il se couchait, avec un infini *mépris*, comme s'il était incapable de retrouver une chaussette égarée, et à plus forte raison une enfant disparue — mais il se rendit compte que ça viendrait des années trop tard.

– Tu la poursuis depuis que nous avons toutes les deux onze ans, insista Michaela, implacable.

Elle se sentait étourdie et dangereuse, un peu ivre. Elle savait qu'elle aurait dû se taire, mais elle ne put s'empêcher de continuer :

– Et aujourd'hui, ce n'est plus une enfant. Ça n'enlève rien au crime d'origine, bien sûr, mais si tu voulais vraiment résoudre l'affaire, tu devrais plutôt pourchasser son père, non ?

Il garda le silence. Un muscle de sa mâchoire tressaillait inutilement et son visage virait peu à peu au rouge.

– Tu devrais pourchasser le père de Lilia, dit-elle, sauf que tu es obsédé par Lilia. Et je voudrais juste que tu l'admettes.

– Que j'admette quoi ?

Sa voix était un grincement rauque.

– Que tu as envie de la baiser, conclut Michaela.

Il aurait été difficile de prédire ce qui se passa ensuite. Christopher, après tout, n'avait jamais levé la main sur sa fille. Mais là, le verre qu'il tenait entre ses doigts s'envola brusquement, presque de sa propre volonté ; Christopher ne prit pas la décision consciente de le lancer. Il regarda la trajectoire progresser au ralenti, la ligne de tir se préciser graduellement, le verre entrer en collision avec le front de Michaela, sa fille tomber à la renverse en poussant un cri étouffé. Il avait sa canne à la main, bien qu'il ne pût se rappeler l'avoir attrapée ; il contourna la table et la vit étendue, immobile et pâle, à côté de la chaise culbutée. Elle avait du sang sur le front. En cet instant, il eut conscience uniquement des couleurs et de la lumière : le bleu nuit du ciel derrière sa silhouette fantomatique qui se reflétait dans les fenêtres de la salle à manger, la lumière du lustre qui se fragmentait dans les arêtes du verre brisé et dans la flaque d'eau. Choqué, il recula en titubant, heurta le mur et se laissa glisser par terre. Il agrippait sa canne à deux mains, les jointures blêmes. La pièce tanguait comme un navire sur une mer démontée.

Quand il rouvrit les yeux, elle se remettait péniblement debout, le front en sang, et reculait en se cramponnant à la table. Elle jura à voix basse et cracha aux pieds de son père. Elle sortit de la salle à manger comme une somnambule, le corps penché vers la droite. La porte claqua. Il l'entendit tomber sur le gravier, dehors, puis s'éloigner d'un pas chancelant et ce fut le silence. Après son départ, la pièce cessa de tournoyer, mais tout était trop brillant. Il resta longtemps assis par terre, à regarder la lumière se refléter dans les débris de verre, dans l'eau répandue, sur le manche luisant de sa cuiller à soupe, sur le vernis de la chaise renversée, dans une traînée de sang sur le parquet, là où elle était tombée.

– Je suis désolé, murmura-t-il.

Il n'aurait su dire s'il parlait à son ex-femme ou à lui-même ; il lui arrivait parfois de parler à la mère de Michaela, à l'Elaine d'avant, à l'Elaine du cirque, avant qu'elle ne quitte la maison, avant qu'ils ne deviennent policier et agent immobilier, avant même la naissance de Michaela, quand ils jouaient dans l'allée centrale du cirque avant le début du spectacle, quand ils voyageaient ensemble de ville en ville dans leur maison-caravane en regardant la Prairie défiler par la fenêtre, quand ils se tenaient par la main dans les ombres, derrière la tente. Ça n'avait pas été si mal, avec le recul, de voyager comme ça un peu partout, et il se surprenait parfois à parler à Elaine dans ses moments de désarroi. Il se remit debout, les jambes flageolantes, et regagna très lentement sa place à table, en s'appuyant lourdement sur la canne ; il s'affala sur sa chaise et leva sa cuiller. Il resta plusieurs longues minutes à la regarder, se demandant ce qu'il devait en faire, puis il se remit finalement à manger sa soupe.

35

Erica était devant l'immeuble de Lilia ce matin-là. Le dernier matin, le jour où Lilia quittait Chicago. Quand celle-ci sortit dans la rue, sa valise à la main, Erica était là, sur le trottoir, avec ses cheveux bleus, frissonnant dans une vieille veste d'intérieur en velours pêche. Adossée à la façade, elle regardait ses pieds, ou peut-être avait-elle les yeux fermés — ses cheveux lui tombaient sur le visage —, et Lilia eut l'impression qu'elle était là depuis un bon moment. La courbe de ses épaules trahissait l'épuisement et l'attente nocturne.

Quand Lilia prononça son prénom, elle leva vivement la tête, les yeux gonflés.

– Il est si tôt, Erica, qu'est-ce que tu ?...

– Je ne veux pas que tu partes.

Lilia posa sa valise. Erica fit un pas hésitant vers elle, plongea en avant et se retrouva dans les bras de Lilia. Elle portait du parfum ; elle sentait la rose et la fumée de cigarette.

– Erica, murmura Lilia dans ses cheveux bleus. Erica, je suis désolée, tellement désolée…

– Qu'est-ce qu'il y a à New York ? (La voix d'Erica était étouffée par la parka de Lilia.) Pourquoi tu ne veux pas rester avec moi ? Tu ne connais *personne* là-bas.

– Je suis navrée, mais je dois partir.

Les épaules d'Erica étaient maintenant secouées de sanglots. Lilia la serra maladroitement contre elle.

– Tu savais, quand tu m'as rencontrée, que je ne resterais pas longtemps.

Ses propres paroles lui semblèrent impardonnables, mais elle ferma les yeux et poursuivit néanmoins :

– Tu sais bien que je repars toujours.

Erica s'écarta alors. Elle pleurait encore, mais elle ne voulait plus rencontrer le regard de Lilia. Ses cheveux bleus lui cachaient le visage. Elle tourna les talons et s'éloigna sur le trottoir craquelé, les mains au fond des poches, épave à la dérive. Une silhouette vide, aux épaules étroites et aux cheveux couleur mer tropicale, qui amassait les ombres sous ses pieds ; brisée, le dos voûté, marchant seule dans la rue à l'approche de l'aube. Arrivée au coin, elle tourna à gauche et disparut, mais plusieurs minutes s'écoulèrent avant que Lilia prenne sa valise et se détourne de la scène du crime, regardant sans cesse par-dessus son épaule. S'attendant plus ou moins à voir Erica accourir derrière elle, espérant plus ou moins qu'elle le fasse.

Postée au coin de la rue, sa valise à la main, Lilia attendit que le feu passe au rouge. Elle ne pouvait penser qu'à la veille au soir, quand, dansant avec Erica, elle lui avait annoncé son départ ; sur le moment, Erica s'était montrée pleine de compréhension, adorablement brave ; elle avait donné à Lilia la chaîne en argent qu'elle portait autour du cou — allant jusqu'à dire : « pour te souvenir de moi » —, et la chaîne avait mis un moment à se réchauffer au contact de la peau de Lilia. « Donc, finalement, tu t'en vas, avait soupiré Erica. Comme tu l'avais dit. » Comme je l'avais dit, oui. Je suis désolée. Demain matin, je partirai. Le billet est dans ma poche. Nous n'avons presque plus de temps. Lilia n'avait pas ajouté : *Et tu es la première personne qui compte suffisamment à mes yeux pour que je la prévienne de mon départ.* « Eh bien, bon vent ! » avait lancé Erica. Le début de leur seule et unique dispute. « Je trouve ça courageux. »

La voix d'Erica tremblait un peu. Elle était montée à l'étage, sur la piste de danse, et avait dansé avec férocité. Elle était belle. Lilia l'avait suivie là-haut et observée un moment, adossée à un mur, ne sachant trop que faire, puis elle avait rejoint Erica dans la foule. Pensant qu'elle pourrait encore se faire rembourser son billet, que, pour cette fois, elle pourrait peut-être rester ; mais elle savait, alors même qu'elle remuait ces pensées, que c'était sans espoir : si elle ne partait pas maintenant, ce serait reculer pour mieux sauter. Erica dansait les yeux clos, le visage luisant de sueur et de larmes ; Lilia avait dansé quelques minutes devant elle, mais Erica avait refusé de la regarder. Plus tard, attablées à la mezzanine du bar, elles s'étaient disputées à propos de courage et d'horaires de cars. L'avant-dernière fois que Lilia devait la voir.

La dernière fois que Lilia la vit, Erica se traînait jusqu'au coin de la rue, tel un journal emporté par un vent paresseux. Chaque détail de cet instant était clair dans son esprit quand, plus tard, dans un car en partance, elle ferma les yeux et se tortura en évoquant la scène : Erica qui disparaissait au coin, dans la lumière aqueuse annonciatrice de l'aube. Les immeubles aux lignes agressives de ce quartier particulier, des bâtiments bas et laids qui donnaient l'impression d'avoir une bonne chance de survivre à un cataclysme nucléaire avec leur cargaison de cafards intacte. Le trottoir qui luisait un peu, le ciment parsemé de verre pilé, les néons du restaurant de l'autre côté de la rue. Une sirène de police au loin. Une femme décrépite qui traînait les pieds sur le trottoir opposé, poussant un chariot où s'amoncelaient boîtes de conserve et vieux vêtements. Le stoïcisme tranquille d'un homme adossé au mur du restaurant d'en face. Une main dans sa poche, l'autre sur sa canne. Observant Lilia, peut-être, de sous son feutre.

QUATRIÈME PARTIE

36

Le lendemain du seizième anniversaire de Lilia, son père roula toute la matinée et tout l'après-midi. Des mirages ondoyaient dans le désert : des flaques d'eau apparaissaient sur la route, devant eux, et les montagnes se détachaient de l'horizon pour flotter entre ciel et terre. La chaleur était indicible. Lilia était profondément heureuse. Son père conduisait en silence, épongeant toutes les cinq minutes son visage en sueur. La pendule du tableau de bord indiquait l'heure au ralenti. Ce soir-là, ils s'arrêtèrent dans une ville couleur poussière où les seuls restaurants étaient un McDonald's, un Taco Bell et le Denny's attenant au motel. La serveuse qui prit leur commande au petit déjeuner, le lendemain matin, était pâle, clignait des yeux et semblait avoir la gueule de bois. Le père de Lilia étudiait la carte déployée sur la table, penché tout près pour scruter les lignes à demi effacées.

– Nous serons dans les montagnes dès cet après-midi, annonça-t-il. Plus que quelques heures de désert.

Lilia était censée être la navigatrice, mais depuis neuf ans que la carte restait pliée sur le tableau de bord, elle avait pâli sous les assauts de la lumière. Des États entiers s'estompaient dans un sépia rosâtre, le tracé des routes virait au gris pâle. Les noms de certaines villes étaient illisibles le long des plis, toutes les frontières disparaissaient. Sa ceinture de sécurité était brûlante au toucher. Elle mit ses lunettes noires et regarda par la fenêtre. Ce paysage inondé de lumière et de mirages, le ciel chauffé à blanc au-dessus de l'horizon, de tous côtés, les voitures qui se reflétaient dans l'eau irréelle, loin devant eux — on se serait cru dans un rêve fiévreux. Toutes choses étaient noyées dans la lumière et dans l'eau imaginaire, les frontières inutiles s'évanouissaient rapidement, tous les contours étaient émoussés par le soleil éclatant. Lilia ferma les yeux dans la chaleur et s'aperçut que, pour la première fois depuis plusieurs mois, elle pensait à sa mère. Il y avait toujours un recoin, dans son esprit, où sa mère existait sous la forme d'une ombre, ou peut-être était-ce le contraire ; pas un souvenir, exactement, mais plutôt un fantôme. Parfois, on pouvait avoir le sentiment que c'était Lilia qui hantait sa mère, même à une si grande distance. Elle s'évaporait au soleil dans une voiture d'occasion, deux jours après son seizième anniversaire, et au loin sa mère était inconsolable.

Sa mère dormait, la nuit où Lilia quitta la maison ; elle n'entendit pas le bruit qui réveilla sa fille, le crépitement sec des bouts de glace heurtant le carreau de la fenêtre. Cette nuit-là, le père de Lilia l'installa dans la voiture, enveloppée dans une couverture, et ils parcoururent plus de cent cinquante kilomètres dans l'obscurité, bien au-delà de la frontière ; il avait préparé leurs passeports et on les laissa passer. Dans le nord des États-Unis, il se rangea sur le bas-côté de la route et prit un thermos argenté qui était coincé entre les sièges. Il en dévissa le bouchon et versa du chocolat chaud, fumant, dans une tasse en plastique qu'il lui mit entre les mains. Lilia la prit sans un mot. N'ayant pas vu son père depuis des années, elle était encore trop intimidée pour lui parler ; elle regarda les pansements de gaze qui lui couvraient les bras, puis ferma les yeux au lieu de répondre à son père qui lui demandait si ça allait. Il lui toucha doucement le visage pour l'obliger à le regarder.

– Tout ira bien, lui dit-il. Je te le promets.

Elle leva les yeux vers lui, but une gorgée de chocolat et inclina la tête. Les souvenirs qu'elle gardait de cette nuit-là ne recelaient aucune trace de regret.

Mais, neuf ans plus tard, dans la voiture qui traversait le désert, elle ferma les paupières et, malgré le bonheur de l'instant, se sentit envahie par le doute. Elle commençait à s'apercevoir qu'elle avait voyagé tellement longtemps, dans des conditions tellement parfaites, qu'il lui était difficile de concevoir un autre style de vie. Il lui était difficile d'imaginer de s'arrêter, et pourtant l'arrêt était imminent ; après cette dernière excursion pour son anniversaire, ils retourneraient à Stillspell, retrouveraient l'univers de Clara : sa maison en plein désert, son escalier qui craquait, ses pièces bleues, son café matinal.

– Tu vas être contente de rester ici, dis-moi ? demanda son père. De ne plus voyager ?

– Je ne suis pas sûre de savoir comment rester, dit Lilia.

37

– Elle ne vous a jamais donné d'explication ? demanda Michaela.

Ses cheveux, hérissés en piques rigides, faisaient penser à des éclairs de B.D. ; elle se passa les mains dedans et ils restèrent dressés. Elle s'était fait une teinture l'après-midi même. Cheveux noirs, bustier noir, minijupe en vinyle noir. Aux yeux d'Eli, elle incarnait minuit. Assis à la petite table en bois, derrière elle, il observait le reflet de Michaela, subjugué par sa présence, ses féroces yeux verts, essayant de trouver quelque chose à dire. Il avait les mains posées à plat sur la table, et il sentait les vibrations de la musique qui résonnait à l'étage au-dessus.

Au lieu de répondre à la question de Michaela, il s'enquit :

– Vous avez dormi jusqu'à quelle heure ?

Au petit matin, il l'avait laissée endormie sur le tapis pour regagner son hôtel, sous le regard amusé des réceptionnistes, et il était monté dans sa chambre, à la lueur grisâtre de l'aube, où il s'était endormi instantanément sur le lit non défait. En début d'après-midi, il avait passé un long moment dans un café, non loin du Club Electrolite, à écrire une lettre décousue destinée à Zed. Il était allé jusqu'à acheter un carnet de timbres, mais il ne savait pas très bien s'il la posterait ; l'enveloppe était pliée en deux dans la poche de sa parka, avec la page de la bible Gideon sur laquelle Lilia, enfant, avait rédigé un message, et de temps à autre — il ne quittait plus jamais sa parka, à présent, même à l'intérieur —, il plongeait la main dans sa poche et passait ses doigts sur l'enveloppe pour s'assurer qu'elle était toujours là.

– Je ne sais pas, répondit-elle. Le milieu de l'après-midi. Ensuite, je me suis levée et je me suis teint les cheveux.

– Ça vous va bien, dit-il.

– Merci.

– Vous avez mangé ?

– Non.

– Vous avez faim ?

– Pas vraiment. (Elle dessinait un trait au crayon noir sur le pourtour de son rouge à lèvres.) Vous croyez qu'on remarquerait mon absence si je ne sortais pas ?

– Personne ne s'en apercevrait, dit-il. Vous faites partie intégrante de la nuit.

Quelqu'un d'autre aurait mal pris cette remarque, mais Michaela souriait quand elle reposa son crayon à lèvres. Ils restèrent silencieux un moment, Eli absorbé dans la contemplation de la table tout abîmée. On avait écrasé sur la surface un grand nombre de mégots, sur une longue période de temps ; elle était criblée de cratères noircis et sillonnée de rayures.

– Ça fait combien de temps que vous êtes en ville ? demanda Michaela.

Il leva la tête. Elle se pencha en arrière sur sa chaise, s'examina un instant dans le miroir et se mit à chercher une nuance de rouge à lèvres un peu plus foncée. Sa main pâle survola le chaos de tubes et de flacons épars sur le comptoir.

– Deux semaines, répondit-il. Je suis sur le point d'épuiser ma dernière carte de crédit.

Le poids de ses quatorze jours à Montréal s'abattit soudain comme un rideau, au point de l'aveugler pendant quelques instants.

Michaela émit un son qui aurait pu être un rire. Elle avait trouvé le tube de rouge qu'elle cherchait ; quand Eli la regarda, elle l'appliquait lentement sur ses lèvres, qui prenaient une teinte à mi-chemin entre le noir et le rouge sang.

– Mon compagnon d'infortune, dit-elle avec bienveillance. Elle ne vous a jamais donné d'explication ?

– Je ne veux pas parler de ça.

Elle le dévisagea, puis se retourna vers le miroir.

– Deux connaissances, dit-elle, deux amis, deux compagnons d'infortune, échoués ensemble sur une banquise hostile, qui ne parlent pas la langue locale et qui discutent d'un accident qui a eu lieu six ou sept ans plus tôt dans un autre pays… (Elle se mettait du gel dans les cheveux pour les rendre encore plus durs et plus pointus.) Quel mal ça pourrait bien faire ?

Il soupira.

– Pourquoi ne pas tout me dire ? Elle vous a trahi.

– Elle ne m'a pas…

– Elle est *partie*.

Il fixa le dessus de la table.

– Quand vous la retrouverez, dit-elle, quand vous finirez par la retrouver, croyez-vous vraiment qu'elle reviendra avec vous, après ce qui s'est passé ?

– Non. Tout ce que je veux, c'est m'assurer qu'elle va bien.

Suivit un long silence, durant lequel Michaela vaporisa un produit sur ses cheveux pour les faire tenir, puis, avec un pinceau, se mit de la poudre argentée sur les paupières.

– Michaela, reprit-il enfin, je serais prêt à faire beaucoup de choses pour vous, mais je ne peux pas vous dire ce que vous voulez savoir.

– Pendant que je faisais ma teinture, tout à l'heure, je me disais que vous aviez beaucoup de choses en commun, mon père et vous. Lilia vous a quittés tous les deux.

– Elle vous a quittée, vous aussi.

Elle resta un moment immobile à regarder son reflet, puis, lentement, elle se leva et s'approcha du vestiaire à roulettes. Une housse en plastique apparemment neuve était accrochée à l'un des pauvres cintres en fil de fer ; elle la déchira et en sortit une paire d'ailes en plumes noires. Elles étaient duveteuses et pas très grandes, le genre d'accessoire qu'aurait pu porter un enfant le soir d'Halloween. Elle fit glisser les sangles élastiques sur ses épaules osseuses et essaya devant le miroir de les mettre à la même hauteur.

– C'est Jacques qui me les a achetées, dit-elle. Pour que je ressemble à l'ange de l'enseigne.

Il l'observait. Elle sourit à son reflet et pivota lentement sur elle-même, admirant ses ailes sous tous les angles. Eli la trouva belle. Il imagina Michaela petite fille, déguisée en ange pour Halloween, au cours des années qui avaient précédé le départ de ses parents, et il ferma les yeux.

– Si je vous le disais..., commença-t-il. *Si* je vous le disais, est-ce que vous seriez prête à me promettre…

Il regretta aussitôt d'en avoir tant dit, mais il était trop tard : elle contournait déjà la table pour venir s'agenouiller devant sa chaise, elle avait déjà les larmes aux yeux, elle tenait déjà les mains d'Eli dans les siennes, et Lilia, très loin de là, dans une vie antérieure, assise à l'arrière de la voiture de son père, fonçait déjà vers l'accident.

38

Dans un bar des environs d'Ellington, au Nouveau-Mexique, à quelques kilomètres de la petite ville de Stillspell, Christopher, assis seul devant un whisky, envisageait de quitter les États-Unis. C'était le lendemain soir du seizième anniversaire de Lilia, et Lilia s'éloignait toujours davantage. Il avait l'intuition qu'elle était quelque part dans le nord, et cette intuition l'effrayait. Il ne vit pas Clara entrer dans le bar ; elle se glissa sur le tabouret voisin du sien et commanda un Coca sans le regarder.

– Pour commencer, dit-elle, je ne sais rien.

– D'accord.

Il fit un effort pour rendre sa voix plus grave et son accent plus traînant, plus sudiste, plus américain.

– Mais disons que je connais une certaine personne, reprit-elle. Disons que je connais une certaine personne qui a connu un homme.

Il acquiesça.

– Je veux dire, supposons que je connaisse une personne qui, pendant très longtemps, peut-être des années, a hébergé un fugitif… (Elle jeta autour d'elle un coup d'œil théâtral et baissa la voix.) Qu'en est-il si elle a recueilli chez elle un fugitif pendant une longue période ? Un criminel. Est-ce que ça fait d'elle une complice ?

– Pas si elle ignorait ses crimes.

– Et dans le cas contraire ?

– Là, je suppose que c'est une autre histoire.

– Et si elle avait vu cet homme… si elle l'avait vu à la télévision, avec sa petite fille, avant même de le *rencontrer* ? Et si elle savait exactement qui il était quand elle l'a vu en chair et en os pour la première fois, mais sans rien laisser paraître et sans en parler à qui que ce soit ?

– Bon sang, Clara, arrêtez de parler à la troisième personne ! Je ne vous demande pas de le dénoncer.

– Mais moi, c'est ce que j'ai cru.

Elle pâlit en prenant conscience de ce qu'elle venait de dire.

– Écoutez, dit Christopher, j'ai pris contact avec vous pour une raison précise, et ce n'était pas pour lui nuire. Je ne veux pas que vous alliez trouver la police, jamais, vous comprenez ?

– Ce n'était pas mon intention, répondit-elle d'une voix indistincte.

– Non, ce n'est pas votre intention pour l'instant, mais vous pourriez finir par prendre peur, auquel cas cette pensée pourrait vous traverser l'esprit. Vous pourriez aussi vous disputer avec lui, ou vous réveiller un matin en décidant que vous en avez assez de vous demander pourquoi il a agi comme il l'a fait. Je vois que vous êtes enceinte ; vous pourriez paniquer parce que vous attendez un enfant de lui et que rien ne vous prouve qu'il n'enlèvera pas aussi celui-là. Vous pourriez faire quelque chose d'imprévisible, de regrettable, et raconter toute l'histoire à quelqu'un avant même de vous en apercevoir. Et ça, je vous demande de ne pas le faire.

– Pourquoi me demandez-vous ça ?

– Rien n'est jamais tout noir ou tout blanc, dit-il. Vous savez qu'il a enlevé sa fille. Mais que diriez-vous si, ce faisant, il l'avait sauvée ?

– Je crains de ne pas...

– Si, la coupa-t-il, vous me suivez parfaitement. Écoutez-moi bien, là. Ce n'est pas forcément le meilleur des deux parents qui obtient la garde de l'enfant. C'est juste celui qui a le meilleur avocat.

Elle garda le silence.

– Même en laissant de côté la question des avocats, enchaîna Christopher, c'est presque toujours la mère qui obtient la garde. C'est comme ça. Imaginez que cet homme ait été dans l'impossibilité de voir sa fille, imaginez que son ex-femme ait obtenu — sans l'ombre d'un motif valable — une ordonnance restrictive contre lui, de sorte qu'il était empêché par des moyens légaux d'approcher son enfant. Ensuite, imaginez que ladite enfant ait été en danger et même, une fois, sérieusement blessée ; imaginez qu'il en ait été averti et qu'il n'ait pas trouvé de meilleure solution que d'emmener la petite en pleine nuit ? Ayant agi ainsi, il ne pouvait plus revenir en arrière. Une fois qu'il avait commencé, il ne lui était plus possible de s'arrêter. Aujourd'hui encore, il continue de l'emmener avec lui, parce qu'il continue de la protéger.

Clara, immobile, regardait le fond de son verre.

– Écoutez, dit-il, ça fait des années que je travaille sur cette affaire. J'ai enfin réussi à interroger son frère, il y a quelques mois, et il…

– Pourquoi avoir attendu si longtemps ?

– C'est une longue histoire. Un contrat a expiré. Clara, écoutez, je sais ce qui est arrivé à la petite. Je sais pourquoi elle a des cicatrices sur les bras. D'accord, son père a commis un kidnapping et c'est puni par la loi, mais imaginez qu'il lui ait sauvé la vie. Est-ce que ça ne rachèterait pas tout le reste ? Absolument tout ?

Il demeura silencieux un moment, à tripoter son chapeau sur le bar.

– Son père l'a enlevée, reprit-il, parce qu'il jugeait que c'était nécessaire. Si vous tenez vraiment à eux, n'allez jamais trouver la police. C'est tout ce que je voulais vous dire.

Elle avait les joues baignées de larmes.

– Merci, murmura-t-elle.

Il la laissa là et regagna sa voiture garée sur le parking à moitié vide. Il repassa devant le Stillspell Hotel, devant le Morning Star Diner aux fenêtres éclairées. La route était presque déserte. Il conduisit à vive allure, bien au-dessus de la vitesse autorisée, avalant les kilomètres. Dans une autre voiture, loin devant, Lilia et son père chantaient en chœur au son de la radio. Ils avaient quitté le Nouveau-Mexique. Mais Christopher, derrière eux, roulait dans la nuit.

39

– Tu dors ? chuchota Lilia.

On était à la mi-octobre et un croissant de lune était visible par la fenêtre de la chambre de l'appartement de Brooklyn. Lilia était assise en tailleur sur le lit, dans l'obscurité, et Eli était allongé sur le dos à côté d'elle. Depuis près d'une demi-heure, elle lui parlait à voix basse, racontant une longue histoire où il était question de voitures, de chambres de motel, de fuite sur les routes, et il écoutait dans un silence absolu.

– Bien sûr que non, je ne dors pas. C'était le jour de ton seizième anniversaire. Clara avait rapporté un gâteau à la maison.

– C'est ça, dit-elle. Nous avons mangé le gâteau sur le toit, et le lendemain nous sommes partis. C'était juste un court voyage, on devait se balader quelques jours et puis rentrer à Stillspell, mais le lendemain de notre départ il y a eu un accident.

– Un accident de voiture ? Tu as été blessée ?

– Tu dois me promettre de ne jamais en parler à personne.

– D'accord.

– Non, promets-moi de ne raconter à personne cette partie-là, quoi qu'il arrive, même dans un avenir lointain, même si tu es fâché contre moi.

– Pourquoi voudrais-tu que je sois fâché contre toi ?

Dans seize jours, elle le quitterait pour se remettre à voyager ; mais ça, elle était la seule des deux à le savoir.

– Promets-moi de n'en parler à personne, quoi qu'il arrive.

– O.K., dit-il, je te le promets. Quoi qu'il arrive.

40

Dans les montagnes, sur une route étroite et en très mauvais état, deux voitures roulaient à vive allure sous un soleil éclatant. La voiture de tête était une petite Toyota grise, achetée précisément parce qu'elle était absolument quelconque. Celle qui la suivait était une Ford Valiant bleu ciel immatriculée au Québec, et elle se maintenait juste derrière la Toyota depuis bientôt une heure. Il y avait à proximité une route plus récente — plus large, plus sûre, avec un ravin moins redoutable du côté droit de la chaussée —, mais la première voiture s'était engagée sur l'ancienne route et la seconde était lancée à ses trousses. Les mains crispées sur le volant, le père de Lilia braquait sec pour éviter les nids-de-poule et les branches cassées. Un peu plus tôt, il avait éteint la radio. À présent, il conduisait dans un silence tendu, quinze kilomètres/heure au-dessus de la vitesse autorisée, mais ce n'était pas encore assez rapide.

Finalement, il dit d'un ton posé :

– Je ne sais pas quoi faire.

Dans sa bouche, cet aveu d'impuissance était extraordinaire. D'un brusque coup de volant, il se rangea sur le bas-côté et coupa le moteur. La Valiant bleue ralentit en passant à sa hauteur et s'arrêta un peu plus loin sur l'accotement. En cet instant, juste avant que la portière du conducteur ne s'ouvre, le silence environnant fut quasi absolu.

L'homme qui descendit de voiture avait quelque chose de filiforme. Grand, les épaules voûtées, il portait une veste de complet marron et un jean délavé. Il était coiffé d'un feutre marron, qu'il ôta en s'approchant. Il le tenait à deux mains devant lui, comme s'il s'agissait d'un cadeau. On n'entendait que ses pas sur le macadam et le vent dans les pins qui bordaient la route de chaque côté. Le père de Lilia baissa sa vitre, gardant son autre main sur la clef de contact.

L'homme appuya son avant-bras sur le toit de la voiture et se pencha à la fenêtre. Il n'avait pas l'allure d'un agent du FBI.

– Je m'excuse de vous déranger, dit-il avec une infime trace d'accent qui rappelait celui de la mère de Lilia. Figurez-vous que ça fait un moment que je voyage à vos côtés. Un bon bout de temps. (Il regardait directement Lilia, pétrifiée sur le siège du passager.) Je rentre chez moi demain et ne reviendrai plus dans ce pays. Je voulais juste vous dire que vous n'avez plus besoin de voyager.

– J'ignore de quoi vous parlez, dit le père de Lilia.

– Écoutez, reprit le détective, je comprends pourquoi vous avez agi ainsi. J'ai une fille à Montréal, et je regrette parfois de ne pas avoir fait la même chose.

Une voiture approchait ; elle passa à toute allure, dans un éclair rouge, et il la suivit des yeux en silence.

– J'ai parlé avec Simon l'année dernière, enchaîna-t-il, et je sais pourquoi vous avez fait ça. Je sais ce qui s'est passé cette nuit-là. Je voulais juste vous dire adieu, vous souhaiter bonne chance, je voulais vous dire…

– Je ne comprends pas de quoi vous parlez. Vous me confondez avec quelqu'un d'autre.

– Vous connaissez la légende d'Icare ? s'enquit le détective. Je l'ai lue récemment. En gros, voilà le topo : ça m'est égal de ne pas être le héros de l'histoire, ça m'est égal d'être le berger qui vous regarde survoler la mer avec votre enfant, mais je ne veux pas être le Minotaure. (Il se redressa, les mains dans les poches, observant la route escarpée.) Je ne vois pas comment exprimer la chose autrement. Je ne veux plus vous pourchasser, voilà. Je vais dire à mon patron que je n'ai pas réussi à vous retrouver, et ce sera terminé. Ce sera terminé. Plus personne ne vous recherche, à présent.

Le père de Lilia regardait droit devant lui à travers le pare-brise. Il ne parlait pas, mais elle voyait le muscle de sa mâchoire tressaillir nerveusement.

– Bonne chance, Lilia, dit Christopher. (Il l'observa encore un moment et sourit.) J'ai été content de vous voir, comme toujours. Votre frère vous envoie son meilleur souvenir. Joyeux anniversaire, mon cœur.

Christopher tourna les talons et rebroussa chemin vers sa voiture. Immobile à côté de son père,

Lilia le regarda s'éloigner. Le détective démarra, disparut au détour d'un virage et se perdit derrière les pins ; ce fut seulement à ce moment-là que son père remit le contact.

Elle mit quelques minutes à se rendre compte qu'il continuait de rouler trop vite.

– Tu ne connais pas ta mère, dit-il quand elle se tourna vers lui.

Il parlait d'une voix rauque. Son visage était livide, son front perlé de sueur.

– Il a dit qu'il arrêtait de nous poursuivre, murmura-t-elle, soudain prise de nausée.

– C'est exactement le genre de bobard qu'elle lui dirait de raconter. Tu ne connais pas ta mère, c'est exactement le genre de bobard qu'elle… (La voiture bleue, devant, apparut dans leur champ de vision.) Elle ne cessera jamais de te poursuivre, reprit-il. Elle ne renoncera jamais à toi.

Le détective conduisait lentement, à présent, comme s'il admirait le paysage. Il tenait le volant d'une seule main, accoudé au bord de la fenêtre. Il tendit brièvement le cou pour regarder à travers le pare-brise ; Lilia suivit son regard et vit les montagnes, la paroi rocheuse tout juste visible au-dessus des arbres, sur la gauche.

– Lilia, dit son père, subitement très calme, glisse-toi à l'arrière, de mon côté, et attache ta ceinture.

La route tournait et sinuait à travers une sombre forêt de pins. Sur la banquette arrière, Lilia pressa son visage contre la vitre pour voir le ciel. Elle aurait voulu être ailleurs, n'importe où au monde.

Des faucons tournoyaient en hauteur dans l'air bleuté. La Valiant était tout près, maintenant, et elle se força à la regarder. Elle vit le détective jeter un coup d'œil dans son rétroviseur, et elle était suffisamment près pour distinguer son expression de surprise bienveillante. Il agita la main en guise de salut, sans comprendre.

– Lilia, dit son père, couvre-toi les yeux.

Elle ne se couvrit pas les yeux. Son père arrivait à la hauteur de la Valiant ; il jeta un coup d'œil vers la voiture du détective, puis sur la route — et, lentement, avec une précision méthodique, il se mit à tourner le volant vers la droite. Malgré le grincement strident, insupportable, du métal contre le métal, elle ne put détourner son regard tandis que les deux voitures se rabattaient vers le bord de la route. Le père de Lilia regardait par la fenêtre du passager, évaluant la distance et le degré de force nécessaire, poussant progressivement la Valiant vers l'accotement. Pendant un très court moment, on put penser que le détective allait néanmoins parvenir à rester sur la chaussée, qu'il allait braquer et redresser à l'ultime instant, puis mettre les gaz et arriver finalement à s'échapper, mais le père de Lilia donna un dernier coup de volant, à peine perceptible, et la voiture de Christopher, quittant complètement la route, se mit à glisser en diagonale, presque au ralenti, par-dessus la banquette de sûreté, dévalant la pente, basculant lentement sur le côté, puis sur le toit, avant de disparaître à l'instant où Lilia se retournait pour regarder par la lunette arrière, entendant le choc effroyable de la carrosserie qui s'encastrait dans un tronc d'arbre.

Ce qui la choqua, ce ne fut pas l'accident proprement dit mais la façon dont le détective s'y résigna. Elle eut beau tenter par la suite de reconfigurer la scène, il avait bel et bien tourné la tête vers la voiture qui le poussait dans le vide, l'observant avec une expression calme, presque fervente. Il se préparait à l'accident. L'espace d'un instant fugace, juste à la fin, il croisa le regard de Lilia, sourit et se laissa glisser dans le ravin. Il n'avait fait aucun effort perceptible pour rester sur la route.

41

Michaela se releva et quitta la loge sans un mot, attrapant au passage son anorak qu'elle enfila par-dessus ses ailes de guingois. Eli monta l'escalier derrière elle, la perdit de vue dans la foule massée sur la piste de danse, puis la retrouva dehors, sur le trottoir verglacé. Frissonnante, elle parlait dans son portable.

– Ça m'est égal, disait-elle, retrouvez-moi quand même là-bas.

Elle fourra son téléphone dans la poche de son anorak et regarda Eli comme s'ils ne s'étaient jamais vus.

– Michaela ?

– Eli, dit-elle.

– À qui parliez-vous ?

Elle le regarda sans répondre. Son visage était totalement inexpressif. Il n'aurait su dire si elle l'avait entendu.

– Je vous ai raconté l'histoire. Maintenant, à vous de me dire où elle est.

– Je n'en sais rien. Elle était ici le soir où vous êtes venu.

Elle s'éloigna de lui à petits pas raides, chancelants ; il tendit la main pour la soutenir et ils marchèrent côte à côte, bras dessus bras dessous.

– Elle *était* dans la loge, ce soir-là, avant que je vous y emmène. J'aurais sans doute dû vous y emmener plus tôt, avant qu'elle ait eu l'occasion de s'en aller. (Elle s'arrêta, dégagea son bras, fourragea dans la poche de son anorak.) Elle avait promis d'attendre mon retour dans la loge, maugréa-t-elle. Putain de menteuse !

Elle extirpa un paquet de cigarettes et un briquet.

– On ne peut pas toujours compter sur les gens, dit-il avec impatience. C'est un risque à courir. Où est Lilia ?

– Je n'en sais rien, répéta-t-elle. Elle est partie. Elle était censée être dans ma loge quand… *merde !* (Le briquet cliquetait sans succès.) Vous avez du feu ?

Il avait deux pochettes d'allumettes sur lui. Il ne fumait pas mais avait pris l'habitude compulsive de récupérer les pochettes publicitaires dans les restaurants.

– Vous préférez les allumettes Le Gamin ou celles du Café Universale ?

Elle lui lança un regard mauvais, comme une créature sauvage privée de nourriture. Il lui donna les deux pochettes.

– Vous avez une prononciation épouvantable, dit-elle une fois la cigarette dûment allumée.

Après une progression lente, hésitante, ils étaient arrivés à un coin de rue ; le feu passa au rouge à l'instant précis où ils atteignaient le bord du trottoir. Il la regarda fumer, frissonner, et il la prit de nouveau par le bras ; elle s'appuya en silence contre lui.

– Je suis désolé, Michaela, dit-il inutilement. C'est une effroyable histoire.

Le froid était atroce ; il n'aurait jamais imaginé qu'il puisse exister un vent de cette nature. Il sentait presque son sang se figer sous sa peau, et il avait les cils pailletés de givre. On était dimanche, il était onze heures du soir et la rue Sainte-Catherine était quasiment déserte. Des néons clignotaient derrière les fenêtres à barreaux des boîtes de nuit. *Girls Girls Girls. Danseuses nues.*

– Il faut que je retrouve Lilia, murmura-t-il.

Elle se mit à rire :

– Vous seriez stupéfait du nombre de gens qui ont dit la même chose depuis qu'elle a sept ans. Je ne sais pas où elle est.

– Vous le savez forcément, vous aviez promis de me le dire. Est-elle encore en ville ?

Elle ne répondit pas. Ils avaient traversé la rue et descendaient lentement la pente, passant devant les studios de Musique Plus, devant des boutiques d'électronique et des cafés fermés. Ils se trouvaient maintenant dans un espace public surréaliste, devant lequel il était passé bien des fois sans jamais s'y aventurer : une vaste esplanade de béton et d'escaliers en terrasse. Elle était éclairée par des réverbères noirs, régulièrement espacés, munis chacun de cinq globes diffusant une lumière bleue. Au centre de l'ensemble se trouvait une pièce d'eau rectangulaire, parfaitement immobile, figée dans une couche de glace noire.

Michaela semblait exténuée ; appuyée sur le bras d'Eli, elle respirait laborieusement. Elle se sépara de lui pour gravir les marches avec lenteur, s'arrêtant à mi-hauteur pour s'asseoir, haletante. Elle resta là à fumer, apparemment hébétée, pendant qu'Eli frissonnait de la tête aux pieds en essayant de décider quel parti prendre. Elle claquait des dents. Au bout de deux minutes, il s'assit à côté d'elle et l'entoura de ses bras, tâchant de se persuader qu'il retrouverait un jour une certaine sensibilité dans ses orteils.

– Bon, écoutez, dit-il, quand l'avez-vous vue pour la dernière fois ?

Elle ouvrit son paquet de cigarettes, en sortit une avec délicatesse et l'alluma d'une main experte au mégot de la précédente. Elle jeta le mégot au loin, en direction de la rue, et Eli le regarda rougeoyer un instant sur la glace. Michaela ne paraissant pas disposée à lui répondre, il changea son fusil d'épaule.

– Comment s'appelle cet endroit ?

– La place des Arts. Elle est plus agréable en été.

Elle ôta la cigarette de sa bouche, l'examina pendant qu'elle exhalait la fumée, puis, d'un geste languide, la remit entre ses lèvres — le tout sans regarder Eli.

– Je crois que nous ferions mieux de bouger, dit-il. Il doit certainement faire moins vingt.

Elle lui lança un bref coup d'œil :

– Je ne connais pas les degrés Fahrenheit.

– Ce n'est pas plus chaud en Celsius. L'important, c'est que nous risquons de mourir de froid. Il faut vraiment y aller…

Mais Michaela pleurait. Elle essuyait ses larmes d'une main tremblante, tenant gauchement sa cigarette de l'autre. Des cendres s'éparpillèrent sur la neige.

– J'avais toujours cru que je voulais savoir la vérité sur cet accident, murmura-t-elle.

– Hé ! ça va aller, dit-il, désemparé. Remettons-nous en marche. Nous irons quelque part, ma compagne d'infortune, nous irons au café, je vous offrirai un thé…

Elle se mit debout, en s'aidant de la rampe métallique, et secoua la tête.

– Je ne veux pas de *thé.*

Il la prit par l'épaule pour la soutenir. L'anorak argenté de Michaela brillait sous les lumières bleues de l'esplanade. Il détourna les yeux pour regarder la rue Sainte-Catherine sur toute sa longueur. Un cauchemar de portes verrouillées, de restaurants fermés, de néons bourdonnants, de mendiants implorant qu'on les sauve de cette ville glaciale, invivable, et il aurait bien voulu en cet instant se retrouver absolument n'importe où ailleurs. Il aurait bien voulu n'être jamais entré dans le Café Matisse, à Brooklyn, ou au moins avoir attendu qu'une table se libère au lieu de s'asseoir à celle de Lilia. Il aurait bien voulu avoir été plus attentif, le matin où elle était partie, et l'avoir interceptée avant qu'elle atteigne la porte. Il aurait bien voulu, si ses précédents vœux ne s'étaient pas réalisés, avoir au moins renoncé à la suivre jusqu'ici. Il se dit qu'une éternelle demi-vie à Brooklyn — une éternelle demi-vie de problèmes épineux, de manuscrits inachevés, d'artistes bidon, d'études universitaires avortées, de coups de fil culpabilisants de sa mère et de lettres envoyées par un frère inégalable et insurpassable — aurait encore été préférable à une heure dans ce pays.

– Je ne comprends pas comment vous pouvez vivre ici, dit-il.

– Je ne peux pas. Je vais bientôt partir.

Elle se remit à monter l'escalier et il la suivit de près, la tenant de nouveau par le bras. Tout était recouvert d'une couche de glace ; ils traversèrent lentement l'esplanade en béton, du côté opposé à la rue Sainte-Catherine, et se dirigèrent prudemment vers la rue Ontario déserte.

– Vous savez ce qu'a dit Lilia en parlant de cette ville ?

En entendant ce prénom, il sentit encore son cœur se contracter dans sa poitrine.

– Non, qu'est-ce qu'elle a dit ?

– Qu'elle avait voyagé une ville trop loin. Qu'elle regrettait d'avoir quitté New York.

Alors, sur l'esplanade en béton, dans la nuit, le poids des siècles et des continents se souleva des épaules d'Eli ; il se sentit soudain absurdement, extraordinairement léger. Lilia regrettait de l'avoir quitté ! Tout pouvait s'arranger. En cet instant, il aurait pu sauter en l'air et ne jamais retomber sur terre, mais il resta arrimé au sol et saisit Michaela par les épaules.

– S'il vous plaît, dites-moi où elle est.

– Vous rentrerez à Brooklyn avec elle, et moi je serai toujours ici.

– Vous venez de dire que vous partiez.

– Elle est restée avec moi uniquement parce qu'elle voulait que je lui dise ce qui s'était passé cette nuit-là, pourquoi elle avait ces cicatrices sur les bras. Moi, je suis restée avec elle uniquement parce que je voulais qu'elle me parle de l'accident, et maintenant que vous m'avez tout raconté, j'aurais préféré ne pas savoir.

Sa voix avait quelque chose d'inégal et ses yeux brillaient d'un éclat qui parut malsain à Eli.

– Vous les avez remarquées ? demanda-t-elle.

– Quoi donc ?

– Les *cicatrices.*

– Naturellement.

– Sa mère l'a jetée à travers une fenêtre. (Elle fouilla de nouveau dans ses poches et alluma une autre cigarette. Elle arborait un sourire affreux.) C'est la partie de l'histoire qu'elle ignore, celle dont elle ne se souvient pas. L'amnésie partielle est une chose vraiment extraordinaire.

– Seigneur Jésus, murmura-t-il.

– Heureusement, il avait beaucoup neigé la nuit précédente. Ça a amorti la chute, j'imagine. Et ça lui a probablement sauvé la vie.

– Je ne veux rien savoir de tout ça. Tout ce que je veux savoir, c'est où elle est.

– Non, dit Michaela, il faut que vous connaissiez l'histoire pour pouvoir la lui raconter quand vous la reverrez. Moi, je ne suis pas sûre de la revoir. Alors écoutez-moi bien, ça ne prendra qu'une minute : sa mère l'a jetée à travers une fenêtre. Lilia avait sept ans. Elle est restée dans la neige jusqu'à ce que son frère vienne la chercher.

– Son frère ?

– Simon. Il avait neuf ou dix ans à l'époque. Il a expliqué que sa mère était hystérique, sanglotait et faisait un tas d'histoires. Beaucoup plus tard, sa mère a confié à Simon qu'elle ne savait pas ce qui, chez Lilia, lui donnait toujours cette envie désespérée de l'anéantir, mais le fait est là : elle jette sa fille de sept ans à travers une fenêtre, un soir, et la laisse dehors dans la neige. N'oubliez pas que nous parlons, là, du Québec en plein hiver. Il faisait probablement aussi froid ce soir-là que maintenant.

Il l'observait en silence.

– Simon est sorti la chercher. Elle avait atterri dans une profonde congère, au-dessous de la fenêtre ; elle n'avait rien de cassé, mais ses bras étaient couverts de coupures de verre. Il l'a ramenée dans la maison, lui a enveloppé les bras dans des serviettes pour stopper l'hémorragie, puis il a appelé le père de Lilia — son ex-beau-père — en lui disant de venir chercher sa fille... Vous comprenez ? L'enlèvement de Lilia a été organisé par son propre frère.

Il fallut un moment à Eli pour retrouver sa voix.

– Et Lilia ne se souvient de rien ?

– Absolument rien. Elle ignore ce qui s'est passé. Il y avait une trousse de premiers secours dans la maison ; Simon a pansé les bras de sa sœur du mieux qu'il a pu, l'a montée à l'étage, l'a mise au lit et s'est allongé dans la chambre voisine pour attendre. Il avait déverrouillé la porte d'entrée. Le père de Lilia est arrivé en pleine nuit et a vu les débris de verre dans la neige, comme Simon le lui avait dit. Et quand sa fille est descendue le rejoindre, il l'a emmenée avec lui. Incroyable, non ? C'est à ce moment-là que commencent les souvenirs de Lilia : son père jette des bouts de verre sur le carreau de sa fenêtre, elle entend le bruit et s'assied dans son lit.

– Michaela, il faut que vous me disiez où elle est.

– Tout près, j'imagine. Elle loue une chambre pas loin d'ici. (Elle tint sa cigarette en l'air.) Ma dernière cigarette, annonça-t-elle. J'arrête ce soir.

– Tant mieux. Vous fumez trop.

– Je vais prendre le métro, dit-elle en reculant d'un pas. Vous allez de quel côté ?

– Je ne sais pas encore, Michaela. À vous de me dire où je dois aller.

– Pourquoi vous le dirais-je ?

Elle était plus intéressée par sa cigarette. Elle inhala profondément, la regarda un instant avant de la jeter, à demi consumée, dans la neige.

– Je suis tellement fatigué, dit Eli. Il fait tellement froid ici. Je veux rentrer chez moi.

Elle recula encore de quelques pas. Il observa les mouvements de ses bottines brillantes sur la fine couche de glace. Elles étaient éraflées au bout.

– Elle loue une chambre rue de la Visitation, dit-elle enfin. À l'angle de la rue Ontario, dans le Centre-Sud. À l'est d'ici. Vous n'avez qu'à prendre Ontario par là, sur une dizaine de blocs. C'est l'immeuble brun qui fait l'angle, au sud-ouest, en face d'un restaurant qui était autrefois une station-service. Son immeuble penche un peu côté rue, vous verrez. Et il y a toujours des travelos devant. (Elle indiqua une direction, vers le nord-est.) Vous lui direz adieu de ma part ?

– Entendu.

Il s'éloignait d'elle en agitant la main, déjà ailleurs.

– Merci, dit-il. Je vous appelle demain.

Elle se détourna sans répondre. Il la suivit des yeux un moment, puis se mit en marche aussi vite que le lui permettait le verglas. Rue Ontario, à l'ouest, vers la rue de la Visitation… Même cette ville, glaciale entre toutes, lui parut subitement exquise. L'architecture moderne en ciment avait une netteté de lignes rafraîchissante. Les larges rues désertes n'étaient pas mortes mais calmes. Le froid était presque revigorant. L'épuisement qui s'était emparé de lui, au cours des semaines qui avaient suivi le départ de Lilia, commençait à se dissiper lentement, par morceaux trop petits pour être observés individuellement, comme le brouillard qui se lève sur un fleuve au petit matin. *Elle regrettait d'avoir quitté New York.*

Il n'alla pas jusqu'à la rue de la Visitation. Les dernières paroles de Michaela le turlupinaient — *Vous lui direz adieu de ma part ?* — et, arrivé au coin de Saint-Laurent, il comprit pourquoi. Il s'arrêta net, comme foudroyé par une balle dans la lumière ambrée des réverbères, et repartit par où il était venu. Au début, il marcha rapidement, puis se mit à courir ; il retourna vers le parking, hoquetant dans l'air saturé de glace. Ses dents lui faisaient mal à chacun de ses pas sur le trottoir verglacé, le froid lui brûlait le visage. Il rebroussa chemin à toute vitesse jusqu'à la place des Arts, dans le froid inconcevable, s'engouffra dans la bouche de métro Place-des-Arts, passa en courant devant le guichet des billets, sauta par-dessus un tourniquet, courant encore plus vite, descendit au niveau des trains rapides, toujours plus vite, mais la fille qui se trouvait à l'extrémité du quai était déjà là depuis plusieurs minutes lorsqu'il la vit, et les trains étaient un peu en avance cette nuit-là. Ici, il faisait bon ; elle avait ôté son anorak argenté et l'avait soigneusement plié sur un banc proche. Les ailes d'Halloween étaient toujours accrochées dans son dos, mais complètement de travers, et un paquet de cigarettes rouge, vide, était broyé dans sa main.

Les lignes de métro peuvent différer sur certains points d'une ville à l'autre, mais la séquence d'événements est plus ou moins toujours la même : d'abord, un léger appel d'air sur la longueur du tunnel, quelques secondes avant qu'on entende le bruit du train. Ensuite (selon la ville, la conception du métro, les particularités de chaque station), on voit approcher une lumière pendant quelques secondes, voire même une minute entière : deux faisceaux qui trouent l'obscurité, bientôt accompagnés d'un grondement qui enfle. Le temps qu'Eli atteigne le quai, poursuivi par un agent de police qui l'avait vu sauter par-dessus le tourniquet, il voyait déjà la lumière des phares. Qui approchait de la station à une vitesse implacable, de plus en plus près de la fille qui attendait. Il y avait des voyageurs sur le quai, dont certains regardaient courir Eli — il crut entendre quelqu'un l'appeler — mais il n'avait conscience que de Michaela en cet instant.

Il est possible qu'elle ne l'ait pas entendu hurler son prénom pendant qu'il fonçait vers elle à travers le quai. Elle était totalement concentrée sur ce qu'elle s'apprêtait à faire, debout au bord du quai, un pied légèrement en avant, comme une funambule sur le point de s'engager sur la corde raide. Elle regardait les phares approcher.

À présent, Eli hurlait des sons informes — même si l'agent lancé à sa poursuite, qui n'avait pas remarqué la fille, continuait de le sommer d'arrêter, dans un français parfaitement compréhensible —, mais les hurlements n'arrêtent rien.

À l'instant où le train allait passer devant elle, Michaela se jeta dans le tourbillon d'air.

42

Parfois, la nuit, il arrive encore à Simon de penser au départ de sa sœur tel qu'il l'avait observé de la fenêtre du palier : le père de Lilia s'éloignait sur la pelouse enneigée, serrant contre lui sa fille qui se cramponnait très fort à son cou — les pansements que Simon lui avait mis sur les bras, quelques heures plus tôt, étaient d'un blanc livide au clair de lune —, jusqu'au moment où tous deux avaient disparu dans la forêt. Parfois, les nuits où il n'arrive pas à dormir, il compose de mémoire un numéro de téléphone. Il a appuyé un jour sur le *69, quand il était très jeune, et a noté le numéro correspondant sur la paume de sa main. Personne ne décroche jamais, mais il est apaisé par le crépitement des parasites sur la ligne, et il a l'impression agréable de franchir d'un bond une distance considérable. La sonnerie a quelque chose d'infiniment lointain.

Près de la petite ville de Leonard, dans l'Arizona, il y a un téléphone public. Parfois, la nuit, il se met à sonner.

43

Le lit d'Eli était la coque d'un petit bateau de pêche à laquelle on avait ajouté une antique figure de proue. À la lumière du jour, celle-ci prenait la forme d'une femme émergeant de l'écume, forant de ses yeux ardents un chemin vers l'étoile polaire et le matin. Ses cheveux avaient été peints de la couleur du feu ; ses yeux, d'un effroyable bleu électrique. Elle tenait dans ses bras un poisson : à une heure de métro de l'océan le plus proche, il ouvrait vers le ciel sa bouche asphyxiée.

Elle surveillait du regard la porte de la chambre, qui figurait l'entrée d'une caverne de pirates, et Eli lui était reconnaissant de sa présence. Les premiers jours qui suivirent son retour de l'hôpital, le sang saturé de souvenirs et de sédatifs, il se sentait trop malade pour rester seul dans la chambre. Rien, dans la pièce, n'était tout à fait réel à ses yeux. C'était le cas depuis le milieu de son enfance, mais c'était beaucoup plus problématique aujourd'hui. Les murs bleus étaient striés de nuances plus claires et plus foncées qui, sous certains éclairages, leur donnaient un aspect aquatique. C'était son frère qui avait remarqué cette particularité à l'époque où ils avaient respectivement neuf et onze ans, sur quoi ils avaient passé plusieurs semaines à peindre des îles désertes et des poissons. Leur mère, qui était très portée sur la cohérence, avait installé l'année suivante le lit à figure de proue. La chambre était un paysage marin onirique, qui trahissait l'amateurisme en certains endroits plus qu'en d'autres : Zed, outre qu'il avait deux ans de plus qu'Eli, était un meilleur peintre que lui. Dans ses moments de déprime, Eli avait l'impression de se noyer, mais il ne voulait pas faire de réflexion ni demander à déménager dans une autre chambre. Il était confus de tout le mal qu'on s'était déjà donné pour lui.

Ça n'avait pas été facile de le retrouver à Montréal ; l'hôpital avait perdu son portefeuille. Cela n'avait rien d'exceptionnel mais, dans ce cas particulier, ce fut inhabituellement désastreux : le portefeuille ayant été égaré quelque part dans le chaos du service des urgences en sous-effectif, et le patient n'étant pas d'humeur à éclairer qui que ce soit, personne ne connaissait son nom. La police aimait à passer le voir de temps à autre, surtout les premiers jours, et lui poser des questions tendancieuses, assis au chevet du lit, alternant avec espoir l'anglais et le français. Le patient ne répondait dans aucune des deux langues et se bornait à fixer la fenêtre, le regard vide ou les yeux embués.

À cette période-là, il existait dans un état nébuleux ; il était profondément occupé à visionner les deux mêmes cauchemars qui repassaient en boucle dans son esprit, en une ronde torturante. Le premier était une version en accéléré du jour où sa petite amie avait quitté l'appartement de Brooklyn. Cela s'était passé un certain temps avant son arrivée à l'hôpital, mais les détails demeuraient flamboyants : debout devant le canapé, elle se passe les doigts dans ses cheveux encore humides, elle embrasse Eli sur le crâne pour la troisième fois de la matinée, elle annonce qu'elle va chercher le journal, la porte se referme et il entend ses pas décroître dans l'escalier. Le second cauchemar mettait en scène un train, une fille broyant dans son poing un paquet de cigarettes rouge, et l'intérieur brunâtre de la station de métro Place-des-Arts à Montréal. Il ferme les yeux et voit la funambule faire un pas en avant dans le vide, sans corde raide, il voit la petite silhouette sombre rester un instant en suspens devant le train bleu avant de tomber dans un grondement sourd, victime du complot ourdi par la machine, les rails et les grosses roues métalliques, maintenant luisantes. Eli tomba à genoux au bord du quai et c'est de là que, plus tard, il fallut l'arracher de force. Il avait cru entendre la voix de Lilia. Ensuite, il se réveilla dans une chambre aux tons pastel, incapable de parler, et il y resta des semaines après le drame, perdu dans son monde, pendant que des professionnels en tous genres défilaient dans sa chambre d'hôpital. Il avait conscience de leur présence par flashs : l'officier de police qui se transformait en infirmière, puis en médecin, puis en gentille dame qui lui proposait une boule d'argile pour s'exprimer avec, puis en chaise. Il n'entendait pas leurs questions à cause du vacarme du train, mais la procession continua en boucle (infirmière, médecin, médecin, chaise) jusqu'au matin où Zed entra dans la chambre.

Eli ne regardait pas la porte ; la fragile lumière hivernale qui filtrait par la fenêtre retenait son attention depuis des heures. Mais (miracle !) la voix de Zed résonna tout à coup dans cette pièce, dans cette ville, et il tourna son visage vers elle. Il n'avait pas vu son frère depuis un an et demi.

Zed parlait rapidement en français à une infirmière, au sein d'un groupe, d'une voix vibrante d'impatience, sans quitter des yeux le visage d'Eli. Eli l'entendit prononcer son nom par deux fois. Zed débita un rapide monologue tout en entraînant vers la sortie une petite troupe de professionnels médicaux à l'air soucieux ; une fois les fantômes dûment exilés dans le couloir, il ferma la porte, bloqua la poignée quelques instants de peur que l'un ou l'autre ne veuille faire le malin, puis se retourna vers Eli et sourit enfin. Il s'approcha du lit, fit pivoter la chaise et s'assit dessus à califourchon.

– Bonjour, dit Eli.

L'intention y était, mais après vingt-sept jours de silence, le mot ne fut guère plus qu'un murmure grinçant. Il avala sa salive.

– Bonjour, Eli. Pourquoi as-tu refusé de leur dire ton nom ?

– Je n'avais pas envie de parler, répondit Eli d'une voix un peu plus audible.

Zed rit tout bas et s'approcha de la fenêtre. La ligne des toits bas était voilée par la neige qui tombait.

– Je ne savais pas que tu parlais le français, dit Eli.

– Je l'ai appris au fil des années.

– J'ai essayé de sauter pour la rattraper.

– Je sais, ils me l'ont raconté, dit son frère.

– J'arrive toujours trop tard, Zed. J'arrive toujours un rien trop tard.

– Tout le monde arrive trop tard, quelquefois.

– Tu as déjà vu une fille écrasée par un train ?

Zed demeura silencieux un moment ; il regardait par la fenêtre.

– Cette ville est lugubre, dit-il enfin. Je te ramène à la maison.

La séquence qui suivit fut compliquée, insupportable, difficile à se rappeler en détail par la suite. Une chaise en vinyle rouge dans un aéroport, à Dorval, à la sortie de la ville de Montréal. À l'enregistrement des bagages, un comptoir sur lequel il s'appuyait lourdement, le regard rivé au sol. Des fauteuils roulants avaient été proposés. Il insista pour marcher, mais il était incapable de se rappeler plus d'une minute quelle direction il devait prendre ; Zed, chargé de bagages et de soucis, n'arrêtait pas de le rattraper par le coude pour le remettre dans la bonne voie. Eli avait une curieuse façon de marcher : il traînait des pieds, titubait sur le sol lisse et brillant, trébuchait sur des ombres.

Bref vol au-dessus d'une frontière en hiver. L'aile grise d'un avion entrevue par le hublot. Aperçu du monde en images fugitives de neige, d'air et de coins d'immeubles (souvenirs d'un rêve qu'il avait fait naguère : neige, temps de guerre, vague impression d'héroïsme, tranchée où il se cachait par grand froid). Les rues de Manhattan vues à travers les vitres d'un taxi. (« Au moins, ici, c'est *vivant* », dit-il à son frère avant de refermer les yeux. C'étaient les premiers mots qu'il prononçait en l'espace de quatre heures, et ils ne firent rien pour rassurer Zed.) Leur mère réduite à une impression d'inquiétude, sans substance et lointaine, comme un croquis de mère dessiné sur du papier transparent d'architecte. Une porte s'ouvrant sur la chambre bleue où il avait dormi enfant, l'assurance qu'il pourrait se reposer ici aussi longtemps que nécessaire et que tout irait pour le mieux, pyjama — et, après, murmures de voix soucieuses dans le couloir. Il ferma les yeux et s'endormit aussitôt.

Les premiers jours, il ne bougea pas beaucoup. Il resta allongé sur son lit à observer la progression de la lumière sur le plafond. Plus tard, les jours prirent un rythme particulier : cadences de lumière hivernale les après-midi clairs, vaste étendue noire et blanche de Central Park par la fenêtre de l'appartement de sa mère, neige blanche et arbres argentés entre lesquels sinuaient de sombres sentiers — il pouvait être absorbé par ce spectacle pendant des heures. Il y avait des après-midi entiers où la vie se résumait exactement à ceci : une chambre bleue dans l'Upper West Side, la neige qui tombait derrière la fenêtre, sa mère qui écoutait dans une autre pièce son morceau préféré de Bach ou de Vivaldi, pas trop fort, en fredonnant la mélodie d'une voix de fausset, et des piétons qui passaient, petits et grisâtres, dans le monde glacé de la rue.

– La question, observa Zed, est de savoir ce que tu vas faire maintenant.

Zed ne restait pas plus longtemps. Il retournait en Afrique pour quelques semaines, après quoi il envisageait d'aller en Europe ; il voulait, expliqua-t-il, s'asseoir à l'endroit où s'était assis l'oracle de Delphes. Il voulait qu'Eli l'accompagne. Ils débattirent, sans grande conviction, du problème de savoir s'il y avait encore un oracle là-bas ; Eli jugeait la chose possible. Zed se sentait proche de l'opinion selon laquelle nous sommes tous des oracles, mais il inclinait à croire que celui de Delphes n'arpentait plus la terre.

– Je veux voyager, répondit Eli.

– Je parlais de ce que tu feras après la Grèce. Après notre voyage. Tu comptes retourner à Brooklyn ?

– À Brooklyn ? Non, je ne pense pas.

– Pourquoi ça ?

– Parce que rien de ce que j'ai fait là-bas n'avait de *sens*. Parce que je patinais à la surface de cette vie tout autant que Lilia. J'ai bien quelques amis là-bas, mais je crois que je préférerais être…

Il hésita, occupé à observer un homme solitaire qui marchait dans le parc, son pardessus formant une tache sombre sur l'allée enneigée, et il pressa les extrémités de ses doigts sur la vitre.

– Ça fait un moment que je ne suis pas sorti, reprit-il. Je voudrais m'immerger dans tout ça.

– Tout ça quoi ?

– Je voudrais m'immerger dans le monde. C'était ça, le problème de Lilia : elle n'arrivait pas à s'immerger. Il ne suffit pas d'observer le monde et de le prendre en photo. (Il se tut quelques instants avant d'enchaîner :) Il ne suffit pas de faire du patin à glace. La métaphore est de Lilia, pas de moi : elle parlait de son mode de vie. Elle disait qu'on peut patiner à la surface du monde pendant toute sa vie, en visite, en partance, sans jamais vraiment passer à travers. Mais il ne faut pas faire ça, ce n'est pas gratifiant. On doit être capable de passer à travers. On doit être capable de s'enfoncer, de s'immerger. On ne peut pas simplement patiner à la surface, visiter et partir.

– Il y a des gens qui savent seulement patiner.

– Comment m'as-tu retrouvé à Montréal ?

– Il y avait dans la poche de ta parka une lettre pour moi, non postée.

– Tu l'as encore ?

Zed l'avait dans sa poche ; il la tendit à Eli sans un mot. Elle était plus longue qu'il ne s'en souvenait, quatre ou cinq pages formant une liasse épaisse, et elle lui parut maintenant étrangère ; l'écriture partait dans tous les sens, ne laissant aucune marge, et les mots se cognaient contre les bords de la page :

Je voulais être son étoile polaire. Je voulais être sa carte routière. Je voulais boire du café avec elle le matin et réaliser des choses, comme toi, comme elle, au lieu de juste philosopher sur ces choses et de décortiquer leurs innombrables niveaux de signification, comme autant de poupées russes. J'étais seul avant de la rencontrer. Je voulais disparaître avec elle, l'incorporer dans ma vie. Je voulais être sa boussole. Je voulais être son dernier locuteur, son interprète, sa langue. Je voulais être son traducteur, Zed, mais aucune des langues que nous connaissions ne nous était commune.

– Je ne reconnais même pas l'écriture, dit Eli.

– Tu sais où elle est allée ?

– Aucune idée. À l'heure qu'il est, elle peut être n'importe où. J'ai bien cru entendre sa voix sur le quai du métro, à Montréal, mais c'était sans doute une hallucination. (Il regardait la lettre.) On dirait une missive provenant d'un pays étranger, dit-il en la repliant avec soin avant de la rendre à Zed. Remarque, c'est bel et bien une missive provenant d'un pays étranger, seulement je ne reconnais pas…

– L'écriture ? La sentimentalité ?

– Les deux, en fait. Ni l'une ni l'autre.

– Tu n'as donc plus le désir d'être avec elle ?

– Je crois que je préfère être seul, dit-il.

44

Le matin de son dernier jour à Montréal, Lilia se réveilla de bonne heure et resta allongée un moment sous les couvertures. Elle dormait tout habillée, ces temps-ci, et portait deux paires de chaussettes au lit, mais l'hiver s'insinuait par les fenêtres de sa chambre louée. Elle se leva et prit une douche rapide, frissonnant sous le jet, puis endossa son uniforme de serveuse. Au Bistro de Porto, au bout de la rue, elle se plongea dans la transe du travail — nettoyer, faire le service — et, en fin d'après-midi, regagna sa chambre et se changea. Puis elle ressortit et erra pendant des heures dans les rues, mais il faisait trop froid pour prendre des photos ; elle ne voulait pas ôter les mains de ses poches. En début de soirée, elle passa devant le Club Electrolite, espérant plus ou moins apercevoir une dernière fois Michaela, mais il n'y avait personne devant l'établissement. Elle passa quelque temps dans sa librairie préférée, où elle lut une histoire de New York en français, puis elle rentra chez elle dans le crépuscule naissant. Le froid, à Montréal, n'était comparable à rien de ce qu'elle avait pu connaître ; elle portait trois pulls sous sa parka, mais aucun d'eux n'était assez épais, et ses mains crispées gelaient dans ses gants. Elle s'attabla dans un café du Centre-Sud pour lire le journal, désireuse d'échapper à la solitude de sa chambre louée, et juste au moment où elle ressortait dans la nuit, son portable sonna. Seuls son employeur et Michaela connaissaient le numéro.

– Je veux qu'on se retrouve quelque part, dit Michaela.

– Pourquoi ?

– Retrouvez-moi à la station de métro Place-des-Arts, quai ouest. Je vous dirai ce que vous voulez savoir.

– Vous m'avez déjà fait le coup. Je ne vous crois pas.

– Ça m'est égal, dit Michaela. Retrouvez-moi quand même là-bas.

Deux heures plus tard, dans le taxi qui l'emmenait à l'aéroport, Lilia, l'air absent, regardait la nuit défiler par la vitre. Elle s'envola pour Rome à trois heures du matin, destination choisie parce que c'était le premier vol en partance cette nuit-là et qu'elle parlait l'italien. Elle retira le contenu de son compte en banque à un distributeur automatique et paya le billet en espèces. Pendant toute la durée de la longue nuit transatlantique, elle contempla les ténèbres à travers le hublot, pleurant par intermittence, puis, dans la lumière matinale, elle descendit d'un taxi sur la Piazza del Popolo. Plus tard, elle s'arrêta sur un pont qui enjambait le Tibre et laissa les trois listes s'envoler de ses mains : une liste de noms, dix pages, qui commençait et se terminait par *Lilia* ; une liste de lieux, neuf pages, qui commençait et se terminait par la province de Québec ; enfin, une liste — plus courte — de mots et de phrases, qu'elle devait à Eli. Elle dut ensuite partir rapidement parce qu'un agent de police approchait, sourcils froncés, par le côté Trastevere du pont, ayant apparemment vu Lilia lâcher des bouts de papier dans le Tibre. Elle n'eut donc pas le loisir, comme elle aurait aimé le faire, de regarder le fleuve emporter les morceaux de son ancienne vie.

Dans la lumière matinale, elle remonta d'un pas vif le boulevard qui longeait le Tibre, les mains dans les poches, et la ville qui était au premier plan de ses pensées en cet instant n'était pas Montréal ni New York, ni même Chicago, mais San Diego. Un endroit éloigné qui la ramenait à la genèse de tout, à une version d'elle-même tellement distante que le souvenir proprement dit existait à la troisième personne : Lilia, jeune et instable, fréquemment réveillée par des cauchemars se rapportant à un accident de voiture dans les montagnes, encline à pleurer dans les moments de frénésie ou de désarroi. Lilia, seize ans, fervente et ignorant tout de sa propre histoire, encore sous le choc d'un accident survenu un mois ou deux plus tôt, courant toujours après le temps, arrivant seule à San Diego à la nuit tombée. Son père et Clara lui avaient dit au revoir au Nouveau-Mexique et lui avaient donné de l'argent, en lui faisant promettre de téléphoner, d'écrire et de revenir les voir sans trop attendre. San Diego était la première ville où elle se rendait toute seule, ils étaient terrifiés mais savaient qu'ils ne pourraient pas la retenir, et Lilia fut sidérée par l'euphorie de voyager en solo. Le front appuyé contre la vitre du car, elle regardait défiler le paysage, à la fois angoissée, extatique et parfaitement libre. À l'époque, elle était tendue comme un ressort, toujours au bord des larmes, et la vie lui semblait d'une intensité presque insupportable ; dans le car qui l'emmenait à San Diego, en voyant sur le bord de la route un chat récemment écrasé, elle avait éclaté en sanglots hystériques.

À la gare routière de San Diego, elle resta plantée devant une longue rangée de téléphones publics, hypnotisée par la façon dont ils renvoyaient la lumière, essayant — sans succès — de se rappeler un certain numéro de téléphone. Elle avait un guide touristique censé répertorier toutes les auberges de jeunesse de l'État de Californie ; la plus proche était à des kilomètres de la gare, mais elle s'y rendit quand même à pied. Elle marcha lentement dans les rues délirantes, le trottoir dégageant encore la chaleur du soleil de l'après-midi, un martèlement de dance music s'échappant de voitures aux vitres teintées qui roulaient au ralenti. Sa valise faisait d'elle une étrangère ; elle la jeta au passage dans une poubelle et poursuivit son chemin, légère et infiniment anonyme, beaucoup moins méfiante, beaucoup moins affûtée, les mains dans les poches, sifflant par moments des lambeaux de mélodies qui lui passaient par la tête. Elle arriva en vue d'une église où on chantait du gospel et s'assit un moment sur les marches du perron, dans le crépuscule vertigineux, tandis que la musique résonnait à l'unisson dans l'église et dans son âme. Elle se remit en marche, passant devant une bodega où deux petits garçons traînaient sur le seuil ; ils la regardèrent et l'un d'eux fit une réflexion en espagnol sur son passage. Quand elle lui répondit dans la même langue, il sourit, subitement intimidé, et elle continua de marcher dans la lumière déclinante. En ce temps-là, elle gardait les listes dans sa poche (langues, noms), satisfaite de constater que les bouts de papier pliés tenaient à la perfection dans sa main droite.

Le jour de son arrivée à Rome, elle alla dans un cybercafé et en ressortit un peu plus tard avec le numéro de téléphone d'une maison au Québec. Dans sa chambre de motel, elle resta un moment assise sur le lit, le bout de papier dans les mains, et finit par passer un appel international déraisonnablement coûteux. Un homme décrocha à la deuxième sonnerie.

– Simon, dit-elle.

– Qui est à l'appareil ? demanda-t-il en français.

– C'est moi, répondit-elle de même.

– Lilia ?

– Je voulais juste te remercier.

Simon demeura silencieux. Finalement, il dit :

– Ne me remercie pas. C'était tout ce que je pouvais faire.

Une heure plus tard, elle raccrocha et sortit se promener dans la ville. Elle dirigea ses pas vers le Tibre et retourna sur le même pont ; ses listes étaient déjà loin, emportées par le courant, et l'agent de police était parti depuis longtemps. Elle resta là un long moment à contempler le fleuve. Dix ans plus tard, elle revint au même endroit avec son mari italien, le jour de leur septième anniversaire de mariage, et il rit de bon cœur quand elle imita l'agent de police.

– Il y avait de quoi avoir peur, insista-t-elle. J'ai bien cru que j'allais être arrêtée pour jet de détritus sur la voie publique et expulsée sur-le-champ.

– Je le sais, dit-il en riant de plus belle. Tu me racontes l'histoire chaque année, mon amour, mais t'est-il jamais arrivé d'avoir peur ?

Une fois, sur une route de montagne américaine, et une autre fois sur un quai de métro à Montréal. Rarement, autrement dit, mais il lui restait d'étranges souvenirs. Non pas qu'elle fût malheureuse, mais, de temps à autre, ses pensées s'égaraient dans le passé : quand elle marchait seule sur certains boulevards sous la pluie, par exemple. « Dans un dialecte d'Australie centrale, lui avait dit un jour Eli, il existe un mot, *nyimpe* — je le prononce mal — qui signifie "l'odeur de la pluie". » (Difficile aujourd'hui de se rappeler son visage ; il était brun, mais ses yeux étaient-ils marron ou bleus ?) Ou parfois, en hiver, quand elle se réveillait la nuit et que les couvertures étaient tombées du lit, la sensation de froid suffisait à lui remettre en mémoire les rues de Montréal ; l'époque où elle errait avec Michaela dans le paysage glacé, se disputant avec elle, frissonnant, parlant à n'en plus finir de mémoire et d'accidents. Lilia n'avait jamais eu confiance en Michaela, mais il existait entre elles une certaine communauté de vues : toutes deux pressentaient que le monde, au bout du compte, pourrait bien se révéler avoir été un mirage — ou un canular particulièrement sophistiqué.

Et quand elle se trouvait sur un quai de métro, à la fin de la journée, après un job de traduction au Vatican, à attendre la ramc qui la ramènerait à l'appartement qu'elle partageait avec son mari, à quelques kilomètres de là, Lilia était parfois agressée par un souvenir si violent qu'elle en avait le souffle coupé. En fermant les yeux, elle pouvait voir Michaela descendre l'escalier de la station Place-des-Arts ; Michaela avait pleuré, peu de temps avant, mais elle venait maintenant vers Lilia en souriant, un paquet de cigarettes rouge broyé dans sa main. En la voyant, Lilia se leva du banc et commença à répéter son antienne — *Racontez-moi ce qui s'est passé* —, mais Michaela s'approcha d'elle en souriant et l'embrassa légèrement sur la bouche, sans lui laisser le loisir de terminer sa phrase. Ses lèvres étaient froides à cause de l'air extérieur.

– Écoutez, dit Michaela.

Elle posa alors ses mains sur les épaules de Lilia et lui murmura une histoire à l'oreille. C'était une vieille histoire qui tenait en quelques phrases, à propos de fenêtres brisées et de neige ; et quand Michaela eut terminé, Lilia s'affaissa sur le banc, le regard levé vers elle, réduite au silence par le choc. Dans quelques minutes, Eli passerait devant elle en courant et en appelant Michaela à pleine voix ; dans quelques minutes, la nuit imploserait dans le bruit et la tragédie, mais pour l'instant Michaela était près d'elle, à l'observer, et Lilia ne l'avait jamais vue si immobile, si calme.

Lorsque Michaela reprit la parole, ce fut d'une voix douce :

– Vous vous souvenez, maintenant ?

Lilia acquiesça. *Oui, je me souviens de tout.*

– J'ai pris ma décision, dit Michaela.

Lilia fut frappée par son expression, qu'elle ne lui connaissait pas ; Michaela avait les larmes aux yeux mais son visage était radieux.

– Je pars cette nuit, conclut-elle.

Lilia déglutit et retrouva sa voix :

– Vous avez l'air heureuse.

– Je le suis.

– Où allez-vous ?

– Loin, répondit Michaela.

Elle sourit, déjà en partance, et s'éloigna le long du quai pour aller à la rencontre de son train.

Composé par Nord Compo Multimédia
7, rue de Fives, 59650 Villeneuve-d'Ascq

Achevé d'imprimer en août 2013
sur les presses de Normandie Roto Impression s.a.s
à Lonrai (Orne)
pour le compte des Éditions Payot & Rivages
106, bd Saint-Germain - 75006 Paris
N° d'imprimeur : 132746
Dépôt légal : août 2013

Imprimé en France